世界神话故事

World Mythologies

[德国] 古斯塔夫·施瓦布 等 著

关惠文 胡涵 等 译

[法国] 埃德蒙·杜拉克 等 绘

南方出版社·海口

图书在版编目（CIP）数据

世界神话故事 / (德) 古斯塔夫·施瓦布等著；关惠文等译. -- 海口：南方出版社，2023.7
ISBN 978-7-5501-8409-1

Ⅰ.①世… Ⅱ.①古… ②关… Ⅲ.①神话-作品集-世界 Ⅳ.①I17

中国国家版本馆CIP数据核字(2023)第119592号

SHIJIE SHENHUA GUSHI
世界神话故事

[德国] 古斯塔夫·施瓦布 等/著　关惠文 胡涵 等/译　[法国] 埃德蒙·杜拉克 等/绘

责任编辑：代鹤明
特约编辑：吕思航
责任校对：张婉宜　姜　颖
排版设计：ALEC
出版发行：南方出版社
地　　址：海南省海口市和平大道70号
电　　话：（0898）66160822
经　　销：全国新华书店
印　　刷：北京市京东印刷厂
开　　本：720mm×1000mm　1/16
字　　数：275千字
印　　张：20
版　　次：2023年7月第1版　2023年7月第1次印刷
书　　号：ISBN 978-7-5501-8409-1
定　　价：118.00元

版权所有　侵权必究

目录

阿拉伯神话篇

辛迪巴德航海历险记（节选） 004
阿里巴巴与四十大盗 020
阿拉丁与神灯 047
一个后半生未笑的人 116

日本神话篇

黄泉国 125
鲁莽的须佐之男 129
星之恋人 137
辉夜姬 142
狐女玉藻前 147
桃太郎 154
开花爷爷 158

印度神话篇

莎维德丽的故事 165
那罗和达摩衍蒂 175
洪水 184

希腊神话篇

普罗米修斯　190
俄耳甫斯和欧律狄刻　195
赫剌克勒斯的传说（节选）　199
欧罗巴　215
忒修斯和弥诺斯　222
奥德修斯的冒险（节选）　227

北欧神话篇

遥远的从前　238
阿斯加德的城墙　240
伊登和她的苹果：洛基使众神陷入危机　246
希芙的金发：洛基的恶作剧　256
众神之父的预感：奥丁的离开　260
奥丁前往密米尔之井：智慧的代价　264
托尔与洛基捉弄巨人索列姆　268
巴德尔的命劫　275

印第安神话篇

讲故事的伊阿古　288
辛格比捉弄北风　290
云端的孩子　296
捕到太阳的男孩　302

阿拉伯神话篇

辛迪巴德航海历险记（节选）

相传，在巴格达城，有个人名叫辛迪巴德。他家境贫寒，靠卖脚力为生，故人称其为"脚夫辛迪巴德"。

有一天，脚夫辛迪巴德头顶重物，加上天气炎热，周身大汗淋漓，实感疲惫。当他路过一个商宅家门前时，发现那里打扫得干干净净，而且洒过清水，顿觉凉爽宜人。门旁有张石凳，脚夫辛迪巴德把重物放在石凳上，以便在那里休息一下，也好吸几口清凉空气。

脚夫辛迪巴德刚把重物放下，便觉得一股清风从门里吹来，而且香气扑鼻，身心顿感振奋。只听宅门里传出悠扬的琴声和柔美的歌声，而且伴着欢声笑语，还听到各种清脆的鸟啭雀鸣。

脚夫辛迪巴德惊异万分，心里激动兴奋。他情不自禁地站起身来，走到门前，探头向宅院望去，只见宅院是座花园，百花争妍，奴婢成群，还有一些只有在帝王宫里才能看到的东西。

过了一会儿，一股饭菜香味随清风飘来，脚夫辛迪巴德不禁垂涎欲滴。

"主啊，万能的造物主啊，你给人生计，从不计较。你要谁贵，要谁贱，全凭你的意旨。万物非主，唯有安拉。这家的主人富贵荣华之至，而有的人终日辛劳，却食不饱肚，衣不遮体；有的人清闲无比，却吃香喝辣，车马代步，而有的人却受苦疲惫。主啊，求你恩赐……"

脚夫辛迪巴德转身顶起东西就要走时，忽见门中走出一仆童，容貌端庄，衣饰华美。

"请进来吧，我家老爷有话对你说。"

脚夫辛迪巴德想拒绝，但未能推辞，只得把东西放在门廊下，随仆童进院。

脚夫辛迪巴德走进大厅，见正座上坐着一位大人物，气度非同一般。脚夫辛迪巴德恭恭敬敬地向主宾致礼问安，为他们祈祷祝福，向他们行吻地礼，然后微微低下头，谦恭地站在那里。

主人招呼脚夫辛迪巴德到自己身边落座，脚夫这才走上前，坐在主人一旁。主人和他亲切交谈，对他表示欢迎。

主人吩咐仆人把各种美味食品摆到脚夫的面前，脚夫口赞安拉，吃了个十足饱。

主人问脚夫：

"兄弟，欢迎你！你叫什么名字？做什么事啊？"

脚夫答道：

"主公阁下，我叫辛迪巴德·白里，是个脚夫，用头为雇主顶运东西，凭此挣钱养家糊口。"

主人微微一笑，说：

"脚夫兄弟，你和我同名，我也叫辛迪巴德，只不过我是个航海家，全名叫辛迪巴德·白海里。我有一段十分奇异的经历，坐在这个舒适的座位上之前，我是经历了千辛万苦、重重困难的。诸位宾朋，听我讲讲我的第一次航海历险吧！"

1

家父本是巴格达城有名的巨商，家财万贯。家父不幸英年早逝，那时我还很小，但他留给我大批钱财、房产和庄园。

我整日和好友一起吃喝玩乐，自信好景长在，快乐永远伴随着我，从未有过什么忧虑。

一段时间过去，我终于清醒过来，发现钱财已被我耗尽，家境每况愈下，我把一切都卖掉了，共卖得三千金币。我采购了货物，备下旅行所需要的物品，登上商船，和一伙商人一起在海上航行了几天几夜，每到一个地方，下船登岸，我们以货易货，以货换钱，又买又卖。

有一天，我们航行至一个海岛，只见那座海岛上树木成林、百花争艳，简直就像天堂里的花园。船主把船停泊在海边，抛下铁锚，拴好缆绳，放下踏板，乘客纷纷下船登岸，搭灶点火。饭菜做好，乘客们聚集在一起，又吃又喝，边谈边乐。

我们正玩得开心之时，忽听船主站在船板上大声呼喊：

"乘客们，快上船逃命吧！你们是在浮在海面上的一条大鱼的背上，它一动大家都会淹死的啊。你们赶快逃生吧！"

乘客们听船长这样一喊，立即丢下手中的活计，向船跑去。有的人上了船，有的人没能上船，片刻后全部沉入海中。

我没能登上船，随着"岛"上的一切被淹没在大海之中。

但伟大的安拉救了我，给了我一块木板，我双手紧紧抓住它，坐了上去，以脚当桨，迎着风浪，在海上划行。

不知不觉天色黑下来。我在海上漂流了一天一夜，多亏风浪助我一臂之力，将我吹打到一座海岛边的岩石下，我抓住一根树枝，用尽平生力气，好容易才登上了海岛。

登上岸之后，我昏睡了一夜，第二天太阳出得老高时才苏醒过来。我醒来一看，发现我的两条腿都肿了起来。我又费了好大劲儿方才站起，但却不能走路，只好爬行。

那座岛上果树繁茂，果实累累，清泉处处，水质甘美。我吃野果充饥，饮泉水解渴。

就这样，我熬过了几天几夜，自感神志已经清醒，体力也已恢复，于是我站起来，走去折了一个粗树枝，当作拐杖，拄着它在林间散步，边走边观赏那里的美妙景色。

有一天，我走到海岛边，远远看到一个黑影，以为那是一只野兽或是什么海兽，便向那黑影走去。我走近一看，却发现那是一匹大马，拴在离海岸不远的岛边上。我刚接近那匹马，但听一声长嘶，吓了我一跳。就在这时，忽见一个人从地下钻了出来，冲着我大声喊问：

"喂，你是什么人？怎么来到了这个地方？"

当那个人走近我时，我回答道：

"先生，我是异乡人。我是坐船来的，不幸和一些乘客落到海里，被风浪吹到了这座岛边。"

那个人将我领入一条地道，进入一个大厅，让我坐在大厅中央。片刻后，他给我拿来吃的东西。当时，因为太饿，我抓起东西就吃，吃饱了肚子，精神才好起来。他问我的情况，我把自己的经历从头到尾讲了一遍。他听了觉得非常新奇。讲完自己的情况，我对他说：

"先生，看在安拉的面上，请勿见怪！我既已把自己的情况告诉了你，就请你把自己的情况也告诉我吧！你是何人？为什么住在这地下大厅里？为什么把马拴在海边呢？"

那个人对我说：

"你有所不知，我们有好些人，分散居住在本岛上的各个地方。我们都是麦赫拉江国王的马夫，国王的所有马匹都在我们掌管之下。每个月的月圆之时，我们把健壮的雌马牵来，拴在这个岛上，而人藏在这个厅里，谁也看不见我们。当雄马嗅到雌马的气息时，便登上岸来，想把雌马带走，但雌马拴着走不掉，于是雄马的嘶鸣声不绝，并与雌马交尾。我们听到嘶鸣声，便跑出地下大厅，将雄马赶走。这时，不管生下的马驹是雄的，还是雌的，价值都等同一座金库，宝贵至极，世上无双。现在正是雄马出海之时。但愿我能带你去见麦赫拉江国王。你要知道，假若你在这里看不见我们，你是谁也遇不到的，还可能死在这里，谁也不知道。幸好你碰见了我，使你能够活下来，跟我回到我的国家。"

我俩正交谈时，一匹雄马跃出海面，登上了岸，一声长嘶之后，直扑雌马。之后的情景与那个人说的完全一样。马夫手持宝剑和盾牌，冲出地道，同时高声呼唤同伴：

"快出来轰马呀！快，快，快！"

他边喊边用宝剑击打盾牌。

马夫的伙伴们闻声而至，个个手握长矛，奋勇冲击，只见雄马像水牛一样，迅速跑去，顷刻潜入水中。

马夫刚坐下不久，他的伙伴便赶来了，每人牵着一匹骏马，也让我骑上一匹马，和他们一道离开了那里，直奔麦赫拉江国王的都城。

我们来到了麦赫拉江国王的都城。他们已派人进城向国王报告了我的情况。

他们将我带到国王面前，我向国王行过礼，国王回礼后，对我表示欢迎，并询问我的情况。我把自己的经历和见闻从头到尾向国王述说了一遍。

国王听完我的讲述，惊异不已。他说：

"孩子，若不是你的命大，如此大灾，你是绝对逃不脱的。感赞安拉保佑你平安无事。"

国王待我十分客气，把我拉到身边，一番好言安慰，话中透出深情，并委任我为港口总监，负责登记过往船只。

我留在那里，全心全意为国王效力，颇得国王信任。国王给我锦衣华服穿戴；在国王那里，我成了最有脸面的人，能替人说情办事了。

就这样，我在国王那里住了下来。每当我去海边时，总是向商人、旅行者和航海家打听巴格达方面的情况，期望有人能向我谈谈那里的事情，好让我和他们一道回到我的祖国，但谁也不知道那里的事，更没有遇到一个要去巴格达的人。

我一时不知如何是好，厌恶了长期远离故土的生活。

我这样度过了一段时间。有一天，我去见麦赫拉江国王，在那里见到了一伙印度人。我向他们问了安好，他们回过礼，对我表示欢迎。我对他们做了自我介绍。他们问起我的祖国的情况，我对他们说了个一清二楚。我问他们国家的情况，他们告诉我，他们的国家里有许多民族。其中一个民族名叫"沙克里亚"，该民族品格高尚，既不压迫人，也不虐待人；还有一个民族，名叫"婆罗门"，他们绝对不喝酒，是个欢快、和善的民族，善于驯养骆驼、骡马和大牲畜。他们还告诉我，印度人分为七十二派。我听后觉得十分新鲜。

我在麦赫拉江国王的王国里看见一座海岛，名叫卡比勒岛。岛上的居民和旅行者告诉我，那里铃鼓声声，琴乐悠扬，通宵达旦，彻夜不绝；还说岛上的居民个个聪明，人人能干。我在那片海上看见一条鱼，长足有二百腕尺。我还看见一条鱼，面似猫头鹰。在那次旅行中，我看到的奇景太多了，说来话可就长了。

我手拄拐杖，依据旧习，不停地观赏岛上风光。

有一天，我站在海边，忽见一条商船驶来，船上坐着许多人。

船驶至京城海港，船长下令降下风帆，靠到岸边，抛下锚链，放好了踏板。水手们开始卸货，我站在旁边，慢慢查看，一宗宗、一件件地登记查验。

我问船长：

"你们的船上还有别的货物吗？"

船长说：

"先生，船舱里还有货物，不过货主在我们路经一海岛时被淹死了。我们打算把那些货物卖掉，将钱捎给他在巴格达的亲人。"

我问船长：

"货主叫什么名字？"

"他叫辛迪巴德·白海里。他已经掉进海里淹死了。"

听船长这样一说，我又仔细打量了船长一番，终于认出了他，不禁大声喊叫，然后说道：

"船长，我就是你说的那个货主，我就是辛迪巴德·白海里！我和一些商人下了船，登上那个海岛；原来我们停留的那个海岛是条大鱼。大鱼一动，你大声呼喊我们，结果有的人上了船，其余的人掉到了海里。不过，安拉使我化险为夷，用一块木板救了我一条命，我漂到一座海岛，登上岛去。又蒙安拉保佑，我遇到了麦赫拉江国王的马夫们，就是他们把我带到这座城市来的，又是他们把我带到麦赫拉江国王面前。我把我的经历讲给国王之后，国王待我甚厚，委任我当了京城港口的监督。你船中的那些货物是我的，是我赖以谋生的资本。"

船长听后，十分惊愕，他不以为然地说：

"无可奈何，只有依靠伟大的安拉了。人世间的忠诚消失了，良心也不知道哪里去了……"

我听后一惊，忙说：

"船长，你怎么这样说呢？我不是把我的经历告诉你了吗？"

"你听我说货主落水了，你就说自己落了水，妄想把货物白白拿走，难道不害羞？我亲眼看见货主和一些乘客落入水中，没有一个人能够幸免，你怎敢冒充货主？"

我耐心地说：

"船长，你听我说，只要你听明白我的话，就能知道我说的全是实话。撒谎是伪君子的品性。"

紧接着，我把和船长从巴格达城出发，直到一切随着大鱼沉入海水中的整个过程，详详细细地向船长讲了一遍，还把船长向乘客们喊的那话重复了一遍。说到这里，船长及商人们这才相信我说的是实话，而且认出了我，连声祝贺我平安脱险。他们异口同声地说：

"凭安拉起誓，我们根本不相信你会幸免于难，但安拉给了你新的生命。"

之后，他们把货物给了我，我发现货包上写的字依然那样清晰，而且一件不缺。

我打开货包，从中取出一件最贵重的东西，让水手们陪着我去见国王，把那件东西作为礼品送给国王。我告诉国王说，那条船就是我乘坐的货船，并说我的货物全部到齐，完好无损，送给国王的礼物就是从那批货中取出来的。

国王听我这样一说，惊奇不已，证明我过去说的全是真话，知道我是个诚实的人。国王更加喜欢我，并且给我许多好东西，作为对我的礼品的回赠。

我卖掉我的货物，赚了许多钱，随后从麦赫拉江国王的京城里采购了许多货物。

我告别国王，登上商船，船日夜航行，终于平安顺利抵达巴士拉城。我登上岸，在巴士拉城住了一些时候，对自己平安返回祖国感到无比高兴。

在巴士拉城稍作休息之后，带着大批贵重货物，我们离开巴士拉，逆水而上，顺利回到了和平之城巴格达。

我进了家门，亲朋们纷纷前来看我，向我表示祝贺。

我稍事休息，体力得以恢复之后，卖掉带回来的货物，赚了很多钱，立即着手重建家业，买了男奴、女婢，购置了房产、地产，比原来的还要多。我开始会朋聚友，比过去玩耍的时间还要多，致使我把旅途中所遭遇的辛苦、艰险和离乡的忧愁都消除了。我开始安享清福，吃美食，喝美酒，舒舒服服，快快乐乐。

2

过了不长时间，有一天，我的脑海里又萌发了远行异国的念头，想去做生意，观览异域风光，再多赚些钱，用来改善生活。

我决心下定，采购了一批货物和旅行用的物品，绑扎停当，运到了海边，我看见一条崭新的船停泊在那里，船帆整洁漂亮，船上坐着许多人，各种设备齐全。我立即将货物搬上船去，和一些商人一道启程远航了。

有一天，命运把我们带到了一座海岛上。那海岛上树木繁茂，果实丰富，风景秀丽，鲜花遍地，鸟雀鸣唱，但却一座房子也看不见，更不见炊烟。船长把船停泊在岛边，商人和旅客们纷纷登上海岛，观看岛上的景色，盛赞万能的安拉的造化神工。

我随一些乘客也上了岸，独自一人来到林间一眼清泉边坐了下来。当时，微风和暖，天气晴朗，不知不觉困意来临，我周身放松，边沐浴着微风和沁人肺腑的花香，边徐徐进入了梦乡。

当我一觉醒来之时，心中不禁一惊，发现周围一片静悄悄，既无人影，亦无神迹。我急忙走到海边，发现船也不见了，原来那条船已经扬帆起航了。船长和那些商人、旅客都没有想起我还没有上船，他们把我忘到了脑后，将我一个人丢在了孤岛上。我左顾右盼，除了我，一个人都没有。霎时间，我陷入了极度忧虑之中。恐惧、痛苦一齐涌上了我的心头。我当时身无分文，孤零零一人，既没吃的，又没喝的，对求生已感到失望，不知如何是好。我心想："俗语说：'瓦罐不打，一辈子不漏。'可是，谁能保证瓦罐每次都不打呢？我第一次上荒岛时，因为遇到了麦赫拉江国王的马夫，才幸免于一死；而这一次，还要想遇到人把我带到有人烟的地方，恐怕就比登天还难了。"

想到这里，我哭了起来，开始埋怨自己，悔恨自己当初轻举妄动：本来坐在家里，有吃有喝，衣饰华美，无忧无虑，平平安安，何苦非要来受这份累、担这份心呢？我万分后悔自己刚刚摆脱了第一次航海的苦难，又再次来到海上遭难。

我已经濒临绝境，口中说道：

"我们属于安拉，我们都要回到安拉那里去！"

我有些发疯了。我费了好大力气，站起身来，在岛上走来走去，再也坐不下来。

我走了一会儿，看见一棵大树，我爬了上去，放眼远望，映入眼帘的只有蓝天、绿树、百鸟、岛屿和岸沙。当我凝神朝岛内望去时，只见远处出现一个白色庞然大物，我觉得十分新鲜，于是立即从树上下来，向着那个庞然

大物走去。

我一直走到那庞然大物附近,发现那是一座巨大的白屋顶建筑,高耸入云。我绕着它转了一圈,却未看到门,而且它表面十分光滑,无法攀登上去。我量了量它的周长,足有五十大步。正值夕阳西下,白天即将过去,我很想进到建筑物里面看一看。就在这时,太阳突然被遮住,天空一片黑暗,我以为是一片乌云遮住了太阳。正是夏天,怎么会出现这种现象,我一时迷惑不解,心中甚感惊异。

我抬起头,朝天空望去,但见一只巨鸟飞来,它身体巨大,翅膀极宽。原来遮住了太阳的就是那巨鸟的翅膀,而且整个岛都被笼罩在它的阴影之下。

见此情景,我惊愕不已。我想起一个旅行者给我讲过的一个故事,说是某个岛上有一种大鸟,名叫鲲鹏,体大无比,常捕大象来喂雏鸟。想起这个故事,我方才意识到那不是什么白色建筑物,而是鲲鹏的鸟蛋,所以打内心里赞叹安拉的伟大造化之妙。

正在这时,那只大鸟落在下面那白色圆屋顶上,用巨大的翅膀抱住那颗巨大的鸟蛋,两脚接地,孵在蛋上入睡了。

我站起来,走上前去,解下缠头巾,扯成布条,搓成绳子,把我的身子紧紧捆在大鸟的腿上,心想:"但愿大鸟能把我带到城市或有人烟的地方去!只要到了那些地方,总比困在这个孤岛上要好。"

那一夜,我不曾合眼,怕大鸟在我不注意时带着我飞走。

次日清晨,东方透出曙光,大鸟醒来,叫了一声之后,随即带着我拍翅飞上蓝天,飞得很高很高,致使我认为它到了云天之上。

大鸟飞了不长时间,带着我落在一块高地上。我怕它再飞走,趁它不知不觉之时,立即解开绳子,离开大鸟的腿,抖了抖身子,迈步向前走去。

走到旁边,静静观察大鸟,我看见大鸟抓起一个什么东西,旋即拍翅飞上了天空。我留心望去,原来大鸟爪子里抓的是一条巨蛇,只见大鸟抓着大蛇快速向大海方向飞去。见此情景,我觉得非常奇怪。

我继续信步朝前走去,忽然发现自己站在一个高高的悬崖上,下面就是万丈深谷,一眼望不到底;旁边有一座山峰,耸入云天,一眼望不见顶巅,谁也无法攀爬上去。

眼见无路可走,我开始埋怨起自己来:"待在那个岛上多好,真是多此一举!那岛上总比这荒芜人烟的山头要好吧?因为那里有吃的东西,肚子饿了可以摘树上的果子吃,口渴了可以喝泉水,本来是个好地方,我为什么非到这么个鬼地方来呢!我真是刚刚摆脱一种灾难,如今又面临更可怕的灾难!"

我站起来,抖了抖精神,向深谷走去。

走到谷底一看,那里遍地都是钻石,就是能够钻透金属、宝石、瓷器和缟玛瑙的"金刚钻",硬度极大,铁和石头都奈何不得它,除了"弹石",什么东西也无法将之弄碎。可是,就是那道山谷里,蟒与蛇遍地都是,每条都有椰枣树干那样粗,纵然大象到了那里,也会被巨蟒、大蛇一口吞下肚去。但那些蟒蛇都是夜间出来觅食,白天总是藏在巢穴洞中,唯恐被鲲鹏、鹫、雕啄而食之。

此时此刻,我对自己的举动感到更加懊悔了,心想:"凭安拉起誓,我放着太平日子不过,真是自投罗网啊!"

眼见白天即将过去,红日快要西沉,我走在山谷中,左右观看,想找个过夜的地方,便朝前走去,边走边留心觅寻。我正走着,忽见附近有个山洞,忙躲了进去。进去一看,见洞口甚宽,便钻了进去;洞口旁有块大石头,我随手推了推,将石洞口堵住。我心想:"在这个洞里过夜,就用不着担惊受怕了。等天亮之后再找出路吧!"

不料回头朝洞里面一看,发现那里有一条巨蛇正孵蛋,我心中大惊,随后周身抖作一团,于是低下头去,把自己的一切全部交给了天命。

那一夜,我未曾合眼,蜷缩在一个角落里,动都不敢动,好不容易才挨到天明,搬开洞口的那块石头,逃了出去。因为又饥又渴,又困又累,我走起路来像醉汉，跌跌撞撞，踉踉跄跄。

我正在山谷中走着，忽见一块肉自天而降，落在我的眼前。我四下张望，却没看见一个人影，心中十分纳闷。这时，我忽然想起曾听商人和旅行者对我讲的一个故事。他们告诉我，世上有个石谷，深不见底，危险重重，到处堆满钻石，人是没有办法下去采的，但有的经营钻石的商人却有办法采到钻石。

他们把新宰的羊肉抛到山谷底，因为羊肉新鲜柔软，就能把钻石粘住。之后，商人就离开原地，躲藏到一个地方，等上半天，鹰、鹫、雕之类的食肉猛禽就会俯冲下去，用爪子抓住大块的肉，飞上山顶。商人们见猛禽抓着粘满钻石的肉块落下，便立即大喊大叫地跑去，鹫、鹰立即丢下肉惊飞而逃。这时，商人们跑去，自去拣自己抛下的那块羊肉，取下上面粘满的钻石，把肉丢给猛禽猛兽吃，自己带着钻石高高兴兴地转回家去。商人们就是用这种办法得到钻石的。

想到这个故事，我自感生命有救，于是向肉走去。我边走边拣钻石，装满了衣袋，凡能放东西的衣袖、腰带、缠头巾、裤腿及其他地方，全部装满了钻石。正当这时，我看见一大片羊肉，就用缠头巾把那大块羊肉绑在自己的胸前，随即仰面躺下，手也紧紧抓住那块肉。

片刻之后，一只巨鹰俯冲下来，用爪子抓起我抱着的那块肉，拍翅飞上天空，也带着我飞上了天。

过了不大一会儿，巨鹰落在山上，正想啄食时，忽听一阵大喊声传来，同时投来棍棒，巨鹰惊慌展翅飞去，直飞天空。

我急忙解下缠头巾，只见衣服被弄得血迹斑斑。

我刚站起来，正要掸掉身上的土，忽见一个人跑了过来。他见我站在那块肉旁边，不禁惊恐万状，连问好的话都没有说一句。

我走到他面前，向他问好。他问我：

"你是什么人？你是怎么来到了这个地方？"

我对他说：

"你不要害怕！我是个好人。我本是个商人，只是我有一段非同寻常的遭遇。你不要害怕，我身上带着许多钻石，给你一点儿，就能使你满足。我随身带的每颗钻石都比你想得到的那种钻石好。你不要害怕，不要着急！"

听我这么一说，那个商人顿时面绽笑容，先对我表示感谢，然后为我祈祷祝福，和我攀谈起来。

商人们听见我和他们的同伴攀谈，纷纷走来。他们每个人都向山谷里投了鲜羊肉。

他们走到我的面前，向我问好致敬，祝贺我平安无恙。

他们带着我走去，边走边谈，我把历险的前前后后详详细细讲给他们听，还把途中所遇到的艰险一一告诉了他们，把来这座山谷的原因对他们说了个一清二楚，他们听后无不感到惊奇。

因为那块羊肉救了我的命，我特别感谢那块肉的主人，送给他许多钻石，他对我千感谢万感谢，连声为我祝福祈祷。

商人们对我说：

"兄弟，凭安拉起誓，你是命大福大造化大，能够逢凶化吉，遇难成祥。在你之前，掉进这座山谷里的人，我们还没有见过一个能够生还的。感赞安拉，使你死里逃生。"

他们找了一个安全的地方，我和他们一起过夜，庆幸自己平安逃离蛇谷，顺利到达有人烟的地方，心中不胜欢喜。

第二天，天蒙蒙亮时，我们顺着那座山走去，看到山谷里有许多蟒蛇在爬行。

我们一道走去，来到一座海岛大果园，那里景美水清，绿树婆娑，百花争妍，林木竞翠，酷似人间天堂。那里生长着许多樟脑树，枝繁叶茂，树荫浓密宽大，足容百人乘凉。有谁想从树上得到点儿什么，只要在树干上打个洞，便有液汁溢出，那就是樟脑蜜，稠成胶状；液汁流光，树便枯死，变成烧柴。

　　此外，我还在那座岛上看见许多种水牛，那都是我们这里所没有的品种。

　　我用自己拣来的钻石换了许多货物，还换了那些商人的许多货物。商人们帮我运走卖掉，赚了许多钱。

　　我一直跟着那些商人，饱赏异国风光和安拉创造的种种奇迹。我们从一个谷地走到另一个谷地，从一座城市来到另一座城市，边买边卖，又买又卖，终于到达了巴士拉城。

　　我在巴士拉住了几天，然后回到了和平之城巴格达。

　　我进了巴格达城，回到我住的那条胡同，进了我的家门。我身上仍有许多贵重的钻石和钱财，还带着大批当地没有的紧俏货。

　　我见到亲人、朋友，开始慷慨解囊，广济博施，又向亲友赠送了许多礼物。随后，我开始吃美食，穿锦衣，会朋聚友，开心畅谈，把航海遇到的种种艰险忘了个一干二净。

　　人们听到我平安回来的消息，纷纷前来向我表示祝贺，并向我打听异国趣闻及我在旅途中所经历的险事，我向他们一一述说，他们人人惊叹不已。

阿里巴巴与四十大盗

相传,在古代波斯的某城镇里,住着兄弟二人,哥哥名叫卡西姆,弟弟名叫阿里巴巴。他们的父亲很穷,死后没给儿子留下什么财产。兄弟二人分家后,哥哥卡西姆与一富家女结了婚,走上经商之路,生意兴隆,时隔不久,就成了当地的一个大富商。弟弟阿里巴巴跟一个穷苦人家的姑娘结了婚,家境依旧贫困,住房窄小,收入不足以维持生活。

阿里巴巴每日都到山中打柴,依靠三头瘦毛驴把柴运到城中,沿街叫卖,用卖柴所得的钱买回必需的食用之物。

有一天，阿里巴巴正在山中砍柴，无意中抬头远望，忽见远处有一股烟尘升起，渐渐向着自己所在的地方移动。他留神凝视片刻，见烟尘下出现一队人马，不禁一惊，心想："这些人可能是一帮强盗，说不定会抢走我的毛驴和柴火……"想到这里，阿里巴巴离开驴子，爬上一块巨石旁的一棵大树，藏在浓密的树叶中，暗暗观察那队人马。

阿里巴巴仔细一数，见他们总共有四十条大汉，各骑着一匹大马。那伙人骑着马来到那块巨石旁，首领高喊道：

"站住！我们要来的地方就是这个山坡。"

大队人马停了下来，大汉们纷纷离鞍下马，从马背上取下沉甸甸的鞍袋，紧紧跟在首领身后，登上山坡，来到巨石下。

首领走到巨大岩石前，大声喊道：

"芝麻，开门！"

话音未落，巨石上有一座石门开启了，大汉们一个接一个地走了进去，他们的首领走在最后。首领刚刚进去，石门便关了起来。

那四十个大汉在石洞里待了好长时间，藏在大树上的阿里巴巴未敢作声。

四十个大汉终于出来了。首先走出石洞的是他们的首领。首领看见三十九个同伴都出了石洞，方才大声喊道：

"芝麻，关门！"

话音未落，石门关闭。

随后，四十个大汉纵身上马，首领一声呼喊，相继纵马奔驰下山而去，转眼不见踪影。

大汉们远去之后，阿里巴巴才从树上下来，拨开灌木丛，走到那块巨大岩石前面，好奇地学着那个首领的语调，喊了一声：

"芝麻，开门！"

话音未落，只见那扇石门开启了。

阿里巴巴本以为里面是一个山洞，想必又黑暗又潮湿，但进门一看，却

发现石洞高大、宽敞且明亮,伸手摸不着洞顶。他仔细观察,发现石洞上方有一道石缝,阳光从那里射进来,照得整个石洞亮堂堂。

阿里巴巴一进石洞,洞门便关上了。不过,他并不害怕,因为他自信掌握了开门的暗语。

阿里巴巴朝洞中打量了一眼,只见那里堆放着许多粮食,还有成匹的丝绸、锦缎,另有许多华丽的地毯及大袋大袋的金币、珠宝,琳琅满目,光芒四射。眼见这么多的金银财宝堆放在那里,阿里巴巴猜想那四十条大汉定是一帮盗贼,而眼前这些财宝则是数代盗贼抢劫、聚积起来的不义之财。

面对这些财宝,阿里巴巴想到自己只需要钱,于是从山洞中搬出几袋金币,装在箩筐里,上面盖了些木柴。他把箩筐放在驴背上,喊了一声:

"芝麻，关门！"

石门应声关上。原来这座石门是一座识别暗语的门：人进入石洞时，要说暗语，它方才开启，人进入石洞后，它会自动关上；人走出石洞时，要说暗语，它才开启，人走出石洞后，只有说过暗语，它才会关闭。如若不然，它就总是开着。

阿里巴巴赶着毛驴，回到家中，高高兴兴地喊来妻子，把三筐金币摆在妻子面前。金币光芒四射，照得人难以睁开眼睛。妻子看见这么多金币，又惊又喜，心想："这么多的钱，我压根儿没见过……该不是他偷来或抢来的吧？"

阿里巴巴看出妻子的惊喜、恐慌，于是把自己看到的情况一五一十地讲给妻子听。他讲完，再三叮嘱妻子，千万不要把事情说出去。

妻子听丈夫这样一说，高兴地数起钱来。

阿里巴巴说：

"这么多金币，你怎么能数得过来呢？我们还是赶快想个办法，把钱藏起来吧！我这就去挖个坑，把金币埋起来，免得人们看见。"

妻子说：

"你说得对，是要赶快把金币藏起来，免得人家看见。不过，我们总要知道一下有多少才好哇！我这就去借一个量器，量一量再藏吧！"

"好吧！"

说罢，妻子来到卡西姆家，卡西姆不在家，只有他的妻子在家。阿里巴巴的妻子说：

"嫂子，我借你们一件东西用用！"

卡西姆的妻子说：

"他婶子，你就挑有用的拿吧！"

"嫂子，我想借你家的箱子和升用用。因为我买了一些面，没有地方盛，想量量有多少。"

卡西姆的妻子一听，心想："阿里巴巴，穷光蛋一个，没有多少钱，能买多少面？我一定要知道他们究竟要量什么，然后就知道我该怎么办了。"

想到这里，卡西姆的妻子在升子底上抹了一点儿蜂蜡，而且认定不易被人发现。

片刻后，卡西姆的妻子把箱子和升递给弟媳，并且说：

"他婶子，你用完就还我。"

阿里巴巴的妻子接过箱子和升，笑着说：

"大嫂，我用完就来还您。"

阿里巴巴的妻子拿着箱子和升，快步回到家中，夫妻俩立即忙了起来。夫妻俩把金币量好，然后挖了一个坑，埋了起来。

埋好金币，阿里巴巴的妻子急忙拿起箱子和升去还给卡西姆家。但是，她没有想到，升底下还粘着一枚金币。

阿里巴巴的妻子递过箱子和升，说：

"大嫂，谢谢您啦！"

阿里巴巴的妻子刚刚离去，卡西姆的妻子拿起升，往底儿上一看，发现蜂蜡上粘着一枚金币，不禁大吃一惊，心中嫉妒之火油然而生，心想："这是怎么回事？阿里巴巴这个穷光蛋怎么一下子富了起来,金币多得数不过来，还要用升量呢？……"

卡西姆回到家中，妻子马上迎上去，说：

"喂，当家的，你不要以为自己的钱太多！阿里巴巴家里的钱不知比你多多少倍！人家的钱数都数不过来，要用升量啦！"

听妻子突然冒出这么一句话，卡西姆一时不知道发生了什么事。于是问道：

"究竟出了什么事啦？这话从何讲起呢？"

妻子拿着升，指着底儿上粘着的那枚金币，说：

"你瞧瞧呀！"

接着，她把阿里巴巴的妻子借箱子和升的事从头到尾向丈夫讲了一遍。

卡西姆拿过那枚金币，翻过来调过去看了又看，发现那是一枚古币，认不出是哪朝哪年铸造的。

卡西姆听说刚才发生的事情，瞧着那枚金币，断定弟弟果然有了钱，但他并不为弟弟感到高兴，而是和他妻子的心态一样，嫉妒之火在心中燃烧。

卡西姆一夜没合眼，第二天天刚亮，他便来到阿里巴巴家。他一进门便喊：

"喂，阿里巴巴，你平时赶驴上山打柴，你家里却有的是金币。你妻子昨天去我家借升和箱子干什么用啊？怎么升底儿上还粘了一枚古金币呢？"

阿里巴巴听哥哥这样一说，知道事情掩盖不住，内心里只怪妻子太笨，竟然那么粗心大意，把秘密泄露出去了。事情已经到了这个地步，埋怨又有什么用呢？阿里巴巴自想无计可施，只得老老实实把昨天看到的情况一五一十地向哥哥讲了一遍，并且表示，愿把金币分给哥哥一些，还要他严加保密，千万不要对外人讲。

卡西姆听后，得意地说：

"你瞧瞧，果然不出我之所料。阿里巴巴，你要告诉我，那些金币、财宝究竟藏在什么地方，你还要领着我去看看那个地方；如若不然，我定到官府去告你，到那时候，你不仅再弄不到金币，就是已经到手的东西也是保不住的。我嘛，官府会因为告发有功，还可能要赏给我一大笔钱呢！"

阿里巴巴生性忠厚善良，未必是怕哥哥告到官府，倒是愿意让哥哥得到些钱财，不仅把那山洞的地点说了个一清二楚，还把开门的暗语也告诉了他。

卡西姆贪财如命，第二天天还没亮，他就起床了。一切准备妥当，他赶着十头毛驴，驮着十口箱子，向山林进发了。他走了不多久，就来到了那块坡地，看到了弟弟提到的那棵大树和那块巨大岩石。卡西姆行至巨石前，大声喊道：

"芝麻，开门！"

石门应声开启。卡西姆见石门开了，立即走了进去，刚一跨进门，石门

立即关上了。

卡西姆走进门一看,不禁惊喜万分,只见那里堆满了布匹、绸缎,金银财宝不计其数,自觉比弟弟说的还要多。卡西姆眼见财宝,贪心倍增,真想永远睡在洞里,日夜伴着那些宝贝。继之,他把大袋大袋的金币往洞口搬。因为太兴奋,竟然把开门的暗语忘了,他心神慌乱,胡乱喊道:

"大麦,开门!"

石门纹丝不动。卡西姆又喊道:

"高粱,开门!"

"豌豆,开门!"

"萝卜,开门!"

"花生,开门!"

……

卡西姆几乎把所有庄稼的名字都喊遍了,唯独想不起"芝麻",石门始终一动不动。

　　卡西姆慌了神，放下沉甸甸的钱袋，挖空心思回想开门的暗语，无论如何也想不起来"芝麻"来。他走过去用力推搡石门，石门一动不动。此时此刻，他已心乱如麻，不知所措，时而望望石洞的金银财宝，时而望望紧闭的石门……

　　时近正午，盗匪们纵马向石洞方向走来。他们老远便发现石洞门前有数头毛驴，每头毛驴驮着一口箱子，断定有什么情况发生，于是快马加鞭急赶而来。

　　身在石洞中的卡西姆听到马蹄声，知道有人来了，心里更加慌乱。

　　盗匪的首领离鞍下马，站在石门前，高声喊道：

　　"芝麻，开门！"

　　石门应声开启。卡西姆见石门打开，急忙向外冲去，与盗匪首领撞了个满怀，顿时跌倒在地。一个盗匪一个箭步冲上去，手起剑落，卡西姆顿时倒在血泊之中。

　　盗匪们进洞一看，发现有几袋金币在门口堆着，立即将之搬回原地。他们发现洞中的金币确实少了一些，但并不在意，只是觉得奇怪，此石洞周围地势险要，常人很难来到这个地方，谁又能得知这个开门的暗语，竟能闯进洞中来呢？

　　盗匪们思来想去，不知道开门的秘密是怎样泄露出去的，一气之下，将卡西姆的尸首截为四块，石门的两侧各挂两块，凭此警告来洞中盗宝之人。

　　盗匪们一阵忙碌之后，走出石洞，盗首喊了一声"芝麻，关门！"，石门应声关上。他们获悉一支商队打附近经过，一个个翻身上马，扬鞭策马拦截商队去了。

　　当天夜里，卡西姆的妻子左等右等不见丈夫回来，心中甚是不安。她跑到阿里巴巴家，对阿里巴巴说：

　　"兄弟，你哥哥到现在还没回来，我真有些担心哪！你哥哥去哪儿了，你是知道的，我真怕他会出什么事……"

阿里巴巴猜想卡西姆肯定遇到了什么麻烦，如若不然，他不会这么晚还不回来。但阿里巴巴显得很镇静，安慰嫂子说：

"嫂嫂，或许哥哥怕别人看见他，有意绕道回城，会迟些时候才到家的。你耐心等一会儿吧！"

卡西姆的妻子回到家中，心急火燎地等着丈夫回来。可是，时已深更，仍不见人回，她禁不住低声抽噎起来，暗暗自责道："都是我不好……我为什么把阿里巴巴的秘密泄露给他，致使他财迷心窍，自找罪受。"

卡西姆的妻子忐忑不安，如坐针毡，一夜没有合眼。

第二天一大早，卡西姆的妻子来到阿里巴巴家，求弟弟去找卡西姆。

阿里巴巴安慰嫂子一番，随后赶着三头毛驴，向山中走去。

阿里巴巴来到巨石前，见那里有血迹，立即意识到凶多吉少。他走近石门，高声喊道：

"芝麻，开门！"

石门应声开启。他走进石洞，眼见哥哥卡西姆的尸首被分割成四块，石门两旁各挂两块，不禁惊恐万分。他急忙收起卡西姆的碎尸，又搬了几袋金币，绑成两个驮子，用柴火掩饰好，念了暗语，关上石洞门，赶着驴子下山了。

阿里巴巴把驮着金币的毛驴赶回自己的家中，吩咐妻子把金币藏起来，只字未提卡西姆的情况。接着，他又把驮着哥哥卡西姆碎尸的毛驴赶到嫂子家。

走来开门的是卡西姆家的女奴，名叫麦尔加娜。

麦尔加娜聪明伶俐，颇会办事。阿里巴巴把箩筐卸下来之后，将麦尔加娜拉到一旁，小声对她说：

"我有要事对你说，你千万不要对外人讲。"

麦尔加娜说：

"我会照你的话做的。"

"你家老爷的尸首就在这箩筐里，我们一定要假装他寿终正寝来安葬他；我想，你一定知道该怎么办。"

"你放心就是了。"

随后，阿里巴巴走去见嫂子。嫂子一见他便问：

"他叔叔，你哥哥的情况怎样？"

阿里巴巴把情况一五一十地讲了一遍，并叮嘱她说：

"嫂子，千万不要把事情的真相泄露出去！"

阿里巴巴说：

"该发生的事情是一定要发生的，事情已成这样，我们只有好好保密，才能保住我们的财产。"

卡西姆的妻子听说丈夫已死，泪流满面地对阿里巴巴说：

"生死由命，富贵在天，我记住了，一定好好保密。"

"安拉安排的事，人是无法改变的，赞美安拉，给了我一笔财产，够我使用的了。待你守丧期满，我便娶你为妻，会使你得到幸福的。我的妻子善良贤惠，不会嫉妒你，也不会和你过不去的。我们要好好安葬我的哥哥；当然，我也会为此事而尽力的。"

卡西姆的妻子听阿里巴巴这样一说，心想阿里巴巴有了钱，说不定比自己的钱还多；再说，他发现了宝库，日后不愁钱花，于是说道：

"既然你觉得这样好，就照你的意思办吧！"

说罢，阿里巴巴离开那里，去找麦尔加娜商量了安葬哥哥卡西姆的事情，然后才牵着毛驴回自己家去。

阿里巴巴走后，女奴麦尔加娜来到一家药铺，说给一个神志不清的人买一剂药，药铺老板问：

"你家谁病了？"

麦尔加娜说：

"我家主人卡西姆老爷病了。几天以来，他吃不下饭，喝不下水，看上去很危险呀！"

老板给了她药，她转身回家去了。

次日早上，麦尔加娜又来到药铺买了一剂药。老板问她：

"你家老爷的病情如何？"

麦尔加娜叹了口气说：

"不大好啊！恐怕这剂药还没吃下去，人就不在了。"

那天，邻居们看见阿里巴巴和他的妻子不住地出入卡西姆的家门，满面愁容，忙了整整一天。麦尔加娜买药回来时，卡西姆家传出一阵悲痛的哭泣声。麦尔加娜对人们说：

"想不到，我家老爷连这剂药都没来得及服，人就没了。"

第三天清早，麦尔加娜来到一家修鞋铺，找到老皮匠穆斯塔法，给了他一枚金币，然后说：

"老人家，跟着我到我家去一趟吧！但要蒙上你的眼睛。"

老皮匠说：

"我可不去干那种见不得人的事情啊！"

麦尔加娜说：

"我怎会让你去干那种事呢？那是安拉不允许的。"

说罢，她又往老皮匠手里塞了一枚金币，并说：

"你只管放心，跟我去就是了。"

麦尔加娜拿出手帕，把老皮匠的双眼蒙上，领着他来到了主人家。她把老皮匠带到停尸房，那里黑洞洞的。她给老皮匠解下手帕，说道：

"皮匠师傅，你把这具碎尸缝合起来！做完活，我再给你一枚金币。"

老皮匠穆斯塔法按照麦尔加娜的叮嘱，把碎尸缝合好，麦尔加娜给了他一枚金币，然后用手帕把他的双眼蒙上，把他送回修鞋铺去。麦尔加娜叮嘱老皮匠不要把此事告诉别人，然后离开那里；怕人盯梢，她走了一段弯路之后，方才放心回家。

回到主人家中，她与阿里巴巴一起用热水洗过卡西姆的尸首，放在干净的地方，做好埋葬前的一切准备，才去清真寺向伊玛目报丧，请求他为死者诵经、祈祷。

伊玛目随麦尔加娜来到家中，为死者祈祷、诵经之后，由四个人抬着棺木，向坟茔走去。

麦尔加娜走在队伍的前面，只见她披头散发，捶胸顿足，痛哭失声。走在最后面的是阿里巴巴，由一些邻居陪伴着。

他们一直把死者送到坟茔，埋葬完毕，方才各自回家。

卡西姆的妻子一直待在家中，吊丧的人络绎不绝，劝她节哀。由于阿里巴巴和麦尔加娜的巧妙安排，关于卡西姆丧命的真实情况，外人一无所知。

四十天丧期过去了。阿里巴巴拿出四分之一的家产作为聘礼，娶嫂子为妻，因为这在当时、当地是件普通、平常之事，没有引起人们的任何议论。

阿里巴巴有一个儿子，跟着一个大商人学做生意，颇得门道。卡西姆原来经营的那个店铺由阿里巴巴的儿子重新开业经营。阿里巴巴向儿子许诺，如果他能把店铺经营好，日后一定给他娶个好媳妇。

一天，盗匪们来到石洞前，发现碎尸不翼而飞，而且金币也少了几袋。

盗匪首领说：

"看来我们的秘密被人发现了，如不查出发现我们秘密的那个人，我们这些金银财宝总有一天会丢光的。"

盗匪们听首领这么一说，都表示一定要把那个得知开门暗语的人抓来杀掉。

首领又说：

"要想查出那个人，最好的办法是派一个人进城去探听消息；弄明情况后，我们再派人去抓他。不过，我有话说在前头：谁能完成这项任务，定有重赏；若完不成，那就只有提着自己的脑袋来见我。"

话音未落，一个盗匪站起来，说：

"我去完成这项任务！若完不成任务，甘愿听候首领发落，就是为此豁出一条命，我也认为是给自己增光添彩。"

首领说：

"好样的！"

那盗匪经过一番精心化装，当天夜里潜入城中。

第二天天刚亮，盗匪便来到了大街上。他发现只有一家修鞋铺子开着门。

盗匪走进铺子，说：

"老人家，你好哇！天这么黑，你就开始做活，能看得见吗？"

皮匠穆斯塔法说：

"你是外乡人吧！别看我这么大年纪，眼神好着呢！前些天，我还在一间黑洞洞的屋子里,给人家缝合了一具碎尸呢!"

盗匪一听,觉得自己的任务完成有望,故意不相信地说:

"老人家,你真会开玩笑,你该是在黑屋子里为死人缝制了一身殓衣吧?"

"不是殓衣,而是碎尸。这件事与你无关,我用不着细说了。"

"老人家,我不想打听什么秘密。不过,我有些不大相信,天下竟有这样的新鲜事。这样的事儿出在哪家呀?"

说着,盗匪掏出一枚金币,塞在了老皮匠的手里,然后问道:

"你前些天给谁家做了那样一件新鲜活儿?"

老皮匠把情况向盗匪讲了一遍,盗匪说:

"你能带我到那里去一趟,或者能把那个地方告诉我吗?"

老皮匠说:

"不过,当时我的眼睛被蒙着,有人领着我去的。"

盗匪说:

"就是蒙着眼睛,想必走了多少路,你会记得的。这样吧,我把你的眼睛蒙上,我跟着你一道走,说不定会走到那家门前。"

说着,盗匪又往皮匠手里塞了一枚金币。

两枚金币拿在手,老皮匠真动心了。他说:

"走了多少路,我倒记得。既然你来求我,我就试一试吧!"

穆斯塔法把两枚金币装在口袋里,让盗匪用手帕把他的眼睛蒙住,随后离开铺子,带着盗匪来到麦尔加娜给他蒙眼睛的地方。老皮匠边走边数着步子,对盗匪说:

"那个女仆带我来的地方就在这里。"

这时,老皮匠和盗匪站的地方就是卡西姆的宅门前,而如今换了主人,住在这里的是卡西姆的弟弟阿里巴巴。

盗匪知道那是老皮匠缝碎尸的地方,断定晓得开启石门秘密的人就住在这里，于是掏出白粉笔在门上画了个记号。之后，盗匪解下蒙在老皮匠眼睛上的手帕，说道：

"老人家，你帮了我的大忙，伟大的安拉会嘉奖你的善行的。请告诉我，谁住在这里呀？"

老皮匠说：

"说实话，我不知道。因为我很少到这里来，不熟悉这里的情况。"

盗匪为自己完成了任务而感到高兴，再三谢过老皮匠，打发老皮匠回去，自己急匆匆赶回山洞去了。

盗匪和老皮匠离去不久，麦尔加娜有事外出，刚跨出大门，无意中看见门上有白粉笔画的记号，立即想到有人盯上了主人的家门，不禁暗自一惊。她思考片刻，走去拿来白粉笔，在好几家邻居的门上全都画上了同样的记号，却没有在男女主人面前提这件事。

盗匪回到山洞中，向首领报告了情况。首领听后，决定立即带人下山去抓那个偷碎尸和金币的人。

盗匪数人化装赶至那个探匪做过记号的地方，发现家家门上都有用白粉笔画的记号，而且一模一样，连那个探匪也认不出哪个记号是自己画的。首领问：

"几家门上都有记号，究竟哪家是呀？"

那个探匪说：

"我只在一家的门上画了记号，怎么现在家家门上都有呢？我实在认不出哪个记号是我画的。"

众盗匪只得返回，不敢贸然闯入任何一家。

盗匪们回到山洞，首领说：

"我们白白跑了一趟，还险些暴露了我们的身份。我已有言在先，完不成任务者，只能提着脑袋来见我。"

说罢，首领示意手下人将那个进城探听情况的盗匪拉出洞外杀掉了。

首领接着对众盗匪说：

"为了保住我们的金银财宝，我们必须把那个知晓开门暗语的人抓到。谁愿意去完成这个任务？"

一个盗匪站起来，对首领说道：

"我愿意去！我相信我一定能完成这个任务！"

首领立即表示同意派他去，而且强调说完成任务有重赏，不然，只有提着脑袋来见他。

第二个盗匪满怀立功受赏的希望，当夜进到城中。他采用同样的办法，买通了老皮匠，轻易地找到了卡西姆的住宅，在常人不大留意的门柱上用红粉笔画了个记号，之后迅速返回山洞，得意扬扬地向首领报告说：

"我已准确地找到了那家人的住宅，在不显眼的地方画上了红记号，一眼就能认得出来。"

那个盗匪刚离去不久，麦尔加娜出门时，仔细观察自家大门，发现门柱上有红粉笔画的记号，立即悟到事态严重，遂走去拿了一支红粉笔，在好几家的门柱上画了同样的记号，与上次一样，没有对主人讲此事。

第二个探匪回山洞报告了情况，首领决定马上进城。

盗匪们进到城中，来到第二个探匪侦察到的地方，却发现家家户户的门柱上都画着红粉笔的记号，无法下手，只有返回山洞。

两次打探活动失败，盗匪首领心想："两个探子，连续失败，先后丧命，看来没有人敢去了。我必须亲自下山，方能探听清楚。"

盗匪首领决心下定，随即策马进城。

盗匪首领找到那个老皮匠，塞给他许多枚金币，老皮匠领着盗匪首领找到了缝碎尸的那家门口。盗匪首领知道画记号是没有用的，只是仔细观察了那家住宅周围的环境，牢记在心中，然后快马返回山林。

盗匪首领赶回山洞，对众盗匪说：

"我已把地点侦察清楚，这一下就可以抓到盗我们宝库的那个人了。"

接着，首领把下山的计划和安排向盗匪们讲了一遍，众盗匪立即分头开始行动。他们从周围村庄里买来十九头毛驴和三十八口大坛子，其中一口坛子里装满油，另外的三十七口坛子，每口坛子里藏一个盗匪，每头驴子驮两口坛子。一切准备就绪，盗匪首领化装成商人模样，带着队伍下山了。

盗匪首领带着驴队进到城里，天色正好暗下来。

盗匪首领的驴队穿小巷过大街，来到了阿里巴巴的住宅门前。

当时，阿里巴巴刚刚吃过晚饭，正在门外散步。盗匪首领走过去，问好之后，说：

"我是贩油的商人。我打外地贩来几坛子油，准备明天拿到市场上卖。今天天色已晚，想在你府上借宿一夜，喂一喂牲口，明天一早好上市场，老乡能给个方便吗？"

阿里巴巴不久前在大树上看见的那个喊"芝麻，开门！"的盗匪首领就是眼前要求借宿的这个人，但阿里巴巴已完全认不出来他了。听说来人想借宿一夜，阿里巴巴没有多加考虑，马上说：

"没有什么不方便的，欢迎，欢迎！"

说完，阿里巴巴领着"商人"及其驴队进了自己的宅院，并且吩咐家仆：

"喂，麦尔加娜，来客人啦！赶快给客人准备饭菜，安排客房！"

盗匪首领卸下驮子，摆放整齐，给驴子喂上草料，然后吃饭去了。

盗匪首领吃完饭，阿里巴巴又叮嘱麦尔加娜：

"好好招待客人，不要怠慢他们！明天一早，我要去澡堂沐浴，给我准备一套干净衣服，让家仆阿卜杜拉给我送来。此外，还要熬锅肉汤，以备我回来后吃。"

麦尔加娜说：

"老爷，我都记住了。"

阿里巴巴随即回卧房休息去了。

匪首吃过饭，又去看了看他的牲口和"油"坛子。

匪首见主人已睡，便走到那些坛子跟前，悄声对藏在坛子里的盗匪们说：

"夜半时分，我以掷石子为号，你们立即出来，听我指挥！"

匪首离开牲口圈，在麦尔加娜引领下，穿过厨房，走到为他安排好的客房，麦尔加娜说：

"您还需要什么东西吗？"

匪首说：

"谢谢！不需要什么啦！"

麦尔加娜离去，匪首便上床休息。

麦尔加娜为主人取出一套干净衣服，交给男仆阿卜杜拉，然后开始给主人熬肉汤。

过了一个时辰，麦尔加娜发现油灯不亮了，一看才知道灯里的油点尽了。她正发愁没有灯油之时，阿卜杜拉进来，说：

"后面不是放着几十坛子油吗？"

麦尔加娜手里拿着罐子，来到油坛子前，忽听坛子里传出人的低声问话：

"到时候了吗？"

麦尔加娜一惊，慌忙后退了一步，急中生智，随机应变，悄声说：

"还不到时候。"

麦尔加娜心想："原来这坛子里不是油，藏的是人……肯定不是什么好人，那商人也不是什么好商人，一定有什么阴谋。"

她急忙走到每个坛子跟前，自言自语道："还不到时候。"

她联想到几天以来门口出现的白、红两色粉笔记号，心想："我们主人的秘密定是被匪徒们发现了，他们要来进行报复……"

麦尔加娜走到最后一个坛子前，发现里面装的是油，于是弄了一满罐子油，回到厨房，架在火上将油烧开。麦尔加娜把滚烫的油装在罐子里，走去将藏在坛子里的盗匪一一浇死在坛子里，无人能够幸免。

麦尔加娜悄悄用滚开的油浇死了众盗匪，然后不声不响地回到厨房，拨小灯头，继续为主人熬肉汤。

一个时辰未过，盗匪首领推开窗子，向油坛子投了一个石子儿，却不见动静。

片刻后，他又投了一个石子，仍不见有反应。接着，他投出第三颗石子，依旧静寂无声。他心想："也许他们睡着了……"于是急忙走过去。

匪首走到坛子跟前，一股油腥味扑鼻而来。他朝坛子摸去，发现伙伴们都已被热油烫死。他再去看那装油的坛子，发现里面的油没有了。他立即意识到自己的阴谋已经败露，如果不马上逃离，恐怕自身难保，于是急匆匆冲入花园，翻墙而过，狼狈逃命去了。

麦尔加娜听到了投石子儿的声音，而且看见盗匪首领走出了房间，却久久不见他回来，断定他跳墙逃跑了。这时，她的心方才安定下来，上床休息了。

次日一早，阿里巴巴在男仆阿卜杜拉的陪伴下前往澡堂沐浴，对昨晚发生的事情一无所知。

阿里巴巴洗澡回来，太阳已经升起。

他看见驴子和油坛子都在原地，觉得很奇怪，心想："为什么不赶早收拾东西到市场上去呢？"

于是他走去问女奴麦尔加娜：

"喂，麦尔加娜，客人为什么不带着自己的货物到集市上去呢？"

麦尔加娜说：

"老爷，愿安拉为你延年添寿，让你活一百三十岁！老爷，你到后面去看看那个商人的货吧！"

麦尔加娜领着主人来到一个坛子前，说：

"老爷，你看看这坛子里装的是什么东西吧！"

阿里巴巴走近仔细一看，见里面藏的是一个男子，吓得转身就跑。

麦尔加娜说：

"老爷，不要害怕！那里面都是死人。"

"我们的大祸刚刚过去，怎么又有人来暗算我们呢？"

"老爷，过一会儿，容我给您慢慢讲来。老爷先看看这些大坛子里装的都是些什么东西吧！"

阿里巴巴走去一看，发现每个坛子里都是一个全副武装的家伙，但都已被沸油烫得面目全非。阿里巴巴看过，不禁目瞪口呆。过了一会儿，他才问：

"那个油商到哪里去了？"

麦尔加娜把阿里巴巴领进屋子，让他坐下，然后说：

"老爷，看来那个人并不是什么贩油的商人，而是一个坏蛋。"

阿里巴巴说：

"何以见得呢？"

"老爷，过一会儿，我再给您细细讲。肉汤已经炖好，我这就去端来，请老爷先用一点儿吧！"

麦尔加娜端来肉汤，阿里巴巴喝了一碗，然后说：

"麦尔加娜，究竟发生了什么事情，给我从头到尾仔细讲一遍吧！"

"老爷，昨天晚上，您吩咐我炖肉汤并令我准备干净衣服之后，就去休息了。我准备好衣服，交给阿卜杜拉，接着便进厨房点火炖肉汤。时隔不久，我发现油灯头渐小，一看才知道灯里没油了。我正发愁之时，阿卜杜拉走来，知道我在因灯里没油而发愁，他就说：'后面的坛子里不全是油吗？'他这一提醒，我才想起那些坛子。我走到坛子旁，忽听坛子里有人说：'到时候了吗？'我听后一惊，慌忙后退了一步，心想那油商不是什么好人，定有什么预谋。于是，我走过去，小声说：'还不到时候。'我走过一个一个大坛子旁，向坛子里的人都说了一遍。这时，我相信他们是一帮坏人，是来谋害老爷的。当我走到最后一个坛子跟前时，发现那里面装的是油，我便从里面弄出一大罐子油，回到厨房，弄来油锅，将油烧开，然后把滚烫的油浇进坛子里。就这样，我把那些家伙全烫死了。之后，我回到厨房，把灯头拨小，静静地注视着那个自称商人的家伙的举动。大约半夜时分，那个商人往坛子里投了三次石头子儿，都没有听见藏在坛子里的人有什么动静，他这才走去看。我想，他知道他的人都已被沸油烫死，也就不敢行动了……"

"他现在在哪里？"阿里巴巴急切地问。

"我没有听见开门的响声，猜想他跳墙逃走了。"

"是这样……"阿里巴巴惊魂仍未安定下来。

麦尔加娜又说：

"前些日子，还发生过一件事，我当时未敢惊动老爷。"

"什么事呢？"阿里巴巴问。

"我连续两天发现门上有用白、红粉笔画的记号，当时，我就想八成我们家的门被坏人盯上了，他们用画记号的办法认我们的家门。所以，我也效仿他们的办法，把邻居家的门上也都画上了记号，而且一模一样，他们也就认不出来了。老爷说看见了四十个盗匪，恐怕这帮家伙就是那些坏蛋。他们已死了三十七个，还有三个人活着，定会来进行报复的，老爷必须提防才是。"

阿里巴巴听麦尔加娜这样一说，觉得她的猜想是有道理的，打内心感激不尽。他说：

"麦尔加娜，好机警、聪明的姑娘！我该怎样感谢你呢？"

"我是您的女奴，理当为老爷效力。依奴之见，快把那些死尸埋掉吧，免得秘密泄露出去。"

阿里巴巴唤来男仆阿卜杜拉，令他在花园的树旁挖个大坑，把尸体全部埋了起来。之后，又让阿卜杜拉把驴子牵到集市上，分批卖掉。

阿里巴巴相信麦尔加娜的猜测，认为尚有三个盗匪活着，因此时刻保持警惕，以防不测。

盗匪首领只身一人逃回山林，想到四十个人就只剩下自己，自觉好不凄凉。他简直再不敢进石洞看他们抢劫的那些金银财宝。

那匪首终于冷静下来，心想："我一定要报这个仇；如若不然，这石洞中的宝物也保不住，总有一天会让那个阿里巴巴拿光。"于是，他又想出了一个计谋。

几天之后，匪首更名改姓，化名盖赫沃吉·哈桑，扮作绸布商，来到城中，开了一家绸布店，与阿里巴巴的儿子经营的那家店铺正好相对。

盖赫沃吉·哈桑运来大批绸缎，铺面显得颇为像样，与临店诸家老板来往甚多，待人接物亦很慷慨大方，很快和大家混得很熟。

他得知对面那家店铺的小老板是阿里巴巴的儿子，便对他格外热情起来，不时地请他来店里坐上一坐，常常送点儿小礼物，一块儿吃饭交谈。

阿里巴巴的儿子觉得绸布店老板盖赫沃吉·哈桑对自己甚好，便对父亲说了，并求父亲置备酒席，请绸布店老板来家里做客。

阿里巴巴一口答应。

第二天，阿里巴巴的儿子请来盖赫沃吉·哈桑去他家吃饭。

说来也怪，当盖赫沃吉·哈桑跟着阿里巴巴的儿子来到阿里巴巴的家门口时，心想报仇的机会终于来临了，但却身不由己，不想进门。

这时，阿里巴巴走了出来，向盖赫沃吉·哈桑问好，并且说：

"尊贵的客人，你对我的儿子那么好，使我感激不尽。既然来到家门口，怎么不进来一坐，容我们款待贵客一番呢！"

盖赫沃吉·哈桑不好推辞，只好说：

"你的儿子很懂事，言谈举止非同一般人，而且很会做生意，前途无量，我很喜欢他。不过，我今天不便久坐，日后再来拜访吧！"

阿里巴巴说：

"尊贵的客人，我有意招待你，您怎好不赏光呢？"

"主人先生，您有所不知，我因身体欠佳，不能吃放盐的饭菜，故不便在贵府做客。"

"不吃盐，这事好办。现在厨娘正在准备饭菜，我告诉她不加盐也就是了。"

这个伪装为绸布商的盗匪首领见报仇的时机已来到，也就同意进门做客了。宾主坐下，阿里巴巴走去吩咐正在准备饭菜的麦尔加娜，说道：

"喂，麦尔加娜，今天的客人不吃盐，菜里千万不要放盐。"

麦尔加娜一听，便知道了不吃盐的意思，心中一惊，忙问：

"不吃盐？这位客人是谁？"

"管他是谁！你听我的吩咐就是了！"

"遵命！我一定照办！"

麦尔加娜备好饭菜，男仆阿卜杜拉走去摆好座位。

麦尔加娜端菜上饭时，一眼认出今天那位不吃盐的"客人"并不是什么绸缎商，而是那个寻机报复的盗匪头子，不禁心中一惊。

她稍稍留心一看，发现他外袍里藏着一把短刀，心想："好一个不吃盐的家伙，来者不善啊！……我今天决不能放过他！"

阿里巴巴陪盖赫沃吉·哈桑吃罢饭，洗过手，麦尔加娜和阿卜杜拉收拾好碗碟，又端上酒杯、酒壶和水果、甜点。一切摆置停当，麦尔加娜和阿卜杜拉一起退下。

盗匪头子盖赫沃吉·哈桑眼见面前只剩下阿里巴巴和他的儿子，心想："机会来了……杀死这两个人，我就可以像上次那样跳墙逃走……不过，要等到那两个仆人都去休息后再动手为妙……"他不时地摸摸袍下的那把短刀。

麦尔加娜暗中盯着那匪首的举止，心想："这一次绝不能让这个强盗头子逃掉！"想到这里，她脱去外衣，换上一件舞裙，头上缠起一块色彩鲜艳的头巾，戴上面纱，腰间束上一条绸带，别上一把手柄上镶嵌着珍珠宝石的匕首。之后，她让阿卜杜拉拿着铃鼓，二人来到客厅，说：

"老爷，尊贵的客人，让我为你们跳个舞，为你们开怀畅饮助兴吧！"

阿里巴巴说：

"尊贵的客人，这是我家的女奴和男仆，请勿见笑。"

麦尔加娜得到主人的同意，阿卜杜拉敲起铃鼓，麦尔加娜且歌且舞。

盖赫沃吉·哈桑眼见这个舞女在自己的面前转来转去，不停地舞蹈，不住地歌唱，心想："这岂不是白白断送了我动手报仇的良机……"

麦尔加娜的舞兴特别浓，舞姿显得格外优美，动作潇洒自如，时而拔出腰间的匕首显示出自己的姿容，时而又像要把匕首插向自己的胸膛，使人看后觉得眼花缭乱，猜测不出舞姿的含义。

一阵急促的铃鼓声过后，麦尔加娜的舞蹈结束了。

她气喘吁吁地从阿卜杜拉手里接过铃鼓，一手拿着匕首，一手端着铃鼓，就像卖艺人向观众讨钱那样，一一走过宾主面前。

阿里巴巴首先向铃鼓中投了一枚金币；继之，他的儿子也向铃鼓里扔了一枚金币；匪首正要往铃鼓里搁金币时，麦尔加娜手疾眼快，举起匕首一下刺入了他的胸膛，只见鲜血直流，这位"客人"登时一命呜呼。

阿里巴巴及其儿子见客人死去，不禁大惊失色。过了好大一会儿，阿里巴巴才说：

"麦尔加娜，你这个该死的丫头！你闯下大祸啦！你毁了我，也毁了我一家呀！"

麦尔加娜说：

"老爷，不是的，我救了您，也救了您一家。您掀开他的袍子看一看，他身上带的是什么！"

阿里巴巴走去一掀客人的袍子，见他怀里揣着一把匕首，这才恍然大悟。

麦尔加娜说：

"老爷，您今天招待的不是什么贵客，也不是绸缎商，而是前两天来过的那个油贩子，就是那四十个盗匪的头子。他说不吃盐，意思是说不到您家做客，要到贵府寻机报仇。"

阿里巴巴终于想起自己在山中第一次看见盗匪的情景，又想到卡西姆的碎尸，不禁出了一身冷汗。他说：

"麦尔加娜，好姑娘，你两次从盗匪头子的手下救出了我的生命，我应该报答你的救命之恩哪！"

阿里巴巴思考片刻，然后说：

"麦尔加娜，我的好姑娘，我现在宣布释你为自由人，不再是我的女奴了。你忠诚、老实、勇敢，我要把你许配给我的儿子，愿你俩成为恩爱夫妻。"

阿里巴巴转过脸去，对儿子说：

"孩子，麦尔加娜是个聪明、善良、勇敢的姑娘。她胆大心细，两次救了我的性命，功劳非同寻常。我今天才认清了这个假绸缎商、真盗匪头领的面目。正是麦尔加娜姑娘救了我们一家人。你就与她结为百年之好吧！"

儿子欣然同意了父亲的安排。

之后，他们一起动手，把盗匪头领的尸体埋在花园的树下。他们对此事一直严格保密，没有向外人透露任何消息。

过了几天，阿里巴巴请来法官和证人，为儿子和麦尔加娜写了婚书。一切准备就绪，便择定吉日良辰，为儿子举行隆重的结婚典礼，摆筵席，请宾客，张灯结彩，鼓乐齐鸣，热闹非常。

四十名盗匪，只死去三十八个，还有两个下落不明。因此，阿里巴巴整整一年时间都没有到山里去，唯恐发生不测。

一年过去，那两名盗匪都不曾露面，故阿里巴巴认定他俩已经死去，这才来到石洞前，大声喊道：

"芝麻，开门！"

话音未落，石门大开。阿里巴巴走进山洞，见那里的东西不曾有人动过，甚感放心。这时，阿里巴巴才相信自己是世上唯一掌握宝库秘密的人，庆幸自己运气好，由一个卖柴为生的穷苦人一下子变成富翁。阿里巴巴带着几袋子金币，回家去了。

后来，阿里巴巴把石门的秘密告诉了儿子，儿子又告诉了孙子，子子孙孙都过着富裕的生活。

阿里巴巴的子孙都很珍惜他们的好运气，从不骄奢淫逸，所以代代兴旺，久为后世人传诵。

阿拉丁与神灯

相传，在遥远的东方的一座都城，有一位勤劳的裁缝，名叫穆斯塔法。

裁缝穆斯塔法的日子过得很穷，为了养活妻子和儿子，他终日在自己的裁缝铺里辛苦劳作，即便如此，也没能够积攒下供妻儿生活的钱财。

穆斯塔法膝下只有一个独生子，名叫阿拉丁。

穆斯塔法非常喜欢自己的儿子，然而他却没有钱供儿子读书。从小就让阿拉丁整天在外面度过，和那些调皮捣蛋的顽童们一起玩耍，致使阿拉丁学了一身坏习气；一段时间过后，阿拉丁也变成了一个贪玩、懒惰的坏孩子。

阿拉丁尽管很聪明，但十分顽皮、任性。父亲劝他不要和那些坏孩子在一起玩耍，要他离他们远一点儿，竭力想教他一门手艺，也好长大之后谋生。但阿拉丁根本不听父亲的劝告，父亲用软办法劝说阿拉丁改邪归正无效，被迫采取惩罚、责斥的硬办法，然而阿拉丁根本不把父亲的惩罚放在心上，训斥与责备也未起到任何作用，致使父亲感到很失望，觉得没有力量再教育阿拉丁了。

穆斯塔法把阿拉丁带到自己的裁缝铺里，教他学裁缝。

穆斯塔法竭尽全力让阿拉丁喜欢学裁缝，然而刚刚把他领到铺子里，没有多大工夫，他便逃了出去，和那些顽皮的小伙伴们一玩就是一整天。

穆斯塔法知道自己无力使儿子学好，只有把希望寄托在时间老人身上了。他相信艰苦的生活将教训他的儿子，使他改弦更张，步入正道。

过了一些日子，穆斯塔法眼见儿子阿拉丁不识教导，无望成材，不禁大失所望，他一病不起，不久一命归真。

裁缝穆斯塔法身后留给妻儿的只有那个小铺子。

寡母眼见儿子阿拉丁无意继承父业，依旧整日贪玩，便把那个小铺子卖掉了。他们凭着卖得的钱度日，过了相当长时间，才把卖得的钱用完。

寡母为了养活自己和儿子，不至于被活活饿死，开始纺线。寡母整日操着纺车，不停地纺线，然后拿着纺好的线到集市上去卖，用换得的钱维持母子两个人的生活。

父亲去世之后，阿拉丁觉得没人管束，更加放肆无羁，终日与一帮顽皮的孩子一起玩耍，整天整天地不回家。就这样，阿拉丁一直玩到十五岁。

父亲穆斯塔法在世时，竭尽努力都未能使儿子阿拉丁改变恶习，更未能使他爱上一个行业，剩下寡母一人，更是无计可施了。寡母眼见阿拉丁这样不争气，只得把事情交给安拉，终日为儿子祈祷，但期安拉引导他走上正路。

一天，阿拉丁像平日一样，正与伙伴们一起玩耍，忽见一个异乡人从他身边走过；一看其相貌和衣着，便知道他不是本国人。

那个异乡人看见阿拉丁，停下脚步，仔细打量他。

这个异乡客是位有名的妖术师，生长在非洲的一个国家。他自幼刻苦钻研妖术，终于成了出色的妖术师，因此人们都称他为"非洲妖术师"。

这位非洲的妖术师于两天前来到此地。他看见阿拉丁就仔细打量、观察阿拉丁的面纹，研究他的相貌，然后向一个孩子打听阿拉丁的姓名。

非洲的妖术师把一个孩子拉到一旁，指着阿拉丁的后背，问道：

"小朋友，那个孩子叫什么名字？"

那孩子答道：

"他叫阿拉丁。"

听说那个孩子就是阿拉丁，妖术师兴奋不已，自信自己的愿望就要化为现实，自己的努力一定会得到报偿。

原来这位妖术师曾在一本妖书上读到这样一段文字：

在遥远的东方有一个举世无双的宝库。那座宝库里有一盏神灯，上面刻着鬼符；人用手一搓神灯，神灯的魔仆就会出现，有求必应。

妖术师从书中得知，那神灯的魔仆是一个最强大的神王，也是领兵最多的神将。他还得知，除了那里某个地方的一个名叫阿拉丁的青年，任何人都无法打开或进入那个宝库；妖术师就是为找阿拉丁而来的。

妖术师看见阿拉丁正与孩子们一道玩耍，心中不胜高兴，确信他就是自己千里迢迢寻找的那个青年人。

妖术师走到阿拉丁的跟前，问他：

"小伙子，你的名字是不是叫阿拉丁？"

阿拉丁说：

"是呀！我的爸爸、妈妈都这样叫我。"

妖术师说：

"你不就是裁缝穆斯塔法的儿子吗？"

阿拉丁说：

"是的，先生。我父亲已去世几年了。"

妖术师听后，一声大喊，随之哭了起来，边哭边说：

"天哪！穆斯塔法归真啦？好可怜呀！我怎么没有再见他一面，他就离开了这个世界呢？"

妖术师眼里含着泪水，拥抱、亲吻阿拉丁，痛苦不堪，连声哀叹。

阿拉丁想起父亲对自己的脉脉温情，心中痛苦难抑，也和妖术师一起难过起来。

阿拉丁见这位素不相识的陌生人为自己的父亲落泪，心中觉得奇怪，于是问道：

"叔叔，你哭什么呢？"

妖术师说：

"孩子，你有所不知，你的父亲穆斯塔法是我的亲兄弟，你就是我的亲侄子，我就是你的亲叔叔呀！孩子，我平生酷爱旅行，遍走各个国家。后来，我思念家乡，想探望我的哥哥，于是回来了。不过，安拉无意让我在你父亲生前看到他；这一切都是安拉安排定的，我们无可奈何。但求安拉怜悯你爸爸的在天之灵。不过，值得庆幸的是，我从你的面容上看到了你父亲的相貌，这给我带来了安慰，使我能够忘掉一些痛苦。孩子，你就是我的希望，因为你取代了你父亲的位置；人留下后代，就是命已归真，灵魂仍然活在世间。"

妖术师的这番话把阿拉丁骗住了。阿拉丁信以为真，忙吻了吻妖术师的手，对他的温情和安慰表示感谢。

妖术师问：

"孩子，你现在住在哪里？"

阿拉丁随手向妖术师指了指自家所在的方向及自己和母亲住的宅院。

妖术师掏出两枚金币递给阿拉丁，并且说：

"阿拉丁，你赶快回家去吧！你回到家中，告诉母亲，就说如果有可能，我明天晚上去看你俩，也好看看我哥哥穆斯塔法生前住的房子，以及他身后长眠的地方。"

阿拉丁接过两枚金币，飞也似的向家里跑去。他看见母亲，惊喜地问道：

"妈妈，妈妈，请告诉我，你知道我有个叔叔吗？"

母亲觉得好生奇怪，说道：

"孩子，你既没有叔叔，也没有舅舅呀！"

阿拉丁把妖术师的那番话向母亲说了一遍，随后便把两枚金币递到母亲的手里。

母亲觉得奇怪，对阿拉丁说：

"不过你爸爸生前对我说过他有一个弟弟，但他从未见过，可能早就死了，也许这个人就是你爸爸说的那个死去的弟弟。"

妖术师告别阿拉丁，回到住处，一夜兴奋不已，为自己意外找到阿拉丁而欢喜，久久未能入睡。

第二天，妖术师早早起了床，急急忙忙去找阿拉丁，让他带自己去阿拉丁的家。妖术师一看见阿拉丁的母亲，便装出十分悲伤的样子，哭了起来。

一番好言劝慰之后，三个人坐了下来。妖术师说：

"嫂子，请不要见怪。哥哥在世时，你我不曾见过面，互不认识呀！我漂洋过海，远走他乡，已有四十个年头了。我到过印度，到过波斯，还到过巴格达城；后来又去了非洲，到过埃及，那里可是一个好地方啊！最后，我旅行到马格里布，在摩洛哥定居下来，一住就是三十年。有一天，我独自静坐，想起家乡，想起我的哥哥；人在异乡，最难以忍受的是思念故乡之苦。想到家乡，想到哥哥，我在那里再也住不下去了，决计回返家乡。

"我思念故土和亲兄弟的心情难以抑制，立即准备好行装，诵读过《古兰经》的'开端章'，便骑马踏上了归程。非洲离家乡遥远得很哪！我一路历尽艰险，不知吃了多少苦头，穿沙漠，越荒原，过大河，行大川，托安拉的福，总算安全回到了家乡。路途的艰辛，一言难尽呀！

"我回到家乡一看，变化可真大呀！几乎认不出路来了。前天，我正在街上打听哥哥的住处时，忽见阿拉丁正在和一伙小朋友玩，我一眼便认出他就是我的侄子，心里真有说不出的高兴。我把长途跋涉的辛苦忘了个一干二净。我一问阿拉丁才知道我的哥哥已不在人世，我一时难过得差点昏迷过去；我当时的悲痛心情，也许阿拉丁已对你说过了。

"不过，值得庆幸的是我有了阿拉丁这个侄子。常言说得好：人有后代，虽死犹生。这话一点儿也不错。"

这些话使阿拉丁的母亲想起了丈夫，不禁泪水簌簌下落。

妖术师见此情景，立即把目光转向阿拉丁，心想："我的计划可以实施了……"他问阿拉丁：

"孩子，你是学什么手艺的？现在正干什么？挣得的钱能够养活母亲吗？"

听妖术师这样一问，阿拉丁无精打采，登时耷拉下脑袋。

母亲答话了：

"唉，别问他学什么手艺了！凭安拉起誓，这真是个不懂人事的孩子。我压根儿没见过比他更没有用的孩子了。他整天往街上跑，跟着那伙坏孩子玩耍，什么也不会，什么也不学，吊儿郎当，不务正业。他爹就是被他活活气死的。我也没有几天的活头了。我现在没日没夜地纺花车子，纺几两线，到集市上卖几个钱，买点粮食糊口。他叔叔，你不是外人，我什么话都能对你说。这孩子没有出息，只有肚子饿了才回家，别的时候，连他的影子也看不到。我老早就想把他赶出家门，让他找个谋生的门路。如今，我上了年纪，心有余而力不足，生活越来越困难，真觉得过不下去了。"

妖术师听后，装出一副同情的样子，对阿拉丁说：

"孩子，你怎么能这样呢？你这样下去，难道不怕别人笑话？阿拉丁，你已是个小伙子了，又这么聪明伶俐，而且出生在这么好的一个家庭中，不走正道，不务正业，老是靠人家养活自己，这多不像话呀！你如今已长大成人，应该自谋生路，自己养活自己了，感谢安拉，在我们这里有很多能工巧匠，你一定能够学到一门挣饭吃的本领。你父亲生前是做裁缝的，你若不喜欢裁缝这一行，可以另学别的；不管学哪一门手艺，只要下决心干下去，我一定会帮助你的。"

阿拉丁没有吱声，妖术师看得出阿拉丁的心思还在贪玩上，于是又说：

"阿拉丁，我的好侄子！我说的这些话，你也听不进去吗？你若是不愿意去学手艺，那也没有什么不好。我可以给你开个店铺，让你经营布料，这样过不了多久，你就会成为本城里有名的商家了。这样，你看好不好呀？"

阿拉丁听妖术师这样一说，不禁笑逐颜开，似乎觉得自己马上就能成为一名商人，吃好的，穿好的，自由自在，无忧无虑了。这时，阿拉丁笑眯眯地向妖术师点了点头，表示同意这位叔叔的安排。

妖术师见阿拉丁上路了，接着说：

"阿拉丁，我的好侄子，既然你想经商，那就自己开个店铺，好好地干吧！你要真像个男子汉，好好干一番事业，搞出点儿名堂来让人们看看。明天，我带你到市场去，买一套华丽服装，穿起来也好像位老板。然后，我再帮你物色一处像样的铺面。"

阿拉丁的母亲眼见这位初次见面的小叔子如此大方厚道，心里觉得热乎乎的，连声道谢，并且谆谆叮嘱儿子不要再顽皮贪玩，要听叔叔的话。

说罢,她端来美酒佳肴,三个人边吃边喝,妖术师向阿拉丁大谈起生意经来。

吃饱喝足，天色已晚，妖术师起身告辞，约好明日再来。

当天夜里，阿拉丁兴奋不已，未能合眼入睡。

第二天天刚亮，便听到敲门声。阿拉丁的母亲走去开门，见妖术师站在门外。阿拉丁急忙迎接叔叔，热情亲吻他的手。随后，妖术师领着阿拉丁向市场走去。

二人来到市场，走进一家服装店，妖术师拿出最华贵的衣服让阿拉丁挑选。阿拉丁见叔叔如此慷慨，便从中挑了一套自己最喜欢的华丽服装。之后，妖术师又把阿拉丁带进澡堂。二人洗完澡，阿拉丁换上那套漂亮衣服，走出澡堂，心中有说不出的欢乐，禁不住连连亲吻叔叔的手，以示感激之情。

妖术师带着阿拉丁来到市场，走了一家店铺又一家店铺，让阿拉丁看商家经商的情况。妖术师说：

"阿拉丁，你明天就要当老板了，也和这些老板一样，平起平坐。这些店铺，你要常来，跟老板们学上几手。"

"遵命！"阿拉丁不知该说什么。

妖术师领着阿拉丁一一参观名胜古迹、亭台楼阁、寺院古庙。不知不觉之中，午饭时间已经来临。妖术师带着阿拉丁走进一家饭庄，只见那里用的盘碟碗筷全是银的。妖术师要了饭菜酒肴，二人开怀畅饮，不觉已是酒足饭饱。

二人出了饭庄，妖术师带着阿拉丁参观王宫和皇家园林。之后，他又领着阿拉丁来到他下榻的客栈。妖术师请来许多商人一道吃晚饭,他还向众商人介绍阿拉丁。

夜幕垂降,妖术师把阿拉丁送回家中。

母亲见儿子身穿一套阔老板的华丽礼服,不禁喜出望外,热泪盈眶,连声说:

"托安拉的福,你的心真好,叫你侄子沾光了。我真不知道如何报答你才好!"

妖术师说:

"嫂子,这点儿小意思,何劳你说好呢!我哥哥不在了,阿拉丁就是我的儿子,我理当尽做父亲的责任。以后的事情,就不用嫂子为他挂心了。"

阿拉丁的母亲说:

"感谢安拉,苍天有眼啊!他叔叔,我有你这样的一个好兄弟,你的侄子就有希望了。祝你长命百岁。希望日后他在你的调教下,能成为一个有出息的人,也好对得起你一片好心。"

妖术师说:

"阿拉丁长大了,已经不是个孩子了。他日后若能成就一番事业,无疑对你也是一个莫大的安慰。明天恰好是星期五,店铺关门,我答应物色店铺的事也就办不成了,要等后天再办。明天,我一早来叫阿拉丁,领他去逛逛花园,看看名胜古迹,在那里可以见一些商人和商界头领,认识一下,日后用得着他们。"

说罢,妖术师告辞回客栈去了。

回忆一天里接连到来的好事……买衣服,逛宫殿,吃宴会,阿拉丁心花怒放,欣喜难眠。

又过了一晚,阿拉丁早早起了床,听见敲门声,便去开门迎接叔叔。

妖术师带着阿拉丁出了门,穿过城区,转眼之间来到城外。但见那里树木繁茂,亭台错落,修竹参天。阿拉丁还是第一次看到这样的美景,禁不住高兴地跳了起来。

他俩走进一座花园，只见那里溪水流淌，水清见底，小溪两侧有数尊铜狮，目光炯炯有神，闪闪发亮。二人坐下来歇息片刻，吃了点儿点心后继续出发。

妖术师为了让阿拉丁忘掉疲倦，不住地给他讲些神奇古怪的故事，边说边走，终于来到了这个非洲的妖术师不远万里从马格里布而来要寻找的地方。

妖术师说：

"阿拉丁，我们要找的地方就在这里。你可以坐下来歇息一下了。我马上给你看几件宝贝，都是平常人不曾见过的东西。"

片刻过后，妖术师说：

"阿拉丁，你去拾些干柴来，我们生着火，你就能看到我带来的稀世珍宝了；我就是为了让你看见那些东西，才把你带到这里来的。"

阿拉丁不知道叔叔葫芦里究竟卖的是什么药，便拖着疲惫的身子，走进林中拣了些干树枝，抱了回来。

妖术师点着干树枝，火焰升腾而起，随后他掏出一个小盒子，从中取出一撮沉香丢入火堆，同时口中念念有词。霎时间，天昏地暗，大地震动，顷刻开裂，露出一块方石头，中间有一只铁环……

阿拉丁见此情景，吓得魂不附体，拔腿就跑。

妖术师一把抓住阿拉丁，狠狠抽了他一个耳光，险些把阿拉丁的牙齿打掉。阿拉丁当即昏倒在地，不省人事了。

妖术师掏出玫瑰水，往阿拉丁的脸上一洒，阿拉丁方才慢慢苏醒过来。阿拉丁睁开眼睛，哭着问道：

"叔叔，我有什么罪呀，致使你这样惩罚我？"

妖术师说：

"你为什么不听我的话？"

妖术师接着说：

"我既是你的叔叔,与你的父亲是亲兄弟,你父亲不在了,你就该听我的。只要你照我说的办,你就将成为比帝王更富有的人。我的魔力巨大,能够打开地宫之门。在这个石头盖下面,有一座宝库,只有你才能打开,只有你能够掀开石盖,沿着石阶走下去。你若照我的吩咐行事,你我就可以平分宝库里的钱财。"

听妖术师这样一说,阿拉丁又惊又喜,完全忘掉了刚才被抽耳光的疼痛,眼泪也止住不流了。阿拉丁说:

"叔叔,我一定听你的话!你叫我怎么办,我就怎么办。"

妖术师上前亲吻阿拉丁一下,然后说:

"孩子,你是我的亲侄子,我没有别的亲人,我的一切都是你的。我正是为了你才万里归来。我希望你成为世界上最大的富翁。孩子,你去抓住石盖上的铁环,把石盖拉开吧!"

阿拉丁说:

"叔叔,我哪有那么大的力气!咱俩一起拉吧!"

"不能啊,孩子!我一帮忙,事情就糟糕了。你一个人,轻轻一拉,石盖就会移开。要记住,拉住铁环时,要同时说出你和你父母的名字。记住了吗?"

"记住了!"

阿拉丁为自己找到一座宝库而感到高兴,他吻了吻妖术师的手,感谢叔叔的良心善意。

阿拉丁走去抓住铁环,边喊父母和自己的名字,边用力一拉,出乎意料地轻轻松松将石盖移开了。他朝下面一看,原来石盖下有一个地道口,那里有十二级台阶直通地下。

妖术师对阿拉丁说:

"阿拉丁,你要注意,一定要听我的指挥,千万不要粗心大意!进了洞口,到了台阶尽头,你就会看到那里有四个厅堂,那厅堂里不是放着四个金坛子，就是放着四个银坛子，每个坛子都盛着价值连城的宝贝。看见金银坛子，你不要动它们，还要注意不要让你的衣角蹭着坛子，也不要挨着墙壁。你只管往前走，不要左顾右盼，不要有片刻停留；如若不然，你将大祸临头，顷刻就会变成一块黑石头。当你走进第四个厅堂时，会发现那里有一道紧锁着的门。看见那座门，你缓步靠近它，就像掀石盖时那样喊着你父母的名字，轻轻推开那道门。进了那道门，便有一座花园出现在你的面前，园中种满各种果树，各色果实挂在枝头。到了花园里，你顺着当中那条园中甬路往前走，大约走上五十步，就会看见一座大厅，那是一座富丽堂皇的大厅，大厅的天花板上吊着一盏油灯，厅里有一架梯子，有三十根横撑，你慢慢爬上梯子，取下油灯，把灯里的油倒掉，然后把灯揣在怀里，原路返回。那灯里的油不是平常的油，不脏衣物，也不会伤人，你不必害怕。你走出厅堂，到了花园里，如果你喜欢树上的果子，你可以摘一些带回来，阿拉丁，只要你把那盏灯握在你的手里，这整座宝库里的金银财宝就都属于你了。"

妖术师一口气叮嘱完，随后从手指上取下一枚戒指，把它戴在阿拉丁的食指上，然后说：

"阿拉丁，这枚戒指是你的护身符，它将保护你不受任何东西的伤害。你不用担惊受怕。不过，我刚才的那番叮嘱，你要牢记在心里，千万不要忘记。下去吧！你将赢得一座宝库，顷刻间成为天下最富有的人。"

阿拉丁按照妖术师的吩咐，沿着石阶而下，行至尽头，通过四个厅堂进了一座花园。一切都像妖术师描绘的那样……他攀梯而上，取下油灯，倒掉灯里的油，将灯揣在怀里，开始往回走。

来到花园中，眼见果树繁茂，硕果挂满枝头，耳听百鸟鸣啭，自感如入仙境。他仔细朝果树上看去，但见上面结的全是宝石果，光彩耀眼夺目；在那些果子面前，就是正午的艳阳也显得黯然失色。更加出奇的是，那些宝石果子个大无比，就是帝王们拥有的最大宝石也不过只有那些果子的一半大。

可惜阿拉丁年纪太小，不知道这些都是无价之宝，仅仅会欣赏它们的颜

色，以为那些都是大玻璃球，便顺手采摘了一些，准备带回家去玩。他小心走过那四座厅堂，没有去动那些金银坛子，衣角也没有蹭到任何东西。

当阿拉丁将登到最后一级石台阶时，由于带的东西太重，再加上那最后一级台阶特别高，他觉得有些力不从心，于是大声喊道：

"叔叔，叔叔，拉我一把吧！"

妖术师听到喊声，凑上前去，说道：

"你先把那盏灯递给我！你带的东西太重了，把你的腰都压弯了。"

"叔叔，这灯并不重，但揣在我的怀里，拿不出来；等你把我拉上去，我就把灯给你。"

妖术师迫不及待地要那盏灯，而阿拉丁因为口袋里装满了宝石果子，整个身子动弹不得，一时掏不出灯来。

妖术师见阿拉丁久久不把灯递出来，不禁火冒三丈，向熊熊的烈火里投了一些沉香，念了一阵咒语，只见那石盖缓缓移向洞口，最后照原样把洞口盖得严严的，将阿拉丁盖在了洞里头。妖术师用沙石掩埋洞口，打算把阿拉丁困死在洞中。

妖术师自感无望得到神灯，垂头丧气地返回非洲老家去了。

阿拉丁在地下宝库里大声呼救，求叔叔拉他一把，却听不到一声回答。阿拉丁终于明白了，原来自己受了妖术师的诱骗，他根本就不是自己的叔叔，而是另有图谋。

阿拉丁感到生还无望，禁不住伤心地哭了起来。他出不去，只好往下走，期望能找到一个出口。但他走到最下一层台阶，发现那里一片黑暗，伸手不见五指。他发现所有的通道都堵死了。通往花园的厅门也关得死死的，此时此刻，他求生无路，只有转身回到石台阶那里，坐下等待死期到来。

有道是天无绝人之路。就在阿拉丁坐在那里等死之时，忽然想起了下地道时妖术师给他戴上的那枚戒指，并且想起妖术师对他说的那几句话："阿拉丁，这枚戒指是你的护身符，它将保护你不受任何东西的伤害，你不必担惊受怕。"原来这枚戒指是安拉借妖术师之手来保护阿拉丁免遭丧命之灾的法宝。就在阿拉丁万分失望之时,他下意识地一搓手,搓到了食指上的那枚戒指,忽见一个巨大精灵出现在面前。说道:

"我的主人,你有什么吩咐,请说吧!我是这枚戒指的奴仆,谁是这枚戒指的主人,我就服从谁的指挥。"

阿拉丁抬头一看,发现面前站着的这位精灵身材高大,相貌如同传说中的苏莱曼大帝的妖仆一样。眼见巨大精灵,阿拉丁吓得周身抖作一团。

那精灵说:

"主人,你需要什么,只管开口就是。因为你是神戒指的主人,我也就成了你的仆人,我一定听从你的吩咐。"

阿拉丁听精灵这样一说,心神稍觉平静。他又想到妖术师的那番话,猜想那枚戒指发挥作用可能就在这样的时刻。想到这里,阿拉丁喜出望外地说:

"神戒指的仆人,请把我送回到地面上去吧!"

阿拉丁话音未落,但见大地开裂,自己一下便站在了宝库所在的山下。因为他在黑暗地洞里待了三天,刚上地面,阳光灿烂,一时不敢睁眼。过了好大一会儿,阿拉丁方才慢慢睁开眼睛,好奇地观看大地上的一切。当他寻觅宝库的铁环石盖时,发现那里地面平平,没有任何痕迹。他静静地站在原地,思考片刻,回想自己来到山下的情形,认为自己所在的地方就是看到宝库铁环石盖处。

阿拉丁向着原先走来的方向望去,但见那里有曾经游逛过的花园,依稀认出了自己走来的那条路。

阿拉丁缓步向花园走去,暗自庆幸自己大难不死,感谢安拉救命之恩。他边往回走,边回忆来时所经过的地方和景物,终于看到了城郭,心中有说不出的高兴。

阿拉丁穿大街过小巷,一口气跑回家中,来到母亲面前;因为惊惧、喜悦过度,又挨了三天饥渴,终于感到疲惫不堪,难以支持,昏倒在地,不省

人事了。

自打阿拉丁离开家那天,母亲就一直放心不下。天黑之后仍不见儿子归来,心中更是焦急不安。儿子一连三天没有音信,母亲哭成了泪人。阿拉丁突然回到家中,母亲又惊又喜,却万万没有想到儿子会突然昏倒在地。眼见此情此景,母亲惊慌至极,忙到邻居家借来玫瑰水,往阿拉丁脸上洒了洒,阿拉丁方才缓缓苏醒过来。

阿拉丁刚一醒来,便说:

"妈,我已经三天没有吃饭,也没有喝水了。"

母亲急忙取来食物,摆在阿拉丁面前,说:

"孩子,你坐起来,慢慢吃吧!你先不要说话,因为你太累了。"

阿拉丁吃喝过,精神好了许多。母亲问:

"孩子,你这几天到哪儿去了?"

阿拉丁把妖术师如何带他去游览名胜古迹、皇家园林的经过向母亲讲述了一遍,又说到妖术师怎样把他带到一座山下,然后拾来干柴、干草,点着火,把沉香投入火中,口中念咒以及自己是如何从地下宝库到花园摘到宝石果和油灯等情况一一讲给母亲。

说到这里,阿拉丁从口袋里掏出那些宝石果子,又从怀里掏出那盏灯,放在母亲面前,让母亲看。其实,那些宝石果子都是价值连城的稀有宝石,就连帝王也没有,而那盏油灯是一盏神灯,魔力无边;所有这些,阿拉丁一概不知底细。

阿拉丁接着说:

"妈,我带着灯和那些果子原路而回,然后登上石台阶,还有一个台阶就到洞口时,因为带的东西太沉,也没有力气了,就大声叫喊:'叔叔,拉我一把!'但那个坏蛋就是不拉我,而是说:'你先把灯递给我。'那灯在我的怀里揣着,上面压了许多果子,实在掏不出来,我就说:'灯掏不出来,等我上去,就把灯给你。'原来他想要的就是这盏油灯。我没有给他,他就把宝库盖子盖上了。他想把我困死在地下呀！他根本不是我的叔叔，而是个大坏蛋！"

听罢儿子这番话，母亲气愤地说：

"你说得对，那是个坏人。幸得神灵搭救，你才没有被他害死。这个没有良心的东西，当初我真以为他是你的叔叔呢！"

阿拉丁一连三日被困在地下，没有吃饭，没有喝水，实在疲惫不堪，一觉睡到次日中午方才醒来。

阿拉丁一醒来，便对母亲说：

"妈，我饿啦！"

母亲说：

"孩子，家里什么吃的东西也没有了，都叫你吃光啦。你等一会儿，我把纺好的纱拿去卖了，再给你买些吃的东西回来。"

"妈，先把纱放一放，不如把我带回来的那盏油灯卖掉，我想总比那棉纱卖的钱多。"

母亲取来油灯，发现灯很脏，外面全是油腻，便说：

"把灯擦干净些，也许能多卖几个钱。"

她说着，弄来了沙子，加上少许水，就要擦灯，可是，她抓着沙子，刚朝灯上一擦，只见一个巨大的妖怪出现在她的面前，用洪亮的声音说：

"我的主人，我来了！我是你的奴仆，也是这盏神灯主人的仆人；不仅如此，这盏神灯的其余奴仆们也都是灯的主人的奴仆。"

阿拉丁的母亲从来没有见过这样的怪物，不禁惊恐万状，张口结舌，随即昏倒在地上。

阿拉丁曾在宝库里见过巨怪，听到声音立即赶来，从母亲手里接过神灯，对巨怪说：

"神灯的奴仆啊，我肚子饿得厉害，给我弄点吃的东西来吧！"

灯神随后影迹全无。眨眼间，灯神又出现在面前，头顶着一个银托盘，托盘里放着十二个金盘子，盘子里尽是美味佳肴，另有两瓶清香醇酒，还有雪白的馒头，灯神把盘子放在阿拉丁的面前，随后隐身而去。

阿拉丁见母亲昏倒在地，便取来玫瑰水，往母亲的脸上洒了洒，母亲慢慢苏醒过来。

阿拉丁说：

"妈，神灵给我们送来了吃的东西，坐起来吃点儿吧！"

母亲坐起来，见金盘银盘和美味佳肴摆在面前，惊喜不已，随口问道：

"孩子，这是哪位慷慨的大恩人得知我们挨饿受穷，给我们送来的救命饭菜呀？真是好心肠的善人，叫我们感激不尽啊！恐怕是皇帝得知我们生活穷苦，特地赏给我们这些吃的吧！"

"妈，不管是谁送来的，我太饿了，快来吃吧！"

阿拉丁把母亲扶起来，将托盘端到母亲面前，母子俩津津有味地吃了起来。因为肚子太饿，加上饭菜可口，都是不曾见过，更不曾吃过的上等饭菜，所以觉得特别香甜，尤其是那精美的金银餐具，更是不曾梦见过的东西，究竟价值几何，母子俩根本无从知晓。

母子俩吃饱喝足，见盘子里剩下的食物还足够当晚和明日三顿吃的，二人洗过手，开始坐着谈天。

母亲望着儿子，说：

"孩子，你是怎样把那个巨怪打发走的？多亏神灵可怜我们，给我们送来这么多好吃的东西，今后再也不会饿肚子了。"

阿拉丁把母亲擦灯后出现巨怪，直到母亲昏倒在地的情况，向母亲说了一遍。母亲听后，惊诧不已，说道：

"神怪显灵的事情听人说过，但我从未见过。我想救你出洞的八成是这位神灵。"

"妈，不是的，那是另外一个神仆，而出现在你面前的这一个是神灯的奴仆。"

"孩子,这是怎么回事呀?"

"这两个妖怪的模样不大一样。救我出地洞的是神戒指的仆人,而你刚才见到的是神灯的奴仆。"

母亲听后,大惊失色,忙说:

"那巨怪一出现在我面前,差点儿把我吓死,原来他是这盏灯的神仆呀!"

"是的。这个巨妖是神灯的奴仆。"

"孩子,看在我对你的养育之恩的面上,你赶快把这盏灯和那个戒指扔掉吧!因为把这样的东西留在我们的身边,只会给我们带来灾难。我实在不愿意再看到这种可怕的情景了。孩子,你要知道,同妖魔鬼怪打交道,可是犯王法的呀!先贤和圣人们告诫过我们,要对神妖鬼怪多加提防才是。"

"妈,我是你的儿子,论理我应该听你的话。可是,我实在舍不得这盏神灯和这枚宝贝戒指,你已亲眼看到,我们饿的时候,多亏这盏神灯给我们帮忙,给我们送来了这么多好吃的东西。我下宝库时,那四个厅堂里满是金银珠宝,那个骗子却没有让我拿那些,偏偏让我走过放金银的坛子,去拿这盏油灯。由此可见,这盏灯不是一盏普通的灯,而是一件无价之宝。如若不然,他怎会从那么老远的地方来到我们这里找这盏油灯呢?你再想想,我眼看就要出洞口,他非向我要这盏灯不可,我没有给他,他就把我关在地下,这都是为什么呢?我不能扔掉这盏神灯,要好好保管它;有了它,我们就再也饿不着肚子了;另外,千万不要让邻居看见这盏灯。这枚戒指,我也不能扔掉;若不是这枚戒指的神力,我非死在那金银宝库里不可。日后我若遇到什么磨难,这枚戒指还会救我的。妈,你不喜欢这两件东西,我就先把它藏起来。"

"好吧!我再也不想看见那种可怕的情景了。"

一连两天,母子俩都吃着神灯的奴仆送来的饭菜。

第三天,家里的东西吃光了,阿拉丁便拿着一只盘子到市场上去卖,并不知道那是纯金盘子。

阿拉丁来到市场,遇到一个银匠。那银匠是个狡猾、吝啬的家伙。他见阿拉丁手里拿着一个盘子要卖,便截住阿拉丁,把他拉到一边,仔细打量那只盘子。银匠发现那是一只赤金盘子,想把它买到手,心想:"这个小孩子知不知道这盘子的价值?能不能轻易把这个东西买到手?"想到这里,他开口问:

"喂,小先生,你这个小盘子要卖多少钱?"

阿拉丁说:

"多少钱?你该最清楚。"

银匠听小孩子的回答颇行家,一时不知道该给多少钱了。起初,银匠只想花几个铜板就把盘子买到手,但又担心卖主识货,未敢冒昧开口。银匠思考片刻,心想,也许眼前这个孩子根本就不知道盘子的实价,于是从口袋里掏出一枚金币,对阿拉丁说:

"我出一个金币,卖给我吧!"

阿拉丁眼见一个光灿灿的金币,便接在手中,飞也似的向市场跑去。

银匠见小孩子那样痛快,后悔自己竟花了一枚金币。

阿拉丁走去买了馒头,然后带着剩下的钱跑回家中,把馒头和剩余的钱一并交给母亲。

母亲拿着钱到市场上买了一些吃的和零用东西,家中吃的和用的都不缺了。

就这样,阿拉丁每当没有钱用时,就拿着一个盘子,到那个银匠那里卖一个金币花。因为那个银匠第一次是用一个金币买下来的,所以以后也就没有再敢还价,唯恐阿拉丁另找买主。就这样,阿拉丁终于把十二个小盘子都卖掉了,然后决定去卖那只大托盘。

因为那只大银托盘很重,拿着不方便,阿拉丁便把那个银匠带到家中看货。银匠见是一只大银盘,便付给阿拉丁十二枚金币。这是不小的一笔钱,足够母子俩花用一段时间的。

过了一段时间，钱又花光了，阿拉丁因怕母亲看到灯神出现的情景，便利用母亲不在家的机会，拿出神灯，用手一搓，灯神顿时出现在眼前，并且说道：

"主人，奴仆来了，有什么吩咐，请说吧！谁是这盏灯的主人，我就为谁效力。"

阿拉丁说：

"我饿了，快像上次那样，送盘吃的东西来吧！"

灯神隐去，片刻后，他头顶一个大托盘出现了，盘中放着十二只小盘，盘盘都是美味佳肴，另有馒头和美酒。

过了一会儿，母亲回来了，眼见一盘美味摆在家中，喜出望外，同时又感到害怕。阿拉丁见母亲又惊又喜，说道：

"妈，你看这盏神灯好处多大呀！当初你让我把它扔掉；现在看来，还是不扔掉的好吧！"

母亲说：

"愿天神救助我们！但我不喜欢再见到那种吓人的情景。"

母子俩开始进餐，二人吃饱喝足，把剩下的东西放起来，留着明天再吃。

两天过去了，饭菜吃光，阿拉丁怀里揣着一只小盘子，准备去卖给那个犹太银匠。

说来纯属凑巧，阿拉丁路过市场时，遇到一位老金匠。那是一位善良的匠人，诚实可敬，他买卖公平，世人皆知。金匠叫住阿拉丁，说：

"小孩子，有什么东西要卖吗？我常看见你与那个犹太银匠打交道，卖给他数件东西，让我看看，我保证给你一个好价钱，决不会让你吃亏。"

阿拉丁掏出盘子，递到金匠手里。

金匠问：

"你卖的盘子都是这样大小的吗？"

"是的。"

"他给你多少钱?"

"一个盘子一个金币。"

老金匠一惊,说道:

"好一个黑心鬼!那个犹太银匠真是个该诅咒的家伙!他常常贱买贵卖,坑害善良人,致使很多人上他的当。孩子,他把你愚弄了,每个盘子至少可卖七十枚金币。你若想卖,我就给你七十枚金币。"

"卖给你吧!"

老金匠给了阿拉丁七十块金币,阿拉丁高高兴兴地回家去了,庆幸自己遇到了好人,万分感激老金匠的一片善心。

就这样,阿拉丁把钱花完了,就去卖盘子,母子俩过上了宽裕的日子。虽然家境大有好转,但母子俩仍然过着省吃俭用的生活,从不大手大脚,更不挥霍浪费。阿拉丁也好像长大成人了,不再与那些游手好闲、不三不四的人来往,而是找生意人交朋友,经常出入市场,学习经营本领,一心开辟生意门路。阿拉丁还经常去珠宝市,观看那里陈列的名贵珠宝,留心商人们做买卖的门道。通过日常的交往和观察,阿拉丁的知识面宽了,见识广了,这才知道自己从宝库花果树上摘下来的那些果子不是什么彩色玻璃球,而是一颗颗巨大的稀世宝石,枚枚价值连城,自感自己成了世上最富有的人。他仔细观察之后,发现自己最小的宝石也比珠宝店里最大的宝石要大数倍。

阿拉丁在与商人的交往中,学到了做生意、交朋友的本领,一天比一天熟悉市场,一月比一月熟悉行情,一心一意做个出色的生意人。

有一天,阿拉丁正在城中走着,忽听传令官高声嚷道:

"当朝至圣皇上诏谕:今日布杜尔公主去澡堂沐浴熏香,店铺必须关门,居民必须回避,违令者,格杀勿论。"

听说皇上的女儿白德尔·布杜尔公主要出来,阿拉丁心中不禁大喜,因为他早就听说,那位公主天生丽质,明艳动人。因此,阿拉丁很想借机看公主一眼。阿拉丁思考片刻，认定到澡堂里去看最好，于是快步走到澡堂，躲在过厅的门后，静等公主来临。

白德尔·布杜尔公主在众宫女的簇拥下，穿过街道，边走边看，然后进了澡堂。她进门后取下面纱，向过厅走去，藏在过厅门后的阿拉丁悄悄望去，果见公主花容月貌：一对明眸亮如艳阳，两弯眉毛恰似新月；面若玉盘，白里透红；朱口含玉，真乃是一位下凡的仙女。

阿拉丁一眼便爱上了公主，呆呆地站在原地，失魂落魄，一时不知如何是好。

日落时分，阿拉丁方才慢步回到家中，无精打采。母亲问他为什么这么晚才回来，他好像没有听见母亲的问话，径直朝自己的房间走去。

一夜过去，第二天早上，母子俩一起吃早饭时，母亲问：

"孩子，你怎么啦？莫非有什么不舒服？怎么不说话呀？"

此时此刻，阿拉丁还在想着公主的俊秀容貌。虽然平日听人们说过公主如何漂亮，但阿拉丁并不晓得什么叫"漂亮"，只是见到公主之后，才动了心，只觉得公主的影子总在眼前晃动，睡不着，吃不香，神志恍惚，不知如何是好。

听母亲再三问他，他才说：

"妈，你就别问啦！"

饭菜端上了桌，阿拉丁仍然失神地呆坐在那里，不动筷子。母亲问：

"孩子，你闹什么病了吧？有什么不舒服，只管跟妈说！"

"妈，我想独自静一会儿！"

在母亲一再劝说下，阿拉丁吃了几口饭，便回自己的房间躺着去了。

一天过去，阿拉丁仍然不吃不喝。

一夜过去，阿拉丁躺在床上，辗转反侧，未曾合上眼。

几天过去，母亲见阿拉丁六神无主的模样，问：

"孩子，你究竟是怎么啦？如果有什么不舒服，就请大夫来看看，听说

有位御医来到了我们这里，医道很高明。"

阿拉丁说：

"我没有病。妈，我以前以为天下女人都跟你一样。可是，我昨天看到了白德尔·布杜尔公主，亲眼看到了她的模样，长得真叫俊秀，就像天上下凡的仙女，举世没有这样漂亮的姑娘。妈妈，我一见她便爱上了她，我要向皇帝去求婚，求他把公主嫁给我；如果她不嫁给我，我真的就活不成了。"

母亲听罢，猜想儿子是疯了。母亲忙说：

"孩子，愿神灵保佑你。孩子，那是皇帝的女儿，我们怎能攀得上呢？你该是发疯了吧？"

"我没有疯！我决心已定，娶不到公主，我的心难得安宁。我要去见皇帝，向公主求婚。"

"孩子，不要胡思乱想了！街坊邻居听你说出这样的话，一定会说你着了魔。你不要异想天开了！你想想，谁敢向皇帝提这门亲事？谁敢给你说这门子媒？"

"妈，有你在，我还能让别人去为我说媒吗？我最相信的就是你，你去给我提亲说媒吧！"

"老天爷不准许这样行事。你以为妈妈也像你一样头脑发热、失去理智了吗？你真是不知道天高地厚。孩子啊，你好好想一想，你的爸爸是一个穷裁缝，你妈妈也不是大家闺秀，你怎能想到向皇帝的女儿求婚呢？一位公主，绝不会嫁给一个穷裁缝的儿子。"

"妈妈，这些情况，我想过了。不管怎样，我也要向公主求婚。你若疼爱自己的儿子，就求你亲自跑一趟，成全我的这桩美好姻缘；如若不然，我娶不上公主，我也就不活着了。妈妈，你不要忘记，我是你的儿子呀！"

听儿子这样一说，母亲不禁泪水簌簌下落，边哭边说：

"是啊，孩子，我是你的生身母亲，妈只有你这么一个儿子。可是孩子，去普通人家求亲，我都难以启齿，向当今皇上求亲，我怎么敢呢？一个堂堂的公主，怎会嫁给一个穷裁缝的儿子呀？我去向皇帝求婚，惹怒皇上，你我母子性命难保。孩子，我们怎好为了一门亲事，拿性命去冒险呢？我有什么办法去见皇上？就算我能进入皇宫，见了皇上，我开口说什么？我说裁缝的儿子向皇上的女儿求婚？说不定皇上大怒，立即把我当疯子抓起来。孩子，也许皇上是个宽宏大量、慷慨无比的明君，会体谅、怜悯平民百姓。不过皇上的恩典和赐赠，只限于给那些有战功的英雄和对国家有贡献的良才。可是你呢，我的孩子，你有什么战功？你有什么贡献？我劝你不要让我去冒这种险，因为你连像样的礼品都拿不出来给当今天子。"

阿拉丁听过母亲的这段长长的劝告，对母亲说：

"妈妈，你说得有道理，我全明白，而且能够记在心里。不过，我真的爱上了公主；我娶不上她，难以活下去。至于觐见皇上求亲的见面礼，我们有啊！我从地下宝库花园里采摘的那些宝石果子，全都是无价之宝，就连皇帝的宝库里也没有。近一段时间以来，我结交了许多位珠宝商，学了一些关于宝石的知识，知道我采回来的那些宝石都是最名贵的，都是稀世珍品。我记得咱家有个大盘子，你把宝石果放在大瓷盘里，拿去献给皇上，便可借机向皇上求亲。你带上如此珍贵的礼品去见皇上，管保你成功。我同珠宝商打了一些交道，知道这些宝石的真实价值。目前市面上顶好的宝石，价格只能相当于我的宝石的四分之一；我敢说，世上没有再好的宝石了。妈妈，你快去把大瓷盘取来，把宝石摆上一看，你就知道它的贵重之处了。"

母亲走去取来大瓷盘，放在阿拉丁的面前。

阿拉丁把采来的那些宝石果子摆放在瓷盘里，但见那些宝石光彩夺目，煞是耀眼，令人眼花缭乱。

阿拉丁说：

"妈，你瞧见了吧！谁还能找到比这更贵重的见面礼？把它往皇上面前一摆，我担保当今天子会把你当作贵宾款待。妈，你赶快带着这些宝石进宫吧！"

母亲虽然不确信这些宝石是无价之宝,但却认为帝王没有这种稀世珍宝也许是事实。

母亲思考片刻,然后说:

"孩子,为了你,不管怎样,我也应该走一趟。假若皇帝真接见我,看到我送上的珍贵宝石,我也说明了自己的来意,皇上随后打听你的职业、地位、品德和收入,我该怎样回答皇上呢?"

阿拉丁听母亲这样一问,思考片刻,然后说:

"妈,你就放心吧!皇上看见这些光芒四射的稀世珍宝,根本就没有心思问别的什么事了。只要你把这些宝物献给皇上,然后再开口替我向白德尔·布杜尔公主求婚,可能事情并不像你想象得那么难。你要知道,我有这盏宝贝神灯,要什么就会有什么,一切都不用发愁。不过倒有一个问题,假若皇帝真向你问起我的职业等问题,如何回答他,应该想个万全之策。"

母子俩一直商量到夜深人静,方才歇息。

第二天一大早,母亲起床梳洗打扮完毕,便准备去见皇帝了。她知道家中有盏神灯,有求必应,需要什么东西,用不着发愁。

阿拉丁向母亲讲了神灯的用途之后,又叮嘱母亲说:

"妈,这神灯是我们家中最宝贵的东西,千万不能说给外人听;如若不然,会有人打这盏神灯的主意,不是被偷走,就是被抢走,我们的幸福也就无望了。这盏灯是我们幸福生活的源泉。"

母亲听后,说:

"孩子,这个我明白。"

说罢,她用一块丝巾将宝石包起来,然后捧着盘子,向皇宫走去。

阿拉丁的母亲来到皇宫前,见前来早朝的文武百官相继步入皇宫,她也尾随着他们进了大殿。她看到文武官员们向皇帝行礼后,分站两边,垂手肃立,朝臣们奏本过后,皇帝起驾回后宫,大臣们相继退下,并没有人问起自己。君臣们退朝之后,她这才离开大殿,捧着那盘宝石,无精打采地向家门走去。

阿拉丁见母亲又带着礼物回来了，并没有立即问母亲出了什么事情。

母亲放下宝石盘子，把去皇宫的情况向阿拉丁说了一遍，然后说：

"孩子，我今天壮着胆子进了皇宫，但那里奏本的文武大臣太多了，我根本就没有机会跟皇帝说话，更没有呈上礼物的时间。孩子，我今天去了一趟，觉得有胆子了，不害怕了。明天，我再到皇宫去，但愿我能有机会向皇帝送上这份重礼，接着谈求亲的事。"

听母亲这样一说，阿拉丁心里很高兴。

第二天，阿拉丁的母亲捧着宝石盘子赶至皇宫大殿，发现殿门紧闭。她向宫仆们一打听，才知道皇上每星期只有三次临朝听政，她只得离开皇宫，转回家中。

从此以后，阿拉丁的母亲天天去皇宫。大殿的门开着时，她就站在殿里等机会向皇上献礼、说话，但等来等去等不到机会，只好原路返回。大殿关门，皇帝不接受群臣朝见时，阿拉丁的母亲就离开那里。就这样，不知不觉四十天过去了。

有一天，皇帝听罢群臣奏本，群臣相继离去，皇帝把宰相叫到自己的跟前，说：

"相爷阁下，每次朝见中，我总看见一位老太太站在大殿上，双手还捧着什么东西，她是何人呀？她来到大殿，有什么事啊？"

宰相说：

"皇上陛下，女人嘛，能有什么大事！无非是受丈夫的虐待，或者是与人有什么争执，想向陛下诉诉心中的冤屈罢了。"

皇帝不以为然，说道：

"未必吧！等她下次再来，你带她来见我。"

第二天，皇帝见阿拉丁的母亲站在皇宫大殿上，满面倦意和愁容，便对宰相说：

"相爷阁下，我昨天说的就是这位妇人。你把她领到我面前来问问她有什么事，满足她的要求就是。"

宰相走去，把阿拉丁的母亲领到皇帝面前。阿拉丁的母亲即向皇帝行跪拜礼，上前吻皇帝的手，祝福皇上万寿无疆，荣华富贵。

皇帝说：

"老妇人，我见你多次来到大殿，站立许久，似有话要说。你有什么话，有什么要求，只管对寡人说就是了。"

阿拉丁的母亲再次向皇帝行跪拜礼，再次祝福皇上万寿无疆，然后说：

"皇恩浩荡，奴婢沾福。皇上，我求你赦我无罪，我方才敢于单独向陛下表述我的来意和要求。"

皇帝听她这样一讲，立即喝退左右大臣，只留下宰相，这才对她说：

"老妇人，赦你无罪，保你平安。有什么话，只管讲给寡人听吧！"

"陛下，奴婢的话若有什么不当，乞求皇上宽谅。"

"老天保佑，有话只管讲就是了。"

"天子陛下，我有个儿子，名叫阿拉丁。一天，他听传令官说陛下的女儿白德尔·布杜尔公主要去澡堂沐浴，便决心一睹公主的美貌。因为公主天生丽质，我儿子阿拉丁早有所闻。阿拉丁对公主一见倾心。从那天起，阿拉丁坐卧不宁，夜不成寐，一心恋着公主。阿拉丁苦苦哀求我来向皇上求亲，期望与公主结为百年之好。我已多次劝他，要他放弃这种幻想，但他就是不听我的劝告，却说如果不能与公主成亲，他就难以活命。我求皇上开恩，宽恕我这孤儿寡母的奢望。"

皇帝听后，笑眯眯地说：

"你手上捧的是什么东西呀？"

阿拉丁的母亲发觉皇帝听完她的话之后，不但没有发火，反倒要看她带来的礼物，心中热乎乎的。随后，她揭开丝巾，只见一大盘宝石呈现在皇帝的面前，光彩夺目，顿时大殿四壁生辉。

皇帝眼见满盘子的稀世宝石，五颜六色，煞是诱人，不禁万分惊异，情不自禁地说：

"珍宝，珍宝！我有生以来，还是第一次见到如此精美的宝石。在我的珍宝库里，没有一颗可与此媲美的宝石。"

皇帝又说：

"照这样说，把白德尔·布杜尔公主许配给这些宝石的主人，那是再合适也不过的了。"

宰相听皇帝这样一说，顿时方寸大乱。因为皇帝已答应把公主许配给他的儿子。

宰相凑到皇帝跟前，悄声对皇帝说：

"皇上，恕臣提醒陛下，当初陛下已答应将公主白德尔·布杜尔许配给犬子。我恳请陛下给臣子三个月的期限，让我筹措一份厚礼献给陛下，作为迎娶公主的聘礼。"

其实皇帝完全明白，即使给宰相再长的时间，他也弄不到眼前这位老妇人献来的宝贝。但皇帝不愿驳宰相的面子，一口答应了宰相的请求。

皇帝随后把目光转向阿拉丁的母亲，对她说：

"老妇人，告诉你的儿子，我答应将公主许配给他，不过，要让你的儿子再等三个月，允许我为女儿准备一份嫁妆。"

阿拉丁的母亲听皇帝这样一口答应下这桩婚事，大喜过望，连连拜谢皇帝，然后告辞回家去了。

阿拉丁见母亲回来两手空空，又见她满面春风，心想八成如愿以偿。阿拉丁说：

"妈，怎么样？皇帝收下了那些宝贝了吧？皇帝都跟你说了些什么？你向皇帝说到我的婚事了吗？"

母亲掩饰不住内心的欢喜，把皇帝收下礼品的前前后后向儿子讲了一遍。母亲说：

"皇上答应了！皇上答应把白德尔·布杜尔公主许配给你。不过，皇帝听宰相耳语了几句，然后告诉我，要过三个月，你才能与公主成亲。孩子，我担心宰相要出什么坏点子，想改变皇帝的主意；如果是那样，事情就麻烦了。"

阿拉丁听母亲说皇帝答应把公主嫁给自己，即使要等上三个月，心里仍然有说不出的高兴。他说：

"既然皇帝已经答应把公主许配给我，即使等上三个月也是件大喜事。"

阿拉丁再三感谢母亲辛苦奔波，他喜在心里，乐在脸上，耐心等待着自己与白德尔·布杜尔公主洞房花烛的喜日的到来。

阿拉丁掐着手指头，计算着大喜日子的来临，好容易才熬过了两个月。

一日傍晚，阿拉丁的母亲去市场打油，发现店铺关门，家家门前张灯结彩，整个城市装点得焕然一新，手举火把的达官贵人骑着高头大马在街上往返穿梭，街巷明灯高悬，将城区照得通明。眼见此景此情，阿拉丁的母亲一时十分纳闷，她走近油铺，问店老板：

"师傅，这大街上这么热闹，火把将街巷照得通亮，究竟有什么喜事呀？"

店老板说：

"大概你不是本地人吧？"

"我是本地人呀！"

"今天晚上是皇上的女儿白德尔·布杜尔公主与宰相的儿子结婚的吉日良辰。现在，宰相的儿子正在澡堂沐浴，兵士们正为他巡逻守卫。"

听老板这样一说，阿拉丁的母亲险些晕过去。她想："皇帝已经当面答应我把公主许配给我的儿子……我儿子已经苦苦等了两个月时间……我回去如何开口对儿子讲这件事呢？"她终于清醒过来，快步回到家中，推开儿子的房门，惊慌失措地对儿子说：

"阿拉丁，大事不好。皇上说话不算话，又把公主许配给宰相的儿子了，今夜就要成亲。"

"这消息您是从哪里听来的？"

母亲把消息的来路以及街上的热闹情况向阿拉丁说了一遍，然后说：

"我对你说过，宰相对皇帝耳语了几句，准是要出什么坏点子，果不其然，我担心的事情真的发生了。"

阿拉丁听后，怒火满胸，片刻，他想到神灯，心情平静下来。他对母亲说：

"妈，我有办法，你不用担心，我是有希望与公主结亲的。"

吃完饭，阿拉丁走到自己的房间，锁上门，取出神灯，轻轻一搓，灯神马上出现在他在面前。灯神说：

"主人，我来了。有什么吩咐，请讲吧！"

阿拉丁说：

"神仆听好：我已向皇帝的女儿白德尔·布杜尔公主求婚，皇帝也答应将公主许配给我，定于三个月后成亲。可是，皇帝言而无信，出尔反尔，竟一女许配二男，公主今夜就要与宰相的儿子成亲。你如果是我可靠的神仆，我命令你今夜把他俩一起带到我这里来。至于之后怎么办，就由我处理了。"

灯神答道：

"奴仆明白！还有什么事要做吗？"

"没有啦！"

灯神顿时隐去。阿拉丁把神灯收藏好，走出房间，照常跟母亲谈天。

过了一会儿，阿拉丁觉得灯神该回来了，便回到房间，关好房门。片刻后，灯神抱着新郎新娘回来了。

眼见此景，阿拉丁欣喜不已，对灯神说：

"把这个该死的新郎给我关到库房里去，让他到那里去过夜！"

灯神立即行动，把新郎抱进库房，向他吹了一口气，将他冻僵在那里。

灯神旋即回到阿拉丁面前，问道：

"主人，还有什么吩咐？"

阿拉丁说：

"明早再来，然后把他们送回宫中去。"

"遵命！"

旋即灯神消失得无影无踪。

阿拉丁简直不敢相信这一切都是现实。房间里只剩下他和公主两人，他炽热地爱着公主，却并没有因此而做出越轨行为。他对公主说：

"美丽的公主，我之所以这样安排，原因在于令尊大人已把你许配给我。你不要惊惶，安心休息就是了。"

公主又惊又喜，一夜未曾合眼。宰相的儿子被关在库房里，冻得周身战栗，自然难以入睡。

次日清晨，阿拉丁一搓神灯，灯神当即出现，灯神说：

"主人，我来了，有何吩咐，请讲。"

阿拉丁说：

"把新郎新娘送回皇宫里去吧！"

灯神受命，把人送回皇宫的新房里，来无影，去无踪，谁也没有弄清是怎么回事。

天亮了，皇帝走来看公主，祝贺女儿、驸马新婚之喜。皇帝进入新房，亲吻一下女儿的眉心，问夫妻俩是否恩爱，却见女儿双眉紧锁，一声不吭。皇帝几次询问，公主就是不开口，他只得离开那里，回到王后身边，把女儿不高兴的事向皇后说了一遍。

皇后听后，说：

"唉，新娘子嘛，不免羞答答的，有什么好说的呢！原谅她吧，很快就会好的。我这就去看看她。"

皇后穿戴完毕，来到公主新房里，轻轻亲吻了女儿的眉心，随后问女儿安好。但是，公主像皇帝说的那样，一声不吭。皇后问：

"孩子，出什么事啦？你怎么显得这样魂不守舍呀？不管发生了什么事，告诉我吧！"

公主把一夜的经历从头到尾向母亲讲述了一遍。公主最后说：

"母亲，请代我向父王致歉，请父王原谅女儿失礼。"

母后说：

"孩子，这件事可不要告诉别人，免得人家说皇帝的女儿疯了。这样的事，你没告诉父王是对的。我再叮嘱你一遍，不要让父王知道这件事。"

"母后，女儿我神志健全，没有疯。女儿说的全是真话；你如不信，可以问问我的丈夫。"

"孩子，不要胡思乱想了。你快起来，到外面去看看为你举行的盛大庆祝活动吧！整个京城，处处张灯结彩，鼓乐齐鸣，热闹极了，大家都在庆贺你的大喜日子。"

皇后吩咐宫女、侍女去给公主梳妆打扮，自己回到皇帝身边，对皇帝说女儿做了个噩梦，身体不大舒适，请皇上不要生气。之后，皇后把宰相的儿子叫来，问道：

"白德尔·布杜尔跟我说的那件事情是真的吗？"

宰相的儿子怕说出真相会因此失去新娘子，躲躲闪闪地说：

"母后，这件事我可不大清楚。"

听新郎这样一说，皇后相信公主做了一个噩梦，因而产生了幻觉。

喜庆活动持续了整整一天，整个京城沉浸在节日气氛之中。

皇后、宰相竭力把气氛搞得热烈一些，不时地跟公主逗乐，以期驱散她心中的愁闷。可是，事情并不如他们所愿，公主总是无精打采，总是失神地想着昨晚发生的事情。

其实，宰相的儿子昨夜更难受，因为他被锁在库房里，一夜冻得周身几乎僵硬了，但他不敢透露事情的真相，唯恐失去眼前这位美貌的新娘子，荣华富贵也因此与自己无缘。

阿拉丁当天外出观看大街小巷的热闹景象，心里却在暗暗发笑；他听人们说宰相的儿子成了皇帝的驸马，更是觉得滑稽，暗自说："你们这些可怜的蠢货，根本不知道那位公主昨夜怎么度过的。"

阿拉丁回到家，待夜幕垂降时，走到自己的房间，将房门关好。他拿出神灯一搓，灯神立即出现在他的面前，灯神说：

"主人，我来啦！主人有何吩咐？"

阿拉丁吩咐灯神照昨夜那样，把二人的床一并搬来。灯神立即行动，二人顷刻间被移到了阿拉丁的房间，继之将新郎关进库房，一夜冻得有说不出的难过。天亮之后，灯神照样把二人一起送回皇宫。

阿拉丁眼见自己的计划顺利实现，心里甚为高兴。

清晨皇帝起来，急于去看自己的女儿，看看她是否还像昨天那样不开心。他穿好衣服，便向女儿房间走去。

宰相的儿子一夜受冻，四肢无力。听到皇帝敲门，只得勉强挣扎着开门。他见皇帝是专门来看女儿的，便随仆人一起回相府去了。

皇帝来到罗帐前，吻了吻女儿的眉心，问女儿早安。他发现女儿依然紧锁眉头，一声不吭。

皇帝见此情景，很是生气，猜想女儿定有什么事情瞒着自己，不禁勃然大怒，抽出宝剑，厉声对女儿说：

"白德尔·布杜尔，你究竟怎么啦？快把实情告诉我！如若不然，我就要结束你的性命！我一连两天清早来看你，你却一言不发，对父王如此无礼，该当何罪？"

公主一看父王真发脾气了，面对明晃晃的利剑，周身抖作一团。公主说：

"父王陛下，求你千万不要动怒！这两夜我是怎样熬过来的，你若得知真实情况，一定会怜悯我、宽恕我的。"

紧接着，白德尔·布杜尔公主把两个晚上所发生的事情从头到尾向父亲讲了一遍。公主说：

"父王，我说的全是实话；你若不信，就请问我的丈夫，他会把一切告诉你的。不过，在那里和我睡在一起的不是他；至于他被带到什么地方，情况如何，我一点儿也不知道。"

皇帝听后，又气又恼，眼泪都快掉下来了。他把宝剑插入鞘里，轻柔地吻了吻女儿，然后说：

"孩子，为何不早对我讲呀？若我早知道这种情况，我会设法保护你的。孩子，你不要怕！快起来吧，不要多想这些事了。我今夜派人来保护你，以免你再受折磨。"

皇帝说罢，转身离开女儿，回到自己的寝宫，马上派人把宰相叫来。皇帝对宰相说：

"相爷阁下，公子把前两夜发生的事情告诉你了吗？"

"陛下，我这两天没有看见我的儿子。"

皇帝把公主新婚两个夜晚的遭遇向宰相讲了一遍，然后说：

"你去找你儿子了解一下夜晚所发生的事情吧！我的女儿吓得魂不附体，也许你的儿子与她的情况不大相同。但是，我相信我女儿说的全是实话。"

宰相告辞，快步回到相府，派人把儿子叫来，把皇帝说的情况向他说了一遍，然后问他发生了什么事。

在宰相的追问下，儿子不敢不说。儿子告诉父亲：

"公主说的全是实话。在过去的两夜，我不但未能与新娘同床共枕，反倒被关在一个库房里，那里漆黑一片，臭气熏人。我险些把命送掉。"

说到这里，宰相的儿子眼含泪珠，几乎要哭出声来。他又说：

"父亲，你去跟皇上求个情，解除我与公主的婚约吧！我能娶皇帝的女儿为妻，本来是一件无上荣光的好事，何况我爱慕公主到了不惜生命的地步。可是，像前天和昨天晚上的那种经历，我实在忍受不下去了。"

宰相听儿子这样一说，不禁大失所望，忧愁缠心。他之所以与皇家联姻，目的在于使儿子成为驸马，也好飞黄腾达，平步青云。如今得知儿子处境如此不妙，困惑不已，一时不知如何是好。儿子提出退婚，更是出乎他的意料，心中不胜惋惜。他安慰儿子说：

"孩子，你不用着急！看看今夜的情况，然后再考虑别的事情吧！今夜我会派人为你守夜的。你要知道，你是唯一能得到这种殊荣的人，是他人可望而不可即的。你千万不能轻易抛弃这种崇高地位呀！"

宰相离开儿子，回到皇帝面前，禀报说公主说的话千真万确。皇帝说：

"既然如此，就马上解除婚约吧！"

随后，皇帝宣布解除婚约，下令停止婚礼庆祝活动。

事情的变化来得这样突然，人们大惑不解。宰相与其儿子满面愁云，走出王宫，人们见之，不禁面面相觑。当人们得知公主与宰相儿子的婚约已经解除时，无不感到惊异，只有阿拉丁知道其中奥秘，暗暗笑在心里。

皇帝解除了公主与宰相之子的婚约，但把自己向阿拉丁的母亲许下的诺言忘了个一干二净。

三个月期限过去了，阿拉丁要母亲进宫去谒见皇帝，催促他实践自己的诺言。

阿拉丁的母亲来到皇宫大殿，皇帝倒是一眼认出了她，这才想起对她许过的诺言。皇帝对宰相说：

"相爷阁下，我曾对这位老妇人许下诺言，答应三个月后让公主同她的儿子阿拉丁成婚。老妇人来了，想必是为了这桩婚事，你看怎么办呢？"

宰相走过去，把阿拉丁的母亲领到皇帝面前。

阿拉丁的母亲首先向皇帝行跪拜礼，继之祝福皇帝富贵荣华，万寿无疆。

皇帝问她：

"老妇人，此次前来，有何事呀？"

阿拉丁的母亲说：

"皇帝陛下，您曾答应把白德尔·布杜尔公主许配给我的儿子阿拉丁，如今三个月期限已到，该让他们成婚了。"

皇帝听阿拉丁的母亲这样一说，一时不知如何是好。在皇帝的眼里，面前这位老妇人分明是贫家妇女，衣着平平常常，但首次送来的那份礼物却是价值连城的奇珍异宝，相比之下，与其身份大不相称。

皇帝转过脸去，对宰相说：

"相爷阁下，我确实答应过这桩婚事，老妇人说的是实话。可是，看上去她出身贫寒，难让人看得起呀！阁下，你说我该怎么办呢？"

宰相因儿子与公主的婚姻夭折而恼怒，听说阿拉丁要娶公主，不禁嫉妒之意横生。他心想："我当朝一品官的儿子都没有娶上公主，这样的穷小子怎配与皇家结亲呢？"想到这里，他对皇帝说：

"陛下，要对付这样的人，还不是一件轻而易举的事情吗？陛下是一国之君，将公主嫁给这样一个穷小子，门不当，户不对，人言可畏呀！"

皇帝说：

"我已答应过她，如何能回绝人家呢？皇帝金口玉言呀！"

"陛下，既然如此，就要设法要聘礼，要他准备十只金盘子，每个盘子里都要装满像前次那样的稀有珍贵宝石，再令四十名婢女在四十名太监的护送下，送进皇宫，作为公主的聘礼；他若送不来这些聘礼，陛下也就不用担当不守诺言的责任了。"

皇帝听宰相这样一说，喜不自禁，说道：

"相爷高见。这样一下就把她难住，别的话也就不用多说了。"

随后，皇帝对阿拉丁的母亲说：

"老妇人，回去告诉你的儿子吧，寡人说话说一不二，愿意把公主许配给你的儿子。不过，要送聘礼才行。"

"送什么呢？"阿拉丁的母亲问。

"要你的儿子拿出四十只纯金盘子，每个盘子里装满像上次送来的那种稀有珍奇宝石，由四十名婢女捧着，在四十名太监护送下，送到皇宫里来。有了这份聘礼，公主与你儿子就可以成婚了。"

阿拉丁的母亲一听，大惊失色，转身离开皇宫，无精打采地向家门走去。

母亲回到家中，见阿拉丁正等着她，便对儿子说：

"孩子，我这次进宫，皇上倒是马上就想起了他许下的诺言，对我也很和气，只是那个宰相不怀好意。我对皇帝说：'陛下规定的期限已满，让公主与我的儿子成亲吧！'皇上马上征求宰相的意见，宰相小声和皇帝嘀咕了一阵儿，皇帝这才把条件说给了我。"

接着，她把皇上要的聘礼向儿子说了一遍，然后说：

"孩子，皇上正等着你的回话，你怎样回答他呢？"

"妈，你只管放心，不必着急，我自有办法。"

母亲上街买菜，阿拉丁趁此机会，走进自己的房间，关好门，取出神灯一搓，灯神立即出现，问道：

"主人，我来了，有何吩咐？"

阿拉丁说：

"我要与皇帝的女儿白德尔·布杜尔结亲，皇帝提出要聘礼。你现在给我拿四十个纯金盘子，每个净重十斤，盘中要装满像地下宝库果园中果树上的宝石果那样的宝石，由四十名婢女捧着，在四十个太监护送下，送到皇宫里去。你要快去快回！"

"遵命！"

灯神随即隐去。

一个时辰过后，灯神带着阿拉丁要的金盘、宝石、婢女和太监到来，一样不缺，一人不少。灯神说：

"一切齐备，主人还有何吩咐？"

阿拉丁眼见聘礼齐备，心中高兴，回答灯神：

"有事我随时唤你。"

灯神应声隐去。

母亲从市场上回来，眼见屋里屋外站满了婢女和奴仆，又见金盘、宝石闪闪放光，心中惊喜不已，情不自禁地说：

"老天搭救，神灯的功劳太大了！"

母亲还未来得及摘下头巾，阿拉丁便说：

"妈，趁皇帝还没有退朝，你就把他要的聘礼送到皇宫去，亲自交给皇帝吧！皇帝看到这些东西，就会知道他难不住我，即使再多要些宝贝，我也能办到；与此同时，他也会知道自己上了宰相的当，再阻拦我与公主成亲也是徒劳无益的。"

"好吧！"母亲随口答道。

阿拉丁走去打开街门，母亲带着婢女和奴仆们，捧着金盘排着长长的队伍，向皇宫走去。当他们路过街巷时，行人无不停下脚步，出神地望着那一个个花容月貌的婢女们，眼见她们身着嵌金缀玉的锦袍，无不啧啧称绝。人们看见闪闪放光的金盘，无不惊异万分，更令人开眼的还是金盘子里的硕大宝石，虽然用丝帕盖着，依然放射出耀眼的光芒。

阿拉丁的母亲领着送聘礼的队伍浩浩荡荡进入王宫。侍卫们看见那些面白如玉的婢女们，个个睁大眼睛，人人目不转睛，惊叹她们是天仙下凡，认为即使隐士们看见她们也会动心。宫女和宫仆们虽然都是见过世面的人，但他们眼见姑娘们顶着一个个金托盘，盘中放着光彩夺目的宝石，也感到新奇罕见；尤其令宫女们感到羡慕的是那些姑娘的衣着，那嵌金缀玉的锦袍，是她们做梦都未想到过的天衣。

侍卫们忙去禀报皇帝，皇帝听后大喜，即令送礼队伍进殿。

阿拉丁的母亲令队伍来到大殿，一起向皇上行跪拜礼，祝皇帝荣华富贵、万寿无疆。

姑娘们把满盘的宝石摆到皇帝面前，揭开丝帕，然后后退站在两旁。

皇帝见姑娘们一个个身材苗条，花容月貌，天生丽质，风姿绰约，不禁惊喜万分，久久打量之后，方才把目光移向金盘里的宝石。皇帝眼见金盘放光，宝石色彩夺目，一时说不出一句话来，心想求婚的小伙子果然有本事。

过了好大一会儿，皇帝才吩咐宫女、宫仆们把金盘、宝石送到白德尔·布杜尔公主闺房里去。

阿拉丁的母亲走上前去，对皇帝说：

"皇帝陛下，我儿阿拉丁送上这薄礼一份，实在与白德尔·布杜尔公主的高贵身份不相称，还请陛下见谅。我的儿子本应送上更贵重的聘礼。"

皇帝听妇人这样一说，转过脸去，问宰相：

"相爷阁下，他能在几个时辰之内筹措这样丰厚的聘礼，难道还不应该做我的驸马吗？阁下，你有什么话要说呀？"

宰相见那闪闪放光的金盘子以及色彩纷呈的硕大宝石，心中愕然，一时不知道该说什么。他见皇帝已把注意力转向阿拉丁，心中嫉妒之情顿时强烈起来。宰相说：

"陛下，纵然把天底下的珍宝都收集起来，也休想换得白德尔·布杜尔公主剪下来的一片指甲。陛下把这些微不足道的礼品看得太重了，不值得呀！"

皇帝听出了宰相的嫉妒之意，未去理会，转过脸对阿拉丁的母亲说：

"老妇人，告诉你的儿子，寡人收下了他的聘礼，而且说话算数，我将招他为驸马。请他进宫来，让我见见他。日后，我会照顾他的。我今晚就要为他和公主举行隆重的婚礼。老亲家，快去告诉阿拉丁，不要耽搁。"

阿拉丁的母亲听后，心中无比快乐，走出宫门。她快步如飞，向家中走去。

老妇人离去，皇帝在侍卫们陪同下，来到白德尔·布杜尔公主的闺房，命宫女们把聘礼拿到公主跟前，让她过目。

白德尔·布杜尔公主眼见金盘和五颜六色的宝石，又惊又喜，说道：

"人世间再没有比这更珍贵的宝物了！"她又望着那些容颜俊俏的少女，得知那都是未婚夫送来的婢女，心中更是欣喜，笑逐颜开，脸上的愁云消失得无影无踪。

皇帝眼见女儿精神焕发，愁容消失，不胜高兴。他对女儿说：

"这些聘礼，你满意吗？依父之见，今日向你求婚的阿拉丁，比宰相的儿子更适合做你的夫君。你们的婚后生活定是幸福美满的。"

阿拉丁的母亲兴冲冲回到家中。阿拉丁一见母亲满面堆笑,猜想大功已经告成,情不自禁地说:

"妈,你一定带来了好消息。我的愿望就要实现了。"

母亲说:

"是啊,孩子!你这下如愿以偿了。皇上收下了聘礼,白德尔·布杜尔公主就要做你的新娘了,皇上说要看看你,让你马上进宫,不要耽搁。皇上还说,他日后会好好照顾你的。妈的心尽到了,以后的事情就由你自己做主了。"

阿拉丁兴奋不已,热烈亲吻母亲的手,连声向母亲道谢。旋即,阿拉丁回到自己的房间,取出神灯,轻轻一搓,灯神便出现在他的面前。灯神说:

"主人,我来了。有何吩咐?"

阿拉丁说:

"把我带到一座世上无双的澡堂去,让我痛痛快快洗个澡,再给我准备一身连世上帝王都未曾穿过的镶金嵌玉锦袍。"

"遵命!"

说罢,灯神背起阿拉丁,当即腾空而起,眨眼之间落到一座澡堂里,但见那里四壁彩绘,金碧辉煌;澡池用雪花石和玛瑙石砌成,周围是金银铸成的走兽塑像,嘴里不住地向池中喷水;屋顶上悬挂着各种宝石,五彩纷呈,真是一座人间天堂。偌大的澡堂里空无一人,只有一个凡人模样的魔仆为他搓背、冲洗。

阿拉丁洗浴罢,跟着魔仆来到更衣室,发现原来的衣服不见了,一身镶金嵌玉的锦袍放在那里。

这时,魔仆给阿拉丁端来果汁和掺有龙涎香的热咖啡,还送来了美酒佳酿。阿拉丁饮过美酒,喝过咖啡,精神异常振奋。片刻后,走来一队仆人,为阿拉丁穿衣戴冠,喷洒香水。

经过仆人们的一番着意打扮,阿拉丁容光焕发,一扫昔日穷裁缝儿子的贫穷面貌,变成了一位白马王子。

阿拉丁穿戴完毕,灯神出现,随即将阿拉丁送回家中,然后说:

"主人,你还有何吩咐?"

阿拉丁说:

"给我送来四十八个仆人,组成卫队,身着盛装;鞍辔和衣饰必须是世间罕见稀有的,连帝王宝库中也找不到。另给我选一匹波斯科鲁斯骏马,鞍辔要镶嵌着珍珠宝石。准备四万八千枚金币,每个卫队员身带一千枚。一切齐备之后,马上陪我进宫谒见皇帝。此外,还要物色十二位绝色侍女,个个身着艳丽的节日盛装,让她们陪着我母亲进皇宫,还要让每个侍女携带一身适于皇后穿的锦衣。"

"遵命!"

灯神隐去片刻,把阿拉丁所要的一切全部带来了。

皇帝召集满朝文武百官,告诉他们自己已向阿拉丁的母亲许下诺言,并说当夜即为阿拉丁和白德尔·布杜尔公主举行结婚庆典,令文武大臣、名流士绅一律到宫门外按官级大小、地位高低的次序站好,迎候新郎阿拉丁的到来。

过了不大一会儿,新郎阿拉丁的队伍便来到了皇宫门外。到了"文官落轿,武将下马"的石碑前,阿拉丁正要离鞍之时,忽见皇帝的钦差礼仪官走上前来,说道:

"驸马爷阁下,皇上有令,阁下可骑马直入宫门,在正殿前再下马。"

阿拉丁说:

"请前面带路!"

文武百官在前面引路,阿拉丁及其队伍在后面跟随,排排场场进入皇宫大门,片刻后来到正殿前。宫仆们走上前来,有的扶马镫,有的牵马缰,有的扶阿拉丁下马。

阿拉丁离鞍之后,在众官员簇拥下步入正殿大厅。阿拉丁行至皇帝面前,正要向皇帝行跪拜礼,皇帝立即离开宝座,上前抱住阿拉丁,亲切地吻了吻他,然后让他坐在自己的右侧。

阿拉丁先祝皇上万寿无疆、荣华富贵,继之说:

"皇帝陛下,蒙您厚爱,将白德尔·布杜尔公主许配给我,实在使我感到荣幸之至。我衷心祈求苍天保佑陛下,恭祝陛下万事如意,万寿无疆。陛下对我恩重如山,实令我感激不尽。我谨祈求皇上赏我一块土地,以便让我为白德尔·布杜尔公主建造一座宫殿,凭此表达我对公主的敬爱之意。"

皇帝仔细打量阿拉丁周身,但见他锦袍合体,珠玉闪光,比皇家的官服还要漂亮,心中有说不出的惊异;再凝视阿拉丁的容貌,但见小伙子眉清目秀,风度翩翩,不禁由衷赞叹。皇帝又看阿拉丁的卫队,但见个个身材魁梧,人人精神抖擞,皆为自己见所未见,更不曾拥有过的好汉。

就在皇帝欣赏阿拉丁的装束、举止和卫队出神之时,阿拉丁的母亲在十二名婢女的簇拥下来到了宫中,只见老妇人衣着华美,雍容华贵,婢女们个个花容月貌,步履轻盈,如同下凡的天仙,均令皇帝惊羡难言。

阿拉丁口齿伶俐,满腹经纶,谈吐文雅,使皇帝欣喜不已,博得文武大臣的交口称赞,只有宰相心中的嫉妒之火炽燃,难以熄灭。

皇帝眼见阿拉丁气度非凡,颇得王公大臣们好评,一时心情激动难抑,上前拥抱阿拉丁,边吻边说:

"我的好驸马,寡人今日才能得以与你相见,真有相见恨晚之感。"

宰相见皇帝与阿拉丁如此亲热,心里不是滋味,不知如何是好。

皇帝令法官和证婚人进殿,要他们为阿拉丁和公主写婚书。法官和证婚人进来，订婚仪式开始，婚书顷刻写就。

这时，阿拉丁起身告辞，皇帝急忙拉住他，问道：

"贤婿，结婚庆典马上就要开始，你还要到哪里去呢？"

阿拉丁说：

"皇帝陛下，我要为公主建造一座新宫殿，借以表达我对公主的爱慕与敬重。"

皇帝听阿拉丁这样一说，沉思片刻，然后对阿拉丁说：

"好吧！地方嘛，由你任意挑选。孩子，依我之见，皇宫对面那片空地倒是一个理想地址；你若看得上，就在那里建造你们的新宫殿吧！"

"如能在皇宫附近建造新宫，那是再好不过的了。"

说罢，阿拉丁离开大殿，走出宫门，飞身上马，在众侍卫的护卫下，离开皇宫，转回家去。一路上，人们见到他，无不向他欢呼，称赞他正直善良。

阿拉丁回到家中，走进自己的房间，取出神灯，轻轻一搓，灯神当即出现在他的面前。

"主人，我来了。有何吩咐？"灯神问。

阿拉丁说：

"有件急迫事情请你立即动手，越快越好。你要在最短的时间内，在皇宫前面的空地上为我建造一座宫殿，使其富丽堂皇之至，成为天下奇观，宫内要陈设豪华，令帝王称奇叫绝。"

"遵命！"

灯神即刻隐去。

次日清晨，灯神背着阿拉丁腾空而起，飞上天空，片刻后落在一座新宫殿前。

阿拉丁抬眼一看，但见眼前的这座大建筑物全用碧玉、雪花石、大理石等石料砌成，煞是巍峨壮观。灯神领他进入宫殿，开始察看每个宫室：进入储藏室，只见那里放的全是金银珠宝，价值连城；走进餐厅，只见那里放的餐桌和餐具诸如杯盏、碗筷、盘碟等全是金的，金光闪闪；进入厨房，阿拉丁发现那里的厨具全是银的，光亮耀眼；走进一个库房，只见那里摆放着成箱的丝绸锦缎，其中有中国产的，也有印度产的，精美华丽，难以描述；走进一间卧室，只见那里摆放着镶嵌着各种宝石的金床、银柜，陈设考究，富丽无比，光彩夺目，令人眼花缭乱。最后，灯神把阿拉丁领到马厩，但见那里拴着无数匹纯种骏马，一匹匹膘肥体壮；在其隔壁的马具间里，放着镶金嵌玉的鞍鞯、辔头等，件件精美绝伦，价值无法估计。所有这一切都是灯神一夜之间创造出来的。新宫殿宏伟壮观，内部陈设富丽堂皇，全是当世君王梦想不到的。因此，阿拉丁看后惊诧不已。

在这座新宫殿中，令人叹为观止的是楼上那个装有二十四扇美人靠的圆形景厅。美人靠用红、绿宝石镶嵌而成，其中的一扇美人靠尚未镶嵌红、绿宝石，那是阿拉丁故意留给皇帝，让皇帝整修的，凭此测试皇帝的能力。

阿拉丁站在圆形景厅里，向着皇宫望去，一片美景尽收眼底。阿拉丁回过头去，对灯神说：

"还有一件事，我忘了交代……"

灯神说：

"主人还有什么事？请讲！"

"给我织一条加金线的锦缎地毯，由新宫殿门口一直铺到皇宫，好让白德尔·布杜尔公主踩着地毯走进新宫殿，脚下一尘不沾。"

"遵命！"

次日清晨，皇帝起床后，推开寝宫窗子向外望去，只见一座巍峨宫殿突入眼帘，心中好生奇怪。他揉了揉眼睛，凝神仔细观看，确实看见皇宫前耸立着一座新宫殿，雄伟壮观，且有一条金光闪闪的地毯从皇宫大门一直铺到那座华丽宫殿门前，不禁万分惊异。皇帝还发现宫殿门前有仆役守卫，个个英姿勃勃，人人服饰华贵，与皇宫里的公仆相比毫不逊色。

片刻过后，宰相进宫早朝，忽见皇宫前出现一座崭新宫殿，且看见从皇宫大门到新宫殿大门之间铺着一条金丝地毯，心中十分纳闷。

宰相进到宫中，向皇帝行过跪拜礼，便谈起皇宫对面的那座新宫殿。宰相说：

"说真的，古今帝王都没有建造过这样漂亮的宫殿，堪称雄伟壮观之至啊！"

皇帝得意扬扬，对宰相说：

"相爷阁下，那是阿拉丁建造的新宫殿。你这就该承认阿拉丁配做我的驸马了吧！那座新宫殿巍峨壮观，富丽堂皇，令人难以想象。"

宰相难以抑制心中的嫉妒之意，说道：

"陛下，这样堂皇的宫殿，只有神仙才能建造出来；至于人，就是世界上的巨富和最有权势的帝王，一夜之间也不可能建造出这样的宫殿。"

"相爷呀，看来你嫉妒阿拉丁呀！阿拉丁要我给他一块土地，说他要为我女儿造一座宫殿，当时你也在场，都听见了。你想呀，他能送那样世间罕有的宝石，自然也就能够一夜之间建成这样一座华美宫殿。"

宰相听皇帝这样一说，深知皇帝十分偏爱阿拉丁，虽然心中嫉妒之火炽燃，但没有再敢说什么，只好强打精神，跟着皇帝，带着文武百官，在众宦官和宫女们的簇拥下走去，准备参加阿拉丁与白德尔·布杜尔公主在新宫殿举行的盛大结婚典礼。

就在这天清晨，阿拉丁一睁眼便想到今天是他同白德尔·布杜尔公主结婚的喜庆日子，心中不胜欢乐。他取来神灯，轻轻一搓，灯神即刻出现在他眼前，说道：

"主人，我来了，有何吩咐？"

阿拉丁说：

"今天是我大喜的日子，快给我送十万金币来。"

灯神隐去，片刻后送来十万金币。

阿拉丁骑上高头大马，带上金币，在卫队护卫下向皇宫进发。一路之上，

阿拉丁不时地把大把大把的金币撒向聚集在路两旁的人们。人们捡起金币，向阿拉丁欢呼喝彩，为他祝福祈祷。

阿拉丁的队伍来到皇宫前，文武百官立即迎上前去，并派人向皇帝禀报驸马已经到达皇宫门外。

皇帝听后，赶忙离开宝座，喜迎驸马。

阿拉丁进了宫门，来到大殿前，翻身下马。皇帝走上前去，热烈拥抱、亲吻阿拉丁，然后把阿拉丁领进正堂大殿。

整个皇宫乃至整个京城，到处张灯结彩，共庆阿拉丁与白德尔·布杜尔公主的大喜日子。

眼见此情此景，皇帝忽然想起阿拉丁的母亲初次来皇宫时的形象，一个衣衫褴褛、谈吐拘束的老妇人的模样油然浮现在他的眼前……昔与今比，大有隔世之感，不禁感慨万千。

看热闹的人不计其数，在新宫殿前流连忘返，眼见那座一夜之间拔地而起的堂皇建筑物，心中惊羡万分，赞词不绝于口。他们异口同声说：

"阿拉丁得天独厚，愿苍天保佑他荣华富贵，佳运长久！"

宴会结束，阿拉丁起身向皇帝告别，然后纵身上马，由卫队护卫，转回新宫殿，准备迎接白德尔·布杜尔公主。一路之上，人们高声欢呼：

"阿拉丁！阿拉丁！安拉保佑你长命百岁，富贵荣华！"

阿拉丁频频向欢呼的人们招手致意，并把大把大把的金币撒向人们。

来到新宫殿门前，阿拉丁翻身下马，步入会客厅休息。他喝过婢女们送来的果汁，随后吩咐宫中男仆女婢做好准备，随时迎候白德尔·布杜尔公主到新宫殿中来举行结婚典礼。

白德尔·布杜尔公主来到新宫殿，婚礼正式开始。在男女傧相的陪伴下，在众人的欢呼声中，阿拉丁和公主结为夫妻。

宾客举杯，开怀畅饮。笑声与乐声把婚礼推向高潮。新郎阿拉丁站起来斟满一杯酒，恭恭敬敬地递给新娘。白德尔·布杜尔公主接过杯子，一饮而尽。整个新宫殿里歌舞升平，宾客们度过了极其快乐的一夜。

第二天早晨，早餐毕，阿拉丁邀请皇帝和大臣们驾临新宫，与公主共进午餐。旋即，皇帝率文武百官，与阿拉丁并驾离开皇宫，来到新宫殿。在宫殿前，宰相认为这样富丽堂皇的宫殿是凡人造不出来的。

皇帝一听便知宰相的嫉妒心丝毫未减。皇帝认为，宰相这样说，显然是想让朝臣们相信，眼前这座华丽宫殿并非阿拉丁所建，而是借魔力、妖术建成的。

阿拉丁带着皇帝及大臣们参观宫殿，最后登上顶层的圆形观景厅。他们到那里一看，只见美人靠皆用红、绿宝石镶成，玲珑精美，世所罕见，君臣无不称奇叫绝。他们凭窗远眺，但见京城美景尽收眼底，如同身临仙境，心中似乎有一种难以言状的快慰感。当他们转着圈观景时，皇帝无意之中发现一扇美人靠尚未完工，便问阿拉丁：

"孩子，这观景厅里有扇美人靠尚未完工，原因何在呀？"

阿拉丁回答道：

"皇帝陛下，岳父大人，因为婚期近，一时找不到能工巧匠，故没有能够完全竣工。"

"孩子，这未完工的美人靠，就由我来完成它吧！"

皇帝责令宰相立即召来能工巧匠，金银、宝石等材料全由皇家宝库供应，要他们限期把那扇未完工的美人靠装修好。

但是那些工匠笨手笨脚，与其余二十三扇美人靠的精湛工艺相比，简直有霄壤之别。不仅如此，皇家库里的宝石已经用完。皇帝下令取出宫中大宝库里的宝石，并且吩咐，如果还不够用，也可把阿拉丁送来的那些宝石用上。结果那美人靠还没装修好一半，宝石就又全部用尽了。皇帝遂令宰相及文武百官将家藏宝石全部献出来，宰相及百官不敢怠慢，迅速拿来各自家中的宝石，结果仍然不够用。

次日清晨，那扇美人靠仅装修好一半。阿拉丁勒令工匠立即停工，将征

用来的宝石全部归还原主。

皇上听后，立即令侍卫备马，他骑上马，向阿拉丁的新宫殿走去。

阿拉丁打发走工匠，回到自己的房间，取出神灯，轻轻一搓，灯神即刻出现在眼前。

阿拉丁说：

"新宫殿观景厅中那扇美人靠，你现在可以去完成它了。"

"遵命！"

等到阿拉丁来到圆形观景厅时，那扇美人靠确实已经装修好，工艺精湛，与其余的二十三扇一模一样。

皇帝一见阿拉丁，便问：

"孩子，为什么让那些工匠停工呢？"

阿拉丁说：

"父皇，我之所以留下一处未完工的地方，并非因我没有能力完成，也不是存心让陛下看到一座有缺点的宫殿，只是希望陛下与众大臣们视察宫殿时，亲眼发现美中不足之处，以便指示我应该再怎样进行修补罢了。"

"真是奇迹呀！世上再也找不出可与你相提并论的人了。"皇帝惊喜地说。

皇帝与驸马相携下楼，来到白德尔·布杜尔公主的新房。他见女儿面带温馨的笑容，知道她生活幸福，由衷地感到快慰。

阿拉丁新婚之后，生活幸福安定，夫妻和睦。

从此，阿拉丁每日骑马走街串巷，带着随身侍从若干名，一路上将大把大把的金币撒向人们，借此方式，广济博施，因而赢得本国人和外来客的普遍赞扬。阿拉丁尤其关心那些孤苦无援的穷人、修道苦行僧及乞丐，时常亲自派人带着钱财去接济他们。

阿拉丁的声誉和地位日益显赫，名闻遐迩，但他依旧保持着过去的生活习惯，与老友交往不断。阿拉丁还经常去皇宫旁的演兵场练习骑马射箭。每当公主看见丈夫夺冠时，总有一种爱慕之情溢于言表。

阿拉丁不但因乐善好施扬名四方，而且勇猛过人，博得皇帝及朝野人士的爱戴。

时隔不久，一天，忽报外敌压境，皇帝立即集结大军，任命阿拉丁担任统帅。阿拉丁率大军出征，开赴边境，与来犯之敌交战。阿拉丁纵马驰骋疆场，直冲敌阵，英勇无比，仅经几个回合，便把敌军打得丢盔卸甲，狼狈逃窜。阿拉丁的大军带着许多战利品凯旋。

阿拉丁因此名扬天下，成了人们心目中的英雄，人们情不自禁地高呼：

"天上有神灵，地上有阿拉丁！"

而那妖术师呢，他心里还惦记着神灯，于是他卜上一卦，发现阿拉丁不仅活着，还成了神灯的主人，甚至成了巨富，当上了驸马，地位显赫，受众人爱戴。

妖术师决计再赴东方，设巧计智取神灯，以期另展宏图。

妖术师来到都城，走到大街上探听消息。他走进一家茶馆，听人们边喝茶边谈天，妖术师凑近一张茶桌，问一个青年人：

"喂，小伙子，你们说的那个阿拉丁，究竟是一个什么人哪？"

那小伙子回头一看，见妖术师不像本地人，便说：

"老先生，你不是本地人吧？是不是刚从外地来到本城啊？就算你是异乡人，也该听到过阿拉丁的英名啊！阿拉丁建造的那座宫殿名闻四海，远近谁不知道？阿拉丁可与我们的皇上平起平坐，名扬九州，谁人不晓呢？"

小伙子带着妖术师向阿拉丁的新宫殿走去。

妖术师一见那座新宫殿，立即想到神灯的魔力。妖术师满怀忌恨之情回到客栈，随即取出木沙盘，开始撒沙占卜。他从占卜中得知，那神灯被留在新宫殿里，阿拉丁并未把它带在身上。这结果使妖术师心花怒放，心想："机会来了，机会来了，我自有妙计骗得那盏神灯……"

妖术师离开客栈。来到一家铜匠铺，对铜匠说：

"喂，师傅，给我赶制这样几盏铜油灯吧！越快越好，我会给你多加几个工钱的。"

铜匠说：

"好说，好说！你明天一早来取。"

次日清晨，妖术师取了油灯，多付了一倍工钱，然后带回客栈，将灯装在一个篮子里，手里还提着几盏灯，开始走街串巷，边走边叫喊：

"有旧灯的换！旧灯换新灯！换灯喽！"

不多时来到了阿拉丁新宫殿前，高声喊道：

"有旧灯的换喽！旧灯换新灯！换灯喽！"

说来也巧，此时此刻白德尔·布杜尔公主在新宫殿顶上的圆形观景厅里，坐在美人靠后观看宫外景色。她听到宫外的叫喊声，便差一个女仆出去看看发生了什么事。

女仆回来报告说：

"公主，街上有个换油灯的老头儿，说用旧灯可以换新灯。"

一个女仆说：

"我见主人房中有盏旧灯，咱们不妨拿去换一换，就知道是真是假了。"

这是阿拉丁一时疏忽，没有收好神灯，所以让那个女仆看到了。白德尔·布杜尔对那盏神灯的魔力一无所知，便让女仆把那旧灯拿去换新灯了。

公主不曾料到这一举动会给她带来多大灾难。

女仆拿着灯下楼去，片刻后换了一盏新油灯回来。公主看见新灯，不禁喜形于色，暗笑那换灯人愚笨。

妖术师一眼认出那正是妖书上提到的那盏神灯，连忙把它揣在怀里。

妖术师快步跑到城外，行至一片空旷地带，耐心等到夜幕垂降之时，方才掏出神灯，轻轻一搓，灯神立刻出现在他面前，说道：

"主人，我来了，有何吩咐？"

妖术师说：

"神灯的魔仆，我令你把阿拉丁的新宫殿，连房子带人和陈设，全部运往非洲,将之停放在我的庭院花园之中；不要忘记让我也随宫殿一同飞回家乡。"

灯神说：

"遵命！"

妖术师合上眼，仅过片刻，睁开眼一看，果然自己和阿拉丁的新宫殿已坐落在自家的庭院花园当中了。

次日清晨，皇帝像平日一样，起床洗漱完毕，即推开窗子，眺望阿拉丁的新宫殿。不料他推开窗子一看，映入眼帘的竟是一片空地，阿拉丁的新宫殿不见了，他不禁大惊，心中十分纳闷儿。皇帝派人叫来宰相，跟宰相说那座新宫殿不见了。宰相凭窗望去，发现新宫殿所在的地方已变成一片空地，心中一惊，呆站了一会儿，方才回到皇帝面前。

"皇帝陛下，我曾跟陛下说过，那宫殿是妖术的产物。"

皇帝当即命令侍卫官带领数名骑兵去抓阿拉丁。他们找到阿拉丁，对他说：

"驸马爷，请原谅！我奉皇上圣命前来抓你，从速将你押至京城。"

阿拉丁一惊，大感困惑，不知出了什么事，一时不知该说什么是好。他们给阿拉丁戴上镣铐，反绑起双臂，随后押解回京城。侍卫官带着兵士把阿拉丁押送到宫中，向皇帝报告了抓阿拉丁的经过，皇帝立即下令斩杀阿拉丁。

刽子手得令，立即铺好接血的皮垫子，然后用布蒙住阿拉丁的双眼，让他跪在皮垫上，举起砍刀，单等皇帝下执行死刑的命令。

皇帝下令斩杀阿拉丁的消息传出宫外，百姓们当即手持刀剑冲进皇宫。宰相见百姓怒潮势不可当，急忙对皇帝说：

"皇帝陛下，若斩杀驸马，必将给我们带来灭顶之灾，还是求陛下收回圣命吧！因为百姓拥戴阿拉丁的程度远远胜过拥戴我们。"

皇帝朝窗外望去，果然见百姓黑压压一片，不得不收回斩杀阿拉丁的命令，遂令传令官向公众宣布：

"大家回去吧，皇上宽恕驸马阿拉丁了……"

兵士们取下阿拉丁身上的镣铐，阿拉丁走过去跪在皇帝面前，说道：

"父皇，您免我一死，儿臣不胜感激。我恳求陛下向儿臣明示我犯了什么罪，致使皇上龙颜大怒，非杀儿臣不可呢？"

皇帝怒气未减，说道：

"好个叛贼，你竟敢佯装不知？你的新宫殿到哪里去了？我的女儿哪里去了？我只有那么一个女儿呀！"

阿拉丁说：

"父皇息怒！儿臣不知宫殿和公主的去向，实在不知道发生了什么事情。"

"阿拉丁，我之所以暂时不杀你，是为了让你把事情查清楚，把我的女儿的下落弄明白。你下次要带我的女儿来见我；如若不然，我非砍下你的脑袋不可。"

"父皇，请给我四十天的期限吧！若期限到时，我还没有把公主找回来，那么，我甘愿听凭陛下的处置。"

"就这样，给你四十天期限。不过，你不要自以为能逃出我的手掌！我可以告诉你，你就是逃到天上去，我也能把你抓回来！"

阿拉丁侥幸得以活命，百姓们看见他安然走出皇宫，都为他感到高兴。不过，在阿拉丁自己看来，他深感自己丢了面子，特别是幸灾乐祸者的脸色和言论，更令他感到不快。他无精打采，在城中游荡了两天，不知道怎样设法去找自己的妻子，更不知道如何去寻找他的新宫殿。这两天里，幸得百姓给他送些吃的和喝的，使他方才得以充饥度日。

两天过后，阿拉丁觉得百无聊赖，便离开城街，不由自主地向城外走去。他心乱如麻，总也理不出个头绪，不知不觉来到一条河旁，恨不得投河自尽，一死了之。他忽然想起自己在地下宝库里的遭遇，心想："我在那样的艰苦环境之中都活过来了，现在又为什么轻生呢？"他蹲下去，双手捧起河水，想洗脸时，正巧擦着那个妖术师送给他的那枚戒指，忽见一个精灵出现在他的面前，说道：

"主人，我来了！有什么事，请只管吩咐。"

阿拉丁看见精灵出现在面前，欣喜不已，忙说：

"宝戒指的神仆，请你把我的妻子、宫殿和宫中的全部东西找回来！"

精灵说：

"那是我的能力无法办到的，那是灯神责任范围内的事。"

"既然这样，你就把我带到我的宫殿那里去吧！"

"遵命！"

精灵背起阿拉丁腾空而起，转瞬间飞至那座新宫殿附近，见白德尔·布杜尔公主的寝室就在眼前。阿拉丁心上的愁云顿时消散了。但他几天来不曾合眼，困倦难耐，一觉睡到天亮。

阿拉丁醒后，起来走到小溪边，洗了洗手和脸，随后，他走到妻子寝室的窗下，靠着墙坐在那里。

白德尔·布杜尔公主眺望窗外景色，往下一看，果然见那是自己日夜思念的丈夫阿拉丁，情不自禁地喊道：

"阿拉丁，阿拉丁，亲爱的，快上来呀！你要从旁门进来，因为妖术师不在那里！"

阿拉丁径直上楼来到妻子的房间，夫妻久别重逢，他们紧紧拥抱在一起，不禁热泪滚滚淌落。

阿拉丁问：

"亲爱的，请你告诉我：我出城上山打猎，把一盏旧油灯留在了我的房间里，你看见那盏灯了吗？"

听丈夫这样一问，公主把事情的经过从头到尾讲了一遍，说到了用旧灯换新灯的前前后后。公主说：

"那个该死的老东西，每天都来纠缠我，向我求婚，叫我忘掉你，不要

因为离开你而难过。他还说，我的父亲已将你杀掉。他说你本是个一无所有的穷苦人，依靠他才有了钱财。"

"他把神灯放在哪里了？"

"他总把神灯带在身上，从不放下，只有一次从怀里掏出来，让我看了看。"

阿拉丁听后，高兴地说：

"公主，有办法了！我这就离去，另换一套衣服，然后来见你。你看见我改了装，不要惊奇。你让女仆守在刚才开的那个旁门那里，看见我后，就放我进来。我已有妙计在胸，足以杀死这个坏蛋妖术师。"

说罢，阿拉丁离开宫殿，向着城里的方向走去。没走多远，遇见一位农夫，他和农夫互换了衣服，继续向城里走去。

阿拉丁来到香料市，买了一包蒙汗药，随后回来，从旁门进了宫殿，来到妻子的房间。他对白德尔·布杜尔公主说：

"亲爱的，你换上一套漂亮的衣服，还要装出满心欢喜的样子；等那个坏蛋来到你的房间时，你就笑脸相迎，热情周到，好像把丈夫和父皇都忘得一干二净，让他以为你真爱上了他。等他三杯酒下肚之后，你趁他不注意之时，把这包蒙汗药放入酒杯里，和他换杯饮酒；只要他把这蒙汗药一喝下肚，马上就会变成一摊泥，倒在地上，不省人事。"

公主说：

"这个戏可不容易做呀！不过，为了挣脱这个坏蛋的折磨，我不得不这样。这种人就该挨刀杀！"

阿拉丁与妻子商量妥当，一起吃过饭，便从旁门走出宫殿，隐藏起来。

过了不大一会儿，非洲妖术师来了，公主上前迎接，笑容满面。

妖术师见公主打扮得像一朵花，往日的愁容完全不见了，不禁心中喜欢，欲火中烧。

公主从容大方，让妖术师坐在自己的身边，对他说：

"亲爱的，如果你有兴趣，今晚就到我这里，一块儿吃顿饭吧！几天以来，我苦闷、寂寞到了极点。可是阿拉丁已死，我再苦恼，他也不会起死回生。如今，我只有你了。让我俩今宵痛痛快快喝上几杯吧！"

妖术师听公主这样一说，喜不自禁，果然以为她把阿拉丁忘到脑后去了，于是回家去搬好酒。妖术师离开不多时便搬来了一坛酒。公主和妖术师坐下，女仆端上酒菜，公主为妖术师斟上一杯酒，递给他，祝他健康；妖术师接过杯子，喜形于色，举杯一饮而尽。

公主一面细语柔声跟妖术师交谈，一面频频为他斟酒。妖术师见公主对他情意绵绵，不由自主地一杯杯下肚，以为公主已经顺从了他，根本不去思考公主有何用意，他得意扬扬，把世间的一切都抛到脑后去了。

公主见妖术师已有几分醉意时，说道：

"亲爱的，我们对饮交杯酒可好？"

妖术师醉醺醺地答应了。

公主趁妖术师醉眼迷离之时，把蒙汗药悄悄放入自己的杯子里，又让女仆把他的杯子斟满，这才端起自己的杯子站起来，轻轻地拉住妖术师的手，把自己的杯子递给他，接着端起他那杯酒，说：

"亲爱的，祝你我福寿安康，感情地久天长，你喝我那杯，我喝你这杯，咱们喝个交杯酒吧！"

妖术师眼见公主对自己这样好，话语又那样甜，不胜欣喜，好像自己已经成了当年的不可一世的亚历山大大帝，举起杯子，一饮而尽。这个诡计多端、阴险毒辣的妖术师万万没有想到这是一杯送命酒，酒刚下肚，他便瘫倒在地，不省人事了。

女仆立即跑下楼去，打开宫殿旁门，阿拉丁快步上楼，从自己的腰间拔出短刀，朝妖术师的胸膛狠狠刺去，一刀结束了这个干尽坏事的家伙的性命。

阿拉丁轻轻一搓神灯，灯神立即出现在他的面前，说道：

"主人，我来了。有何吩咐？"

阿拉丁说：

"把我的这座宫殿搬回东方去，仍然摆放在皇宫前的那个地方。"

"遵命！"

次日一早，阿拉丁醒来，唤醒公主。女仆们走来，为公主梳洗打扮。阿拉丁洗漱后，换上华丽的衣衫。白德尔·布杜尔公主打扮得漂漂亮亮去见自己的父皇。皇帝也为女儿的归来大摆宴席。京城再次沉浸在节日的欢乐之中，庆典活动一直持续了一个月。

阿拉丁报了仇，妻子和宫殿都回到了手中，但却未能得以安生，虽然妖术师已被焚尸扬灰，但他还有个哥哥，人称"妖术大师"。他的妖术胜弟弟一筹，兄弟俩各居一方，专门利用妖术坑骗世人，干尽伤天害理的坏事。

一天，妖术大师想知道弟弟现在何处，于是摊开沙盘，开始占卜。他得知弟弟命丧非洲，且死在一个名叫阿拉丁的年轻人手中，于是决计为弟弟报仇。

妖术大师备好行装，立即起程上路，经过几个月艰苦跋涉，方才到达此地，立即上街探问消息，设法为弟弟报仇。

妖术大师来到一座茶馆，凑到一伙人跟前，听人们称赞道姑法蒂梅专心修功悟道，且医术高超，尤其乐于救助无依无靠的人。

妖术大师听人们如此赞誉道姑法蒂梅，暗暗感到高兴，心想："有办法报仇了！我就要通过这个道姑为我的弟弟报仇！"他向一位老人打听这位道姑的地址，老人领妖术大师走到城西山中，把通往道观的小路指给了他。

次日一大早，妖术大师即起床出城，向西山走去。他走进道观，见道姑睡在席子上，便走上前去，拔出短刀，将道姑唤醒，逼迫道姑把自己打扮成她的样子。随后，他将道姑勒死，把尸体丢入山沟里，然后回到道观睡了一夜。

次日天一亮，妖术大师离开道观，进城后，来到阿拉丁的宫殿旁。

人们见他像道姑法蒂梅，以为是道姑下山为人们禳病祛疾来了，纷纷围拢上去。妖术大师模仿道姑的动作，口中念念有词，一时忙得不亦乐乎。

人们越聚越多，喧闹声渐大，声音终于传进阿拉丁的新宫殿里。公主听到声音便派女仆去请道姑。那假道姑来到公主跟前，念了一段经文，为公主祈祷一番。周围的奴婢都认为他是道姑法蒂梅。公主向他问了好，且真诚地邀请假道姑住进宫殿里。假道姑欣然答应，且要求单独住一间房。公主答应了道姑的要求，还领着这位假道姑参观了宫殿的各个部分，最后把他带到那个有二十四扇美人靠的圆形观景厅。公主得意地说：

"道姑婆婆，这宫殿建得还可以吧？"

假道姑说：

"说真的，这宫殿真是太漂亮了，天下没有可与此相比的地方。不过，这里少了一件东西；若再加上那件东西，这宫殿就无与伦比了。"

公主问：

"还缺少一件什么东西？"

"这里还缺少一枚大鹏鸟蛋。若能弄来一枚大鹏鸟蛋悬在这圆形观景厅的圆顶中央，这座壮丽宫殿就会成为名冠天下、举世无双的人间天堂。"

"大鹏鸟？那是一种什么鸟？又从哪里找大鹏鸟蛋呢？"

"大鹏鸟是一种神鸟，展翅可飞翔九万里，它力大无比，爪子可抓起骆驼和大象，从容自若地飞翔在天空。这种鸟栖息在嘎夫山中。只有建造这座宫殿的那个人，才能找到大鹏鸟蛋。"

说话间，不知不觉午饭时间到了，女仆端出饭菜，公主想陪假道姑进午餐，但妖术大师婉言拒绝与公主一道吃饭，公主只得让他回房间去，吩咐女仆把饭给他送到房间去。

黄昏时分，阿拉丁打猎归来。阿拉丁见到妻子，吻了吻她，但发觉她心神不安，似有什么心事，便问：

"爱妻，你怎么啦？"

公主说：

"我没怎么呀！我这不是好好的吗！不过，我看我们的新宫殿还缺少一样东西；若添上那件东西，我们的宫殿就完美无缺、无与伦比了。"

"缺少什么东西呢？"

"缺少一枚大鹏鸟蛋；若得到一枚大鹏鸟蛋，将之挂在圆形观景厅的圆顶上，我们的宫殿就将成为举世无双的人间天堂。"

"这样一件小事，何必为之心神不安呢！你想要什么，只管开口就是了。不论你要什么东西，即使藏在无人知道的地方，我也能很快把它弄来，保你满意开心。"

阿拉丁走进自己的房间，取出神灯，轻轻一搓，灯神立即出现在他的面前，说：

"主人，我来了。有何吩咐？"

阿拉丁说：

"我要你给我弄来一枚大鹏鸟蛋来。将之挂在圆形观景厅中央，以装点宫殿。"

灯神听后，顿时勃然大怒道：

"好一个不知好歹的家伙！我带领神灯的魔仆为你效力，曾为你做过多少好事，但你仍不知足。大鹏鸟是我们的王后，你如今想要我们王后的蛋来玩，岂有此理！凭天起誓，你的要求太过分了。你们夫妇二人胆大妄为，本应受到严厉惩罚，落得个焚尸扬灰的下场。不过，念你二人不明真相，天真无邪，我宽恕你们这一次。真正的罪人是那个妖术师的胞兄，名唤'妖术大师'。他勒死善良的道姑法蒂梅，穿上道姑的衣服，男扮女装，冒充能医病的道姑。如今已混进你的宫中。那妖术大师接近你，就是为了把你杀死，为他的弟弟报仇。你的妻子就是受了他的唆使，才来要我们王后大鹏鸟的鸟蛋的……"

阿拉丁听罢灯神这番话，顿感头晕目眩，四肢无力，周身颤抖。他强打精神，镇静下来，沉思片刻，终于想到道姑法蒂梅是以治病救人而闻名的，决定利用这一点实现自己的心愿。

阿拉丁托着脑袋来到妻子的房间，妻子问：

"亲爱的，你怎么啦？"

阿拉丁说：

"我头痛得厉害。"

妻子听说丈夫头痛，即派女仆去请道姑法蒂梅。阿拉丁问：

"法蒂梅是什么人？"

公主把道姑法蒂梅以及接道姑进宫殿的情况从头到尾向阿拉丁讲了一遍。阿拉丁听后，恍然大悟。

仆女把假道姑、真妖术大师请到公主的房间，阿拉丁装作一无所知，站起身迎接，上前吻他的袖口，并且说：

"道姑婆婆，我头痛极了，求你给我诊治一下。我久闻婆婆医术高明，手到病除。"

妖术大师听到这番赞语，心想："机会到了！"他模仿着道姑法蒂梅为人治病的动作，伸出左手，抚摸着阿拉丁的头，口中念着咒语，右手缓缓伸进袍下，从腰间拔出短刀……阿拉丁眯缝着眼，暗暗注意着他的动作。就在妖术大师拔出短刀的那一刹那，阿拉丁手疾眼快，一把抓住他的右手，夺过短刀，手起刀落，一刀扎进了妖术大师的胸膛，只见鲜血直流，妖术大师登时一命呜呼。

公主见血流满地，大惊道：

"阿拉丁，你这是怎么啦？道姑法蒂梅德高医术更高，闻名京城，你怎么把她杀了呀？难道你不怕老天报应，竟敢如此妄杀无辜？"

阿拉丁站起来，对妻子说：

"这不是道姑法蒂梅，而是杀害法蒂梅的凶手。他是那个把你和宫殿一道带往非洲的妖术师的同胞兄弟，人称'妖术大师'。我杀死了他的弟弟，他对我怀恨在心。他万里迢迢来到我们这里，先下毒手杀死了西山道观里的道姑法蒂梅，然后扮作道姑的模样，用花招骗得你的信任，潜入我们的宫殿，寻机要杀死我，以便为他的弟弟报仇。他之所以要你向我提出寻找大鹏鸟蛋的要求，就是为了置我于死地。你若不信，就揭去他的面纱，看看他究竟是什么人吧！"

阿拉丁说罢，弯下腰去，用手撩开他的面纱……公主走上前去一看，发现那是一个长着胡碴的男人，不禁大吃一惊，一下便明白了真相，连忙对阿拉丁说：

"亲爱的，这是我第二次险些送你一死了。"

阿拉丁说：

"亲爱的，不要紧的。你不必难过！为了你，我甘愿承担任何风险。"

公主把阿拉丁紧紧搂在怀里，亲了又亲，吻了又吻，说：

"亲爱的，我真粗心，两次都险些闹出大乱子来，你又总是在关键时刻把我救出，真使我感激不尽。"

阿拉丁紧紧抱住妻子，不住地亲吻，夫妻之间的感情更加深了。

这时，皇帝驾到。阿拉丁和公主把发生的事情讲述了一遍，并把那个妖术大师的尸体指给皇帝看。

皇帝看后，立即吩咐宫仆，将妖术大师的尸首烧掉，将骨灰扬到空中。

阿拉丁先后粉碎了妖术师兄弟的阴谋，斩杀了两个坏蛋。从此，夫妻俩过着无忧无虑的生活。

不知不觉几年过去了，皇帝驾崩，阿拉丁继位，登上皇帝的宝座，白德尔·布杜尔公主做了皇后。

阿拉丁当政的岁月里，勤于问政，善于治国，精于安邦，公正廉明，深得百姓爱戴。阿拉丁与白德尔·布杜尔公主夫妻和睦，白头偕老。

一个后半生未笑的人

相传,很久很久以前,有一个大财主,房产无数,奴婢成群,家中钱财堆积如山。财主去世时,留下一个儿子,年尚幼小。

财主的儿子长大成人,便开始大吃大喝,听乐赏歌,天天招待食客,日日挥金如土,时隔不久,便将父亲留下的钱财挥霍一空。

钱财花完,他开始变卖家奴、婢女和家产,直至将父亲留下的一切都卖光花尽,不得不靠给人打工艰难度日。

他这样生活了一年时间。有一天,他正在墙下坐着等待他人来雇佣之时,忽然看见一位面容端庄、衣饰讲究的老人走近他,跟他打招呼。他向老人问安致意之后,说道:

"大叔,你在此之前认识我?"

"孩子,我不认识你;不过,你虽已落到这个地步,我却发现你一脸富贵相。"

"大叔,命该如此啊!你有活儿让我去干吗?"

"孩子,我有些小活儿,想让你来干。"

"什么活儿?"

"我那里有十位老人,无人照顾,你来照顾他们吧!我将管你吃,管你喝,另外还给你工钱,但期安拉恢复你往日的富贵生活。"

"那太好啦!"

"不过有一个条件……"

"什么条件?"

"你要对自己看到的一切严加保密；见我们落泪，千万莫问原因。"

"这一条，我能做到。"

"孩子，跟我走吧！安拉为你祝福。"

青年站起来，跟着老人走去。

老人把青年送到澡堂，让他脱下身上的旧衣服，随后派人送来一身好布衣，让他穿上。出了澡堂，老人把他带回家中。

青年进了院门一看，只见那里房舍巍峨，建筑考究，厅堂宽大，每个大厅里都有喷泉，百鸟鸣唱，悦耳怡神；窗子下临花园，园中花卉争奇斗妍。

老人将青年带入一个客厅，只见那厅壁用彩色大理石砌成；厅顶上镶嵌着用天青石雕刻的图案，金丝环边，耀眼放光；地面上满铺丝毯，富丽堂皇。

青年定神望去，但见十位老翁，面面相对坐在那里，身穿丧服，哭泣落泪，不由得心中一惊。他想向老人询问其中的原因，忽然想起来前谈妥的条件，便未敢开口。

老人把一口装着三千第纳尔的箱子交给青年，同时嘱咐说：

"孩子，这箱子里的钱供你为我们，也为你自己花用。你是忠诚可靠的人，我把这些钱交给你，你好好保管吧！"

青年照顾老人起居生活，细致周到。刚过十天十夜，一位老人离开了人间，同伴们为之浴尸、装殓，然后把他埋在屋后的花园里。没过多少时间，老人们相继驾鹤离去，大院中只剩下青年和领他来到此院的那位老者。

一老一少又一起生活了很长一段时间，老者病倒。青年对老人的生命感到失望时，便走到老人的病榻前，对老人说：

"大叔，十二年以来，我尽力照顾诸位老人，不曾一时疏忽、怠慢。"

"是的，孩子，你为我们尽了全力。人有生老病死，我们都要回到伟大安拉那里去。"

"老人家，你已病入膏肓，我有一事想问：老人家总是哭泣落泪，痛苦不堪，究竟原因何在呢？"

"孩子，你本无须知道这一点，也不要强我所难。我求伟大安拉保佑众生，不让任何人遭受我已遇到过的灾难。你若想安全无事，那就千万不要开那扇门。"

老人伸手指了指那扇门，告诫青年说：

"你若想再遭我们遭过的难，那么，你就打开那扇门；你知道了我们哭泣、悲伤的原因，定会后悔莫及。你千万不要打开那扇门啊！"

老人病情加重，不久去世。青年亲手为他洗尸、盛敛，然后将他埋在已逝世的老友们的墓旁。青年坐在那里，思考着老人生前说的那几句话，思来想去，百思不得其解。

有一天，青年正在思考老人不准开那扇门的叮嘱时，忽然想去看看那扇门，于是站起来朝门走去。他走近仔细一看，发现那是一扇很漂亮的门，但上面结着蜘蛛网，挂着四把铁锁。

青年看着门，想起老人的警告，立即转身离去。片刻过后，他又想去把门打开，看看里边究竟有什么，但老人的告诫又立刻重新响在他的耳边。

就这样，一连七天，青年的思想总是处于矛盾之中：时而想打开那扇门，时而又记起老人的叮嘱。

第八天，青年终于克制不住自己，心想："我一定要把那扇门打开，看看究竟出了什么事。凡是伟大安拉决定的事情，都是不可避免的；所有事情都是安拉规定的。"

想到这里，青年站起身来，走去将锁砸掉，把门推开，见门内有一道狭窄走廊。

青年在走廊里走了三个时辰，从一个洞口出来，发现自己来到一条大河岸边，心中惊异不已。他沿着河边走去，边走边左右观看。突然间，一只大雕俯冲下来，伸出爪子将青年抓起，旋即飞行于天地之间；飞至一座海岛上时，将青年丢在那里，拍翅飞离而去。

青年呆呆站在海岛上，一时不知该往哪里走是好。

有一天，青年正在岛上坐着，忽见一只帆船远远出现在海上，就像天上的一颗星星，看到船，青年觉得有了生还的希望，目不转睛地望着那只船。

船终于靠了岸，青年走近一看，发现那是一条用象牙和乌檀木做成的船，船浆是用檀香木和沉香木做的，外嵌黄金封条，闪闪放光，船上坐着十位妙龄女子，一个个如花似玉。姑娘们看见青年，立即走下船来，亲吻青年的双手，并对他说：

"你就是我们国王的新郎。"

一位宛若晴空艳阳的少女走上前来，打开手上的包裹，取出一套王服和一顶镶嵌着珍珠宝石的王冠，给青年穿戴上，然后领着青年登上了船。上船一看，青年发现舱内铺满了五彩丝毯。

姑娘们扬起风帆，船儿乘风破浪驶去。青年跟着美女们同乘一只船，自觉如在梦中，不知道她们要把自己带到什么地方去。

船终于靠了岸，青年见岸上站满了兵士，个个身披铠甲，人人握矛持盾。他们给青年送来五匹高头骏马，全都背着镶嵌珍珠、宝石的金鞍。他们来到一片绿色草原，只见那里宫殿高大，园林处处，百花吐艳，百鸟鸣唱，争相歌颂伟大万能的安拉。

正当此时，忽见一支大军从宫殿和花园中走了出来，其势如洪流，顷刻间布满整个绿色草原。

大队人马接近青年，停下脚步，忽见一位国王骑马离开大队，在几个侍卫簇拥下来到青年面前。国王和青年相继离鞍下马，相互走近问安致意。之后，他们各自上马。国王对青年说：

"你是我们的客人，跟我们走吧！"

青年跟着国王走去，他们边走边谈。青年和国王在队伍的护卫下，一直来到王宫。他们相继下马，步入宫殿。

国王拉住青年的手，让他坐在一把金椅子上。国王坐下，揭开面纱，但见那是一位姑娘，明眸皓齿，肤色白皙，俊美绝伦，光彩照人。

青年望着姑娘，由衷惊叹她那妩媚姿容。姑娘对青年说：

"国王陛下，我就是这块土地上的女王。你所看到的那大队人马，不管是骑士，还是步行者，都是女子，没有一个男子。在我们这里，男子只管耕种收获，建造房舍，从事各种手艺作业，而妇女们则管理国家，主持政务，当兵打仗。"

青年一听，大感惊异。正当此时，宰相走了进来，只见她是一位头发斑白的老太太，但却从容自若，潇洒威严。女王对她说：

"你给我们请法官和证婚人来吧！"

老太太从命，转身离去。

女王转过脸去，和青年亲切交谈，语调温柔，一扫青年心中的忧虑。她说道：

"你想让我成为你的妻子吗？"

青年站起来，向女王行吻地礼，女王急忙阻拦。青年说：

"女王陛下，我比为你效力的女奴还要低微。"

女王忙说：

"难道你没有看见那么多奴仆、军队和钱财？"

"看见啦！"

"你眼前的所有一切，都听你的使唤和支配，要花多少钱，就花多少钱；要送给谁，就送给谁。"

女王指着紧紧锁闭的一扇门，接着说：

"不过，这扇门例外，你千万不要打开它，一旦打开，将后悔莫及。"

女王话音未落，宰相老太太带着法官和证婚人走了进来，只见她们一个个全是老太婆，人人长发披肩，个个威风严肃。

女王命令她们为她和青年缔结婚约，继之举行盛大婚宴，全体将士饱享美味佳肴。

一对美满夫妻过着幸福、快乐的生活，不知不觉七年光景转瞬而逝。

有一天，这位得意的郎君忽然想开启那扇门，心想："那里面一定藏着我未曾见过的至宝；如若不然，女王怎会不让我开呢？"

想到这里，他走上去将门打开，发现里面关着一只大雕，就是把他从海岛上携带到这里的那只大雕。

大雕一看见他，开口说道：

"我不再欢迎一张永远不能成功的面孔！"

他一听此话便转身想逃，大雕追来，伸出爪子将他抓住，拍翅腾空而起，在空中飞翔了一个时辰，落在七年前抓他的那条河边上，放下他，旋即展翅飞去。

他坐在那里，头脑方才清醒过来，想起往日享受的富贵荣华，想起昨天号令三军、威风凛凛的神气场面，后悔不已，不禁泪珠簌簌下落，失声号啕大哭。

他在海边上生活了两个月时间，无时不在想回到妻子的身边。一天夜里，他辗转反侧，夜不成寐，苦思冥想，悲哀不堪。忽然，他听到空中响起一种喊声，只能听到声音，却看不见人，只听有人高声喊道：

"多么美妙的享受，然而一去不复返，令人何等忧伤！"

他听见这种喊声，自感再见女王无望，更无法得到昔日的荣华富贵，于是向昔日那十位老人居住的旧屋走去。

他走进那座空荡荡的房舍，方才悟到他们的经历与自己的经历完全相同；这也便是他们痛哭、悲伤的原因所在。想到这里，他觉得那些老人们总是流泪是情有可原的。

这位青年走进厅堂，深深陷于痛苦、悲伤之中，整日泣哭不止，不吃不喝，后半生没有再笑过，直至告别人世，被埋葬在老人们的墓旁。

阿拉伯神话篇选自《一千零一夜》，李唯中译，选用时有改动。

日本神话篇

黄泉国[1]

漂浮于云海之上的高天原[2]，彩云萦绕，熠熠生辉，汇聚了世间万物之菁华，是至高无上的众神居所。一对天神——伟大的创世父神伊邪那岐和创世母神伊邪那美——从此地走出。

他们站在天浮桥上一同向下望去，脚下云缠雾绕，一片白茫茫。二位天神奉命来此开创天地，孕育生命。为此，众神赋予二位一把矛头上镶嵌着宝石的天沼矛，只要将此矛扎进混沌之中轻轻搅动，云雾便会消散。于是他们用矛轻搅，在静静等候之时，一滴海水从矛尖的宝石上滴落，聚积凝固成一座岛屿，那就是淤能棋吕岛。

同为创世之神和爱侣的伊邪那岐和伊邪那美携手下凡来到这座刚刚被创造的岛屿之上。

他们孕育了当时日本的主要岛屿：美丽公主之岛——伊豫岛；新生朝阳之岛——东洋岛；善良王子炊饭之岛——赞岐岛；蜻蜓群集之岛——大和岛；等等。

除此之外，他们还生育了诸神来掌管大地、天空和海洋；神明数量众多，数不胜数，因此几乎每个时节、每个角落都拥有他们专属的守护神。

然而在火神火之迦具土神出生时，伊邪那美被炙焰灼伤，她的命运也就此改变。受伤的伊邪那美倒地不起，伊邪那岐着急地问道："我的爱妻！你怎么了！"

她泣不成声，虚弱地答道："我命不久矣……你要到黄泉国来找我了。"

---

1 黄泉国：是凶神所居住的世界，位于黑暗的地下。
2 高天原：是日本神话《古事记》中，由天照大神所统治的天津神所居住的地点。

伊邪那岐悲痛万分，忍不住号啕大哭起来。连眼角的泪珠都顷刻间化作泣泽女神。即便如此，也是无力回天，伊邪那美还是离开了伊邪那岐。

伊邪那岐愤怒万分，抬起头对着高天原高声哭喊："我的爱妻啊！我竟然为了那么个小子而失去你，太不值了！"

于是他拔出腰间的十握剑，毫不留情地杀死了他的孩子；他束起长发，紧随伊邪那美到了幽冥入口，那里就是黄泉国。伊邪那美前来迎接他，她竟依旧美丽动人。她掀起大殿的帘子，让彼此能面对面交谈。

"我的爱妻啊，没有你，我实在是太孤独了。况且你我共同创造的国土还没有完成，跟我回去吧。"伊邪那岐哀求道。

伊邪那美回答道："亲爱的！已经太迟了，我吃过黄泉国的食物了，无法与你一同离开。不过既然你特意来接我，我是愿意跟你回去的。我现在就去找黄泉国的众神商量商量。你在这里等我。如果你爱我的话，那就记住——千万不能偷看。" 就这样，她说着话走进了殿里。

伊邪那岐坐在大殿门口的一块石头上等她，等到太阳都落山了，阴暗的山谷让他心底不由得生出一丝厌倦。伊邪那美实在是去了太久了，不耐烦的他取下左发髻上的多齿木梳，折下、点燃一齿，当作火把往大殿帘子后照去。眼前的景象让他大为震惊：爱妻腐烂破败的尸体正躺在地上，八位雷神围绕在旁：有火雷、黑雷、析雷、土雷、鸣雷、伏雷、若雷，还有最可怕的大雷盘踞在她的头部。

伊邪那岐吓得魂飞魄散，转身拔腿要逃。这时伊邪那美飞速起身，大声怒吼："太无耻了！你居然看到我这般丑陋不堪的模样！你要为此付出代价！"

她召来黄泉丑女前去追杀伊邪那岐。他拼命逃跑，在一片昏暗之中摔在了岩石上。情急之下，他扯下头上用来束发的黑木藤圈，急急忙忙朝身后扔去。藤圈落地后化作一串串山葡萄，黄泉丑女忍不住停下来大快朵颐。他便借此机会迅速逃跑。但吃光山葡萄的黄泉丑女又紧随而来，于是他又从右发髻上抓下一把多齿木梳,扔在身后。这次木梳落地后化成了一地野笋,黄泉丑女再一次受其诱惑停了下来;伊邪那岐不停向前逃,跑得上气不接下气。

见状,气急败坏的伊邪那美号令八雷神率领一千五百名黄泉军前去追赶;伊邪那岐拔出配在腰间的十握剑,一边挥舞着作战一边奋力逃跑,终于,他来到了黄泉国的边界——黄泉比良坂。他从树上摘下三个桃子,向他们扔去,没想到桃子吓得追兵四处逃窜,溃不成军;后来这些桃子被赐予了大仙桃神的名号。

最后,伊邪那美决定亲自出马。伊邪那岐搬来千人才可搬动的千引石挡放在比良坂。他站在岩石后面与伊邪那美做最后的诀别。但岩石另一边的伊邪那美仍然无动于衷,还放下狠话:"我亲爱的丈夫啊,今后只要你再次建造国度、孕育诸神,我哪怕要拼上我的性命也要夺取千人之命!"

她大声叫喊,高声挑衅着伊邪那岐。

他不示弱地答道:"你敢这样做,那我每天都会让一千五百个婴孩降生。事已至此,从今往后,你走你的阳关道,我过我的独木桥吧,永别了,我亲爱的妻子。"

(因为这个故事,伊邪那美也被后人称为黄泉女神。)

伊邪那岐离开黄泉国后,忍不住大喊:"恐怖!恐怖!真是太恐怖了!这是何等可怕的污秽之地啊!"他在河边静静地躺了很久,直到自己精力恢复,有力气洗去这一身的凶祟。

鲁莽的须佐之男

为了追妻而深入黄泉国的伊邪那岐终于又回到了苇原中国[3]，与那污秽之地相比，这里让他心情舒畅不少。他来到一条清澈的河边歇脚，打算仔细清洗一番，去去身上的凶祟。

伊邪那岐在河的上游擦洗时说："上游的水太急了。"

于是他来到了下游，这次他又说："下游的水太慢了。"

最后他来到河的中游，第三次下水。水珠从他俊美的脸庞上滚落，化作了三位伟大的神明：太阳神——天照大神，月亮神——月读神，以及海神——须佐之男。

伊邪那岐高兴极了："看啊，我这三个宝贝孩子，他们将来定会亘古闪耀。"说罢，他从脖子上取下那串美玉项链，赐给天照大神，并对她说："就由你来掌管高天原吧，你要确保那儿的每个白昼都光辉夺目。"

于是她收下这条玉串，把它放在众神存放灵物的宝库里。

伊邪那岐又对月读神说："你来掌管夜之国。"

此后，夜之国便由这位温润和善的年轻人掌管。

而那位最年幼的神明呢？伊邪那岐则将海洋的掌管权授予了他。

就这样，天照大神掌管着白天，月读神温柔地掌管着夜晚。但是坏脾气的须佐之男不干了，他一屁股坐在地上，号啕大哭起来，满是怨言："啊，我太惨了，我要永远住在冰冷的大海里了！"他不停地哭，还把山间的水汽吸光化作他的眼泪，哭得青山也荒了，河海也干了。各路魑魅魍魉借机涌现，它们的力量越来越强，聚集在一起发出的声音就像五月的苍蝇一样恼人；各

---

3 苇原中国：指的是人间世界，也就是日本本土。

地灾祸频发。

这时,他的父亲创世之神生气地站在他身边,严厉地问道:"瞧瞧你干的好事!你为什么不去治理你的领地,反倒像孩子似的赖倒在地,哭闹不止?回答我!"

须佐之男答道:"我哭是因为我太痛苦了,我根本不喜欢这个地方,我想去母亲那里。她是黄泉女神,我要去遥远的黄泉国。"

此话一出,伊邪那岐立马大发雷霆,用神力驱逐了他,并命令他马上离开,不得再次出现。

须佐之男说:"好吧。但我得先去高天原跟姐姐告别,然后我就走。"

说罢,他便气势汹汹地奔向高天原,弄得地动山摇,整个国土都因他而震颤。

这阵仗让天照大神也为之颤抖,喃喃道:"须佐之男绝对没安好心,他想来抢夺我的领地。肯定是为此目的,他才这样贸然闯进高天原的。"

她马上把披在肩上的头发分成两缕,向左、向右分别束成两个男士发髻,又佩戴好玉器。她将自己装备成年轻战士的样子。然后她又背上巨弓和装有一千五百支箭的箭筒,手上挥舞着竹杖,两脚重重踏在地上,扬起粉雪一般的尘土。她来到天安河边,像勇士一样昂首挺胸地站着,静候弟弟的到来。

须佐之男的声音从远处传来:"亲爱的姐姐,你打扮成这样是为了对付我吗?"

她回答:"我并无此意,不过你为什么来这里?"

须佐之男答道:"我可没打坏主意。只是因为我说要去黄泉国,父亲就用神力驱逐了我,我到这里来就是为了和你道别,没有别的意思。"

她瞪大眼睛盯着他,仍然心存怀疑,说:"那你就在此发个誓。"

他以身上配的十拳剑的名义起誓,随后又以天照大神发髻上玉器的名义起誓。起誓后,天照大神才带他渡过天安河、走过天浮桥。就这样,须佐之男进入了他姐姐天照大神的领地。

然而须佐之男生性顽劣，死性不改。他在天照大神的沃土上大搞破坏，将她耕好的稻田弄得乱七八糟，还把沟渠给填上了。即便如此，天照大神也没有责备他，而是说："看来，弟弟是认为土地都被这些沟渠和田埂浪费了，每一方土地上都应该插上秧苗。"天照大神好言相待，但是鲁莽的须佐之男依旧我行我素，脾气还变得越来越暴躁。

眼下，天照大神和侍女们正坐在高天原的忌服屋里，看着织女为众神编织的神衣。

这时，须佐之男却在忌服屋的顶上砸出一个巨大的口子，往里扔进了一匹天界的花斑马。马儿惊慌失措，在织布机和织女中横冲直撞，大肆破坏。须佐之男自己也跟在它身后捣乱，一会儿化作猛烈的风暴，一会儿化作几乎要冲垮屋子的洪流，一切都变得混乱不堪、惨不忍睹。

天照大神在慌乱之中被金梭刺伤。她大哭着逃离了高天原，躲进岩洞里，还搬来一块石头挡住了洞口。

天照大神走后，高天原变得一片漆黑，苇原中国也是黑蒙蒙的，长夜笼罩着整片国土。众神行走在大地上的声音就像五月的苍蝇一样嘈杂，到处都传来不详的预兆。

为了使光明重现，八百万神明在天安河原上举行了神圣的集会，他们一同商议并决定应该怎么做，在思兼神的提议下，他们召来了长夜里的永啼鸟，让铁匠神天津麻罗为他们打造一面闪亮的白色金属镜。又令玉祖命将数百个勾玉串起来。他们用天香山上的雄鹿的肩胛骨进行占卜，还拔下了一棵有五百条分枝的天贤木。他们把勾玉挂在上层树枝上，把镜子挂在中层树枝上。所有的下层树枝上都挂满了白币帛和青币帛。他们把树抬到太阳女神所在的岩洞前，号令所有的鸟儿开始歌唱。

这时，一位有名望的天佃女在岩洞前跳起舞来，她舞姿优雅、技巧娴熟，放眼整个苇原中国和高天原都无人可比。她身上挂着天香山上的苔藓做的花环，头上绑着卫矛树叶和金银花朵，手中还拿着一束竹叶草。她在洞前翩翩

起舞,如痴如醉,天地间从未有过像这样的舞蹈。她的舞姿比随风摇曳的松顶和伴浪翻滚的泡沫还要动人,连高天原之上的彩云都不能比拟。大地和高天原都震颤起来,八百万神明一齐欢笑。

当时,天照大神正躺在岩洞里,明亮的光芒从她美丽的身体里射出,她就像美玉一样夺目。地上的水洼闪着点点光亮,洞壁上的黏液随着光折射出各种颜色,洞里的岩生植物在这异于往常的潮热中茁壮成长,天照大神躲在阴凉处睡觉。永啼鸟的歌声把她从梦中唤醒,她起身将头发甩到肩后,感慨道:"唉,这些长夜里唱歌的可怜鸟儿啊!"这时她听到了舞蹈的声音、热闹的狂欢和众神的欢呼,于是她静静地听着。

没过多久,她突然感到高天原在摇晃,还听到了八百万神明齐声欢笑的声音。

她起身来到洞口前,把石头向后挪动了一点。一束光落在跳舞的天佃女身上,她身着盛装,轻轻喘着气;但其他神明还在黑暗中,他们互相对视着,一动不动。天照大神说:"我想,大概是因为我躲起来了,高天原和苇原中国才会陷入一片黑暗。那为什么天佃女还有心思戴着花环和头饰起舞呢?八百万神明又为什么一同欢笑呢?"

跳舞的天佃女回答道:"哦,尊敬的天照大神,您看,在场的天佃女们都戴着鲜花,盛装打扮,神明们也都聚在一起开心地欢呼呐喊。我们这么快活是因为我们将要迎接一位比您还要光彩夺目的女神啊。"

天照大神听到后非常生气。她用长袖遮住脸,不让神明们看到她的泪水,然而泪珠还是如星子一样落了下来。这时,高天原的年轻神明来到天贤木旁,树上挂着铁匠神天津麻罗打造的镜子。他们大声喊道:"天照大神,您请看,这就是我们高天原最闪耀的女神!"

听到此话后,天照大神回应道:"不,我才不会看她。"但是不一会儿,她还是把遮面的袖子放下了,看向了镜子。她看到了镜子里的自己,看着看着,自己的美貌让她不由得出了神,那是多么无与伦比的美啊。她从洞穴的岩石中慢慢走出来。她的光芒瞬间照亮了整个高天原,地上的稻穗沐浴在光中,摇曳晃动,野樱树也竞相开放。所有的神明围绕在天照大神身旁,高声欢呼,鼓掌叫好,他们把洞口封上了。这时天佃女大喊:"我们的天照大神啊,世间怎么有神能与您相比呢?"

于是他们心满意足地把女神迎回了高天原。

但是敏捷果敢、长发飘飘的海神须佐之男又不高兴了,因为众神要把他押到天安河原接受审判。经过一番讨论后,他们决定收走他的全部财产,还要剪掉他引以为傲的秀发(因为他的头发有着鸢尾花一般的蓝黑色泽,垂到膝盖以下),他们最终把他永远地驱逐出了高天原。

痛苦的须佐之男怀着沉重的心情从天浮桥上回到了苇原中国，又在绝望中徘徊了许多天，他不知道该去哪里。他经过肥沃的稻田，又走过荒芜的沼泽，但他丝毫不在意。最后他在出云国肥河边停下来小歇。

情绪低落的他坐在河边，用手撑着脸，直直盯着水面，突然注意到一根筷子漂浮在河面上。须佐之男立即站起来说："上游有人！"于是他就沿着河岸往上走，寻找他们的踪迹。没走多远，他就在河边的芦苇和柳树旁发现一位正在悲伤痛哭的老人。他的身旁还有一位贤淑美丽的夫人，看上去好似神明的女儿；但她的眼里充盈着泪水，她不断地哀叹，双手紧紧地攥着。两人的中间还有一位年轻女子，身材娇小纤细；但须佐之男看不清她的脸庞，因为她的脸上覆着一层面纱。她不时动动身子，可能是因恐惧而颤抖，或是在恳求老人，抑或是拉着夫人的袖子；最后这两位还是悲伤地摇了摇头，再次叹气起来。

须佐之男疑惑不已，便走近问老人："你们是什么人？"

老人回答说："我是山中的土地神。在河边哭泣的那位是我的妻子，这个孩子是我们的小女儿。"

须佐之男又问他："你们这么难过，发生什么事了？"

他回答说："你知道吗？先生，我本是一位有点声望的土地神，也是一位拥有八个美丽女儿的幸福父亲。但是如今这片土地被恐怖深深地笼罩了，因为每年这个时候，一个名为八岐大蛇的怪物就会来此作祟，这怪物以吞食年轻少女为乐。七年来，我七个可爱的孩子都没有幸免于难。现在轮到我的小女儿了。所以我们悲伤欲绝，忍不住在此哭泣。"

须佐之男问："你们可知这怪物的模样吗？"

土地神回答道："他的眼睛像酸浆果一样红。他只有一个身体，但有八颗头和八条带鳞的尾巴。不仅如此，他的身体上还覆着苔藓、冷杉和柳杉。行走时八个山谷和八座山岗都在他身躯之下，他的腹部是一片猩红，血淋淋的。"

这时须佐之男喊道："大人，把您的女儿许配给我吧。"

须佐之男强壮俊俏、神采奕奕，土地神一眼就看出他是一位神明，于是答道："若能将小女许配于您，我自深感荣幸。只是现在还不知您尊姓大名。"

须佐之男说："我是海神须佐之男，刚从高天原下凡于此。"

土地神和他美丽的妻子说："好吧，尊敬的海神，您就带走我们的小女儿吧。"

须佐之男迫不及待地掀开面纱，他看到了他妻子的脸，那是一张好似冬月般皎洁的面庞。他轻抚她的额头，忍不住感叹道："真乃妙人，真乃妙人啊！"

年轻女子站着，脸上泅起一抹绯红。她还太过青涩，仅是须佐之男眼中泛起的涟漪就足以让她羞红脸庞。他又说："亲爱的美人，我们今后将会有大把快乐的时光，眼下我们不能再耽搁了。"

于是他立马带上妻子离开，把她变成了皇冠庄重地戴在自己头上。他吩咐土地神帮他酿造清酒，又和他一起将酿好的酒精酿了八遍，然后将清酒倒入八个大桶里备用；一切准备就绪后，他们便在一旁等待。不久之后，传来一声地震似的巨响，连山脉和山谷都随之震颤。八岐大蛇爬到了眼前，身型硕大，令人生畏，吓得土地神连忙遮住自己的脸。但是须佐之男盯着前来的大蛇，拔出了腰间的宝剑。

大蛇有八颗头，这会儿他正把每一颗头都泡在酒桶里酣饮，喝得根本停不下来。不一会儿他就酩酊大醉，垂下头睡着了。

这时须佐之男挥起十拳剑，跳到怪物身上，猛地连砍八刀，砍下了怪物的八颗头颅。大蛇就这样被杀死了，一旁的肥河顿时化为血河。须佐之男还砍断了大蛇的尾巴，但他砍到第四条尾巴的时候，宝剑却被弹了回来。于是他用剑尖探查，竟发现一把巨型宝剑藏于其中，该宝剑剑身锋利，精良程度超越了当今所有能工巧匠的铸剑能力。之后他将这把剑献给了天照大神。这就是那把天丛云剑。

后来，须佐之男在一个叫达须贺的地方建造了须贺宫，与妻子一同居住于此。悠悠彩云好似帷幔环绕宫殿。须佐之男轻轻唱起和歌：

阑干似从彩云出，
翻涌环绕贺须宫。
吾妻挚爱居于此，
霁月相伴度此生。

星之恋人

所有真心相爱的人们啊，我恳请你们向众神祈祷，愿七月七日晚是个晴朗的夜晚。

只看在彼此坚定守候和矢志不渝的爱情的分上，祈祷吧，祈祷那是个好天气——无雨无雹，无雷无雾，万里晴空。

来听听星之恋人的悲伤故事吧，听后你会愿意为他们祈祷的。

织女是光明之神的女儿，住在银河边上。她在织布机前一坐就是一整天，手中的梭子不停地穿梭，众神华丽美艳的神衣都出自她手。经线和纬线相互交织，慢慢地，它们就会变成鲜艳的织布，一叠一叠地堆积在她的脚旁。但是她仍不敢停下，因为她曾听到过一个让她害怕不已的传言：

一旦织女离开了织布机，永无止境的悲伤就会降临到她身上。

所以她拼了命地干活，众神也因此拥有了很多漂亮的新衣。但是可怜的小织女自己却没有什么像样的衣服。父亲给的衣裳和珠宝首饰便是她所有的家当了。她光着脚，头发也随意地垂下。偶尔有一缕长发落在织布机上，她就把它甩到肩后。她不与天界的孩子嬉戏打闹，也不与青年男女寻欢作乐。她不会爱人也不会难过，不会高兴也不会悲伤。她坐在织布机前不停地织，织啊织……好像她的生命也被编织进了无尽的彩布之中。

看到此景，她的父亲心生不悦，说道："女儿啊，你花在织布机上时间太多了吧。"

"因为这是我的责任。"她回答。

"胡说什么！你年纪轻轻的谈什么责任！"她父亲怒吼道。

"父亲你为什么要发这么大的火？"她一边说着，手指还一边推动梭子。

"你是木头还是石头啊，难道是路边奄奄一息的野花？"

"不，我都不是。"她回答。

"那就抛下你的织布机吧，我的孩子，去过你的生活，像别人一样，享受快乐时光。"

"我为什么要像别人那样呢？"她反问。

"你还敢顶嘴？来，你告诉我，你到底能不能离开那个织布机？"

"可是织女一旦离开她的织布机，永无止境的悲伤将降临在她身上。"她说。

"真是愚蠢的传言！"她父亲喊道，"不要理会它，我们怎么会有无尽的悲伤呢？我们可是神明！"说着，他把梭子从女儿手中拿下，又用布盖住了织布机。他给她换上了绮丽炫彩的衣裳，又为她装点上精致动人的首饰，还戴上了天界之花编成的花环。然后，她的父亲将她许配给了负责看管银河河畔牛群的牛郎。

在那之后，织女确实变得大不一样了。她的眼里开始有了星辰似的光亮，嘴唇也红润了起来。她每日欢歌曼舞，与孩童打闹，又与青年男女纵情欢笑。她身姿轻盈，脚着银履。她的爱人牛郎轻轻牵着她的手。她笑，众神也跟着她一起笑，欢声笑语回荡在整个高天原。但同时，她也变得漫不经心起来，她的责任、众神的衣裳早就被抛到了九霄云外。至于她的织布机，她几乎一个月没有碰过了。

"我现在有了自己的生活，我不会把时间浪费在织布上了。"她说。

她的爱人张开双臂将她拥入怀中。她的脸上挂满泪珠，但同时漾起了笑容，娇羞地把自己埋在他的胸前。她开始真正地为自己而活。但她的父亲再一次生气了。

"太过分了，"他说，"她疯了吗？她都快成高天原的笑柄了。而且她不在，谁来为众神编织新的春衣？"

他严厉警告了女儿三次。

但她却每次都轻轻笑着,摇头拒绝。

"父亲,是您为我开的这扇门,"她说,"现在无论是神明还是凡人都无法将它关上了。"

他警告说:"你若再不悔改,就有你好果子吃。"于是,他把牛郎永远地放逐到银河的另一边。四面八方的喜鹊闻声而来,它们张开翅膀在河上搭起了一座摇摇欲坠的鹊桥,牛郎刚从桥上走到对岸,喜鹊们就立刻四散,飞向天涯海角,织女怎么样也没有办法跟他一起过去。现在,她成了高天原里最悲伤的人。她站在岸边久久不肯离去,向对岸的牛郎伸出双手。而另一边的牛郎只能在寂寥荒芜中孤独地牧牛,悲痛不已,泪流满面。织女在河岸的对面哭了很久很久,她直直地盯着地面,陷入了沉思。

她起身回到了织布机前,掀开上面的布,丢到一边,将梭子握回了手里。

"无止境的忧伤啊,"她说,"无止境的忧伤!"她又放下了梭子。"啊!"她呻吟着,"太痛苦了!"说着她把头靠在织布机上。

但过了一会儿,她意识到了什么,说:"不过,现在的我不再是从前的我了。以前的我不会爱人也不会难过,不会高兴也不会悲伤。可现在的我不仅有爱人,会难过,还会高兴,更会悲伤。"

想到这儿,她忍不住落泪,但是手上又拿起了梭子,开始给众神编织神衣。每当她心事重重,织出的布会就透着沉重的灰色,而她心中充满希望的时候,织出的布又会变成梦幻的玫瑰色。众神好奇极了,谁都想试试这神奇的衣裳。这下光明之神心满意足了。

他说:"这才是我善良能干的好孩子。现在的你啊,安安静静的,多快乐啊。"

"这是充满了痛苦、绝望的安静。"她反驳,"快乐?我是整个高天原里最悲伤的人!"

"孩子,我很抱歉,"光明之神说,"那我该怎么弥补呢?"

"把我的爱人还给我。"

"不,孩子,这我做不到。他是因神令而被永远流放的,神令一旦发出,就永不可悔改。"

"我知道了……"她说。

"不过,每年的七月七日我将召集天涯海角的喜鹊,那时它们会为你搭成横跨银河的鹊桥,这样你就可以轻松地渡过银河,到遥远的彼岸见一见苦苦等候你的牛郎了。"

于是每年的七月七日,喜鹊们就会从各地飞来,张开翅膀搭成一座鹊桥。当织女走过那座并不牢固的鹊桥时,她的双眸就像辰星闪烁,心儿也像鸟儿扑腾个不停。而她的爱人牛郎正在遥远的彼岸迎接她。

就这样，这对相爱的恋人在每年的七月七日鹊桥相会。可若是云翳满天、雷鸣电闪，大雨还伴着冰雹，那银河就会水位高涨、浪翻水涌，导致喜鹊无法为牛郎织女搭桥。这多么令人沮丧啊！

所以，真心相爱的人们啊，请为他们向神明祈祷一个好天气吧。

辉夜姬

　　从前有个名为竹取的砍竹老翁。他是个老实本分的人，虽然很穷，但他勤勤恳恳，吃苦耐劳。他与妻子住在山上的小屋里。因为没有孩子，所以他们的晚年孤苦伶仃。

　　夏日的一个清晨，竹取像往常一样起了个大早，进山砍竹子去了，他把砍下的竹子拿到镇上去卖，不过卖不了多高的价钱，只能勉强维持生计。

　　他从陡坡往上爬，刚到竹林就累得气喘吁吁了。他拿起蓝色汗巾擦了擦额头，不禁感叹："我这把老骨头哟！真是不中用了，老太婆也老了，我们一大把年纪了也没人照顾，真可怜啊。"他一边叹气，一边干手上的活儿。

　　突然，他注意到绿林里闪着一道亮光。

　　"那是什么？"竹取感到疑惑，竹林里通常光线昏暗而且竹影重重，怎么会有光亮。"难道是阳光？"竹取猜，"不，不可能，这光是从地上发出的。"他马上推开眼前的竹子四处找，想弄清楚这亮光到底来自何处。果然，它是从一棵大绿竹的根部发出的。竹取抡起斧头劈开了那棵大绿竹，里面出现了一颗闪耀的绿色宝石，足足有他两个拳头那么大。

　　"奇迹啊！"竹取大喊，"这真是奇迹！我在这里砍了三十五年竹子，第一次在竹子里发现这么大的绿宝石。"说着他拿起了宝石，宝石在拿起的一瞬间爆裂成了两瓣，从里面走出一位小姑娘，停在了竹取的手上。

　　小姑娘身形娇小却美艳万分，身着一条绿色的绸裙。

　　"您好，竹取先生。"她友好地向竹取问候。

　　"神啊，这真是个惊喜啊！"竹取感慨，"冒昧地问一句，您是一位仙女吧？"他问。

"您猜得没错，"她说，"我正是一位仙女，我是来陪伴你们夫妻二人一段时间的。"

"真是太好了！"竹取答道，"不过我们家很穷，我们二人尚能苟活，但我担心像您这样的仙女会住得不舒服。"

"那颗绿宝石在哪儿？"仙女问。

竹取捡起两瓣宝石，惊讶不已："这里面怎么会有这么多金块？"

"这下就足够了。"仙女说，"竹取先生，现在我们一起回家去吧。"

他们到家了。"老太婆！老太婆！"竹取大喊，"有一位仙女来和我们一起生活了，她给我们带了柿子那么大的、闪耀着的宝石，里面还装满了金块。"

妻子跑到门口。她简直不敢相信自己看到的。

"发生什么了？"她问，"什么柿子？什么金块？柿子我见多了，现在不正是柿子季嘛，不过金子倒是少见。"

"快别念叨了，老太婆。"竹取喝住她，然后领着仙女进屋了。

仙女的成长速度快得惊人。不出几个月，她就出落成了一位窈窕少女——她如晨光般白净清新，如正午阳光般爽朗灿烂，如傍晚夕阳般甜适温润，又如夜半月光般幽幽深邃。竹取给她起名为辉夜姬，因为她是从闪耀的宝石中诞生的。

竹取每天都能从宝石中得到很多金块。渐渐地，他变得富足起来，再也不用过以前的苦日子了。他建起了一座美丽的宅院，还雇佣了侍从来打理家事。人人都对辉夜姬宠爱有加，就像捧在手心的公主。她的美貌远近闻名，不少男子慕名前往，只为获取她的芳心。

但是她一一拒绝了。她说："竹取先生和竹取太太才是我最爱的人，我要和他们一起生活，做他们的女儿。"

就这样，他们一起度过了幸福的三年。到了第三年，天皇亲自来向辉夜姬求婚。他真是一位勇敢的追求者。

"小姐，"他说，"我的肉体向您称臣，我的灵魂向您俯首。亲爱的小姐，请做我的皇后吧。"

这时辉夜姬叹了口气，瞬间泪珠充盈了整个眼眶，她只得抬起衣袖半遮芳容。

"陛下，我不能答应您。"她答道。

"不能？"天皇说，"为什么不能呢，我亲爱的小姐？"

"陛下，将来您便知道了。"她回答。

大约过了七个月，辉夜姬还是日日沉浸在悲伤之中，惆怅、哀愁，让她无力踏出宅门，只是长久地待在庭院的长廊。白日里，她坐在长廊里沉思。夜幕降临，她便凝望起月亮和星辰。

那是一个月圆之夜，辉夜姬和她的侍从、竹取先生和竹取太太还有天皇一同共坐庭院、聊天赏月。

"多么明亮的月啊！"竹取先生感慨。

"是啊。"竹取太太赞同，"就像一个洗得锃亮的铜锅。"

"可是它看起来又是那么的苍白暗淡，"天皇说，"好似悲伤绝望的恋人。"

"这月光真是明澈又悠长啊！"竹取先生再次感叹，"好像一条从月亮通向我们庭院的小径。"

"我亲爱的养父，"辉夜姬哽咽着说，"你说得没错，这确实是一条月之仙径。今夜，月神们就要沿着它来接我回家了。我的父亲是月亮之王，因为我违抗了他的命令，所以他将我流放至此三年。现在三年期满，我要回家了。唉，我真舍不得离开你们啊。"

"大雾怎么弥漫下来了？"竹取先生说。

"不，是月亮之王的人。"天皇说。

成百上千的月神们已经降临，他们手持火把，表情庄重肃穆，火光照亮

了整个庭院。他们的将领带来了一件天界的羽衣，他将辉夜姬从座位上扶起，给她轻轻披上了羽衣。

她依依不舍地与众人道别："再见了，竹取先生。再见了，竹取太太，我亲爱的养母，我把我的珠宝留给您做纪念……还有您，天皇陛下，我多希望您能与我一同前去，但没有多余的羽衣给您了。我给您留下一瓶不死灵药。天皇陛下，喝下它吧，您就能像神明一样永生了。"

随后，她张开了闪亮的翅膀，月神们紧随其后。他们一起通过仙径向月亮飞去，慢慢地不见了踪影。

天皇大人手握不死灵药，爬上了日本的最高峰。他点火烧掉了不死灵药，说："既然我已与辉夜姬分别，那永生又有何意义？"

不死灵药被大火烧尽，化作了蓝色的云雾袅袅飘向天界。天皇喃喃低语："就让万语千言化作云雾一同飘散到辉夜姬的耳畔吧。"

狐女玉藻前

  一个背着行囊的小贩正走在通往京都的路上。他看到一个孩子独自坐在路边。

  "哎？小姑娘，你怎么一个人坐在路边呢？"他好奇地问。

  "那你为什么在这儿呢？拄着竹棍，背着行囊，连鞋子都走破了。"孩子反问。

  "我要去京都，到天皇的宫殿去，把饰品卖给宫里的淑女们。"

  "哦，那你把我也带上吧。"孩子说。

  "小姑娘，你叫什么名字？"

  "我没有名字。"

  "你家在哪儿？"

  "我没有家。"

  "你差不多七岁？"

  "我不知道自己的岁数。"

  "你为什么在这里？"

  "我一直在等你。"

  "你等了多久了？"

  "一百多年了。"

  小贩笑了。

  "带我去京都吧。"孩子说。

  "你要是愿意的话，就跟我走吧。"小贩说。

他们一起上路了，很快就到了京都的皇宫。这个孩子为天皇献上了一支舞。她的身姿像轻舞在浪尖上的海鸟一样轻盈。一支舞曲结束，天皇把她叫到身边。

"小姑娘，我该赏赐你点什么呢？"他问。

"哦，天皇大人，您是天子……我不能要……我怕。"小女孩支支吾吾地说。

"说吧，不用怕。"天皇说。

孩子轻声喃喃："让我留在您身边吧。"

"允。"天皇欣然答应，随后把孩子接进了皇宫。给她取名玉藻前。

玉藻前很快就掌握了多样才艺。她不仅歌技了得，还能弹奏各式各样的乐器；她画功卓越，高明的技法超越了世上所有画家；她绣工超群，刺绣、纺织都不在话下；她写的诗时而让人潸然泪下，时而又逗得人欢笑连连；她对文字过目不忘，所有深刻晦涩的哲理都了然于心；她深谙儒家、佛家和汉学的菁华。人们都夸赞她完美无缺，好似精纯赤金、无瑕美玉。

当然，天皇也深深迷恋着她。

他很快就把天子之责和国家之计抛在了脑后，玉藻前日日夜夜陪伴在他身边。他变得粗鲁性急、气盛狂躁，侍从都不敢前去服侍他。后来，他病了，整个人无精打采、蔫头耷脑，终日一副郁郁寡欢的样子，所有御医都拿他的病没有办法。

"唉，陛下到底生的是什么病？他定是受妖怪蛊惑了。可悲啊！真是太可悲了！我们也无力回天了。"他们叫喊道。

"把他们都给我赶出去，"天皇大叫，"一群没用的东西！谁都别来烦我，我想怎么样就怎么样！"

他疯狂地痴迷于玉藻前。

他把她带到了自己的避暑山庄，为她准备了一场盛大的宴会。所有的朝廷要员、达官显贵和高门贵妇都受邀出席；宴席上，宾客觥筹交错，天皇面容惨白却仍沉溺于酒色，任情恣性，好不快哉！玉藻前身着缀有金帛的殷红华服，明艳动人。她伴在天皇身侧，不时用金酒壶给天皇斟上清酒。

他注视着她的眼睛，不禁感叹："其他女人在你面前根本不值一提。她们都不配触碰你的衣袖。啊，玉藻前，我实在不知还要如何疼你了……"

他说得很大声，所有人都听到了，他们只好礼貌笑笑，应和着天皇。

"陛下……陛下……"玉藻前娇羞回应着。

此刻大家正饮酒欢歌，乌云却悄悄布满了夜空，明月、星辰都不见了踪影。突然间，一阵可怕的大风刮过山庄，吹灭了宴会厅里的所有灯盏，滂沱大雨紧接其后。一片漆黑中，恐惧和惊悚席卷了整个宴会厅。朝臣们吓得四处逃窜，哭喊声回荡不止，桌子都被撞翻了，碗碟、酒杯猛烈地碰撞，震荡出来的清酒浸湿了席面。突然，一道光芒乍现。那正是玉藻前所在的地方，她的身体里窜出一条条长长的火舌。

天皇惊恐不已，发了狂地喊道："玉藻前！玉藻前！玉藻前！"他连喊三声后突然昏倒在地。

他一直昏迷不醒，看上去像是睡着了，但又如同死了一般，没有人能唤醒他。

日本的智者和圣僧纷纷赶来为天皇向众神祈祷，他们还请来了阴阳师安倍晴明。他们说：

"安倍晴明，听说您通晓神鬼之事，就请您为我们查明天皇怪病的真相吧，如果可以的话，也请告知我们治疗的方法。安倍晴明，就请您为我们占卜吧。"

随后，安倍晴明进行了占卜，他来到智者面前，说：

美酒香甜，余味苦涩。
金柿诱人，切莫贪食；
其心已腐，其根已烂。

猩红百合，气韵已散。

至美至尚，极慧大爱，

万事万物，丝连藕断。

智者听后着急地说："安倍晴明，请您说得通俗些，您说得太晦涩了，我们听不明白。"

安倍晴明说："我不多解释了，诸位就看我接下来的行动吧。"随后他进行了为期三天的斋戒和祈祷，又从寺庙取来圣御币，先在智者面前挥舞，然后用御币触碰了他们的身体。之后他们一同前往玉藻前的庭院，安倍晴明将圣御币握在手中。

玉藻前此时正在庭院梳妆打扮，侍女们服侍左右。

"大人，您不请自来。找我有何事呢？"她问。

"玉藻前夫人，我按照中国流行的曲调作了一曲。既然您精通诗词歌赋，那且来听听我的曲子，品评一番。"阴阳师安倍晴明说。

"我现在没有心思听歌，"她说，"陛下正命悬一线呢。"

"不，夫人，我的这一曲您必须听。"

"为什么？如果我非要听的话……"她说。

安倍晴明打断了她的话，唱起：

美酒香甜，余味苦涩。

金柿诱人，切莫贪食；

其心已腐，其根已烂。

猩红百合，气韵已散。

至美至尚，极慧大爱，

万事万物，终为虚幻。

安倍晴明一边唱着，一边走到玉藻前面前，用圣御币轻触了她。

她发出一声骇人的尖叫，霎时间，她变成了一只长有九条长尾、发如金丝的狐狸。她从庭院里落荒而逃，越逃越远，一直逃到了遥远的那须原，藏在一块黑巨石下。

不过，天皇的病立刻痊愈了。

此事发生后不久，百姓间流传起了那须巨石的离奇传言。据说巨石的底部流出一条毒溪，流经之处百花枯萎，无论是人还是牲畜，只要喝过溪水就会毒发身亡。而且，谁也没法活着靠近巨石，在它荫蔽下歇息的旅行者再也没有醒来，停留在上面休息的鸟儿也瞬间毙命。人们都叫它杀生石，这名字流传了一百多年。

后来，来了一位名叫玄翁的高僧，他一手持着法杖，一手端着钵盂，虔诚地赶往圣地朝拜。

他路过那须原的时候，当地居民给他送来食物。

他们特意提醒："高僧啊，你要小心那须原的杀生石啊。千万不要在它的荫蔽处休息啊。"

但高僧想了一会儿，说：

"孩子们，你们可知，佛经中有这样一句话：'草木泥石终进轮回'。"

说着他走到了杀生石前，点燃香火，举起法杖敲击石头，喊道："出来吧，杀生石的灵魂；出来吧，我在召唤你。"

随即一声巨响，巨石炸裂、火光迸发。从崩裂的碎石和熊熊火焰中走出一位女子。

她站在僧人面前，说：

> 我乃金发狐狸玉藻前，
> 完美无瑕人人爱，
> 千娇百媚惹垂怜。

东方妖术为我用，
印王拜倒石榴裙，
泱泱契丹了无痕。
艳绝倾城镀皮囊，
黑暗邪恶铸灵魂。
佛法慈悲无极限，
渡我轮回不沉沦。

"可怜的灵魂啊，拿上我的法杖、袈裟和钵盂，踏上忏悔的漫漫路吧。"玄翁说。

玉藻前披上袈裟，一手执起法杖，另一手端起钵盂，永远地消失在尘世之中了。

"佛祖开恩，菩萨保佑，"玄翁念道，"孽缘已了，重入轮回……"

桃太郎

以前曾有一段时间,神明们是不会像现在这样潜踪隐迹的。野兽们能与人类交谈,咒语、妖术和魔法也随处可见,许多秘密宝藏等待被挖掘,伟大的冒险也静候勇敢的挑战者。

那时有一对离群索居的老夫妻。他们心地善良,但日子清贫,也没有孩子。

一天清晨,老婆婆问道:"老头子,你今早有什么安排?"

"哦,我要带镰刀上山去,砍捆柴回来好生火。老太婆,你呢?"老爷爷回答。

"我要去溪边洗衣服。"老婆婆说,"今天可是洗衣服的好日子。"她补充说。

于是老爷爷上山去了,老婆婆去了溪边。

然而在她洗衣服的时候,她看到有一颗熟透了的桃子顺着溪水漂了下来。那桃子个头儿非常大,两侧果皮还透着粉。

"今早真走运啊。"老婆婆说着,拿起扁担把桃子拨到了岸上。

过了一会儿,她的丈夫从山上回来了,她便把桃子摆在他面前。

"老头子,尝尝看。"她说,"这是我在小溪里发现的幸运桃,我特意带回来给你吃的。"

但是老爷爷并没能品尝到桃子的滋味。为什么呢?

因为桃子突然裂成了两半,里面没有桃核,但是有一个可爱的小婴儿。

"天啊!这可真是个惊喜!"两位老人发出惊叹。

这男婴先吃了一半桃子，然后又吃了另一半。吃完桃子的他变得比刚刚更喜人、更结实了。

"桃太郎！桃太郎！"老爷爷大喊，"他是桃之子！"

"说得没错，"老婆婆说，"他正是从桃子里诞生的。"

两位老人都对桃太郎很好，在他们的精心照料下，桃太郎很快就成了乡下最健壮、最勇敢的孩子。可以说，桃太郎就是他们的骄傲。邻居们也对他称赞有加："桃太郎真是个好青年！"

有一天，桃太郎对老婆婆说："妈妈，请您帮我准备一些糯米团子吧。"

"你要糯米团子做什么呢？"老婆婆疑惑地问道。

"因为我打算上路了，或者说我要去探险了，带着糯米团子好在路上吃。"桃太郎回答。

"桃太郎，你要去哪儿啊？"老婆婆连忙问。

"我要去食人魔岛上找宝藏，如果您能尽早帮我备好那些糯米团子的话就太好了。"他说。

然后他们就给桃太郎做好了糯米团子，他把团子放进一个小包袱里，又把小包袱系在腰上，就踏上冒险之旅了。

"再见啦，桃太郎！祝你好运！"老人们大喊。

"再见！再见！"桃太郎也大声回应着。

他还没走多远，突然在路上遇到了一只猴子。

"吱！吱！"猴子叫着，"桃太郎，你要去哪里啊？"

桃太郎说："我要去食人魔岛探险。"

"你腰上的小包袱里装了什么呀？"

"你可问对了，"桃太郎说，"这可是全日本最好吃的糯米团子。"

"请你给我一个吧，"猴子说，"这样我就跟你一起去。"

于是桃太郎给了猴子一个糯米团子，他们两个一起慢慢地向食人魔岛进发。但还没走多远，他们又在路上遇到了一只雉鸡。

"咯！咯！"雉鸡说，"桃太郎，你要去哪里啊？"

桃太郎说："我要去食人魔岛探险。"

"桃太郎，你的包袱里装了什么呀？"

"我带了一些全日本最好吃的糯米团子。"

"请给我一个吧，"雉鸡说，"这样我就跟你一起去。"

于是桃太郎也给了雉鸡一个糯米团子，这下变成他们三个一起前进了。

他们没走多远，又在路上遇到了一条狗。

"汪！汪！汪！"小狗说，"桃太郎，你要去哪里啊？"

桃太郎说："我要去食人魔岛。"

"桃太郎，你的包袱里装了什么呀？"

"我带了一些全日本最好吃的糯米团子。"

"请给我一个吧,"小狗说,"这样我就跟你一起去。"

于是桃太郎又给了小狗一个糯米团子,这次前往食人魔岛的小队又增加了一名成员。不久之后,他们终于到达了目的地。

"兄弟们,现在听我安排:雉鸡先飞过城门,狠狠地啄食人魔;猴子爬过城墙,用力猛掐食人魔时,小狗就和我一起撞破门闩和栅栏;他咬住食人魔不放,我来与食人魔战斗。"桃太郎说。

接下来激烈的大战就开始了。

雉鸡飞过城门:"咯!咯!咯!"

桃太郎撞破了门闩和栅栏,狗紧跟着跳进了城堡的院子里,"汪!汪!汪!"

这些勇敢的伙伴一直战斗到太阳落山,并且赢得了最终的胜利。他们俘虏了战败的妖魔,还用绳子把他们捆了起来——他们真是一群卑鄙的坏蛋。

"兄弟们,现在去把食人魔的宝藏搬出来吧。"桃太郎说。

他们把食人魔的宝藏搬了出来。

这可是无数人梦寐以求的珍宝啊。不仅有魔法宝石、隐形帽子和外套,还有黄金、白银、玉石、珊瑚、琥珀、玳瑁和珍珠母。

"兄弟们,这是我们共同的财宝,大家请尽情地挑选吧。"桃太郎说。

"吱!吱!"猴子说,"谢谢,我亲爱的桃太郎大人。"

"咯!咯!"雉鸡说,"谢谢,我亲爱的桃太郎大人。"

"汪!汪!汪!"小狗说,"谢谢,我亲爱的桃太郎大人。"

开花爷爷

很久以前,这里住了一对善良的老夫妻。他们一生本本分分、勤勤恳恳,日子却一直很清贫。现在年纪越来越大了,他们只能干点小活儿来维持生计。

不过他们从不怨天尤人,成天乐呵呵的。就算吃不饱、穿不暖,他们也不会怨声载道。他们特别爱家里的小狗,只要有他们一口吃的,就少不了它的一口。小狗也很忠诚,聪明又活泼,一直陪伴着老夫妻生活。一天夜里,老爷爷和老奶奶要去菜园里挖菜,小狗便跟在身后一起去了。

他们干活儿的时候,小狗在地上嗅来嗅去,紧接着又刨起土来。

"它在干吗呢?"老奶奶好奇地问。

"哦,没事儿,它在自己玩呢。"老爷爷答道。

"看上去不像是在玩。"老奶奶反驳,"我猜它应该是找到了什么宝贝。"

说着,她走过去想看看它发现了什么,老爷爷拿着铁锹跟在后面。这时狗已经刨出一个巨大的坑了,它还不停地往下刨,不时发出短促而尖锐的叫声。老爷爷赶紧拿起铁锹帮忙挖,没过多久,他们挖出了一个大宝箱,里面满是金银珠宝。

这可把老夫妻高兴坏了。他们兴奋地抚摸着小狗,小狗也跳起来舔他们的脸。他们满心欢喜地把财宝搬进屋里,小狗在一旁跑来跑去,叫个不停。

这对老夫妻的隔壁还住着另一对老夫妻,但是他们可没那么好心,他们只会嫉妒和抱怨。他们透过竹篱笆看到了小狗发现秘密宝藏的全过程,他们哪里高兴得起来,他们妒火中烧,气得整日茶不思饭不想。

思来想去,这个住在隔壁的黑心爷爷决定跑来找好心爷爷。

"我想借你的狗一用。"他说。

"当然可以,请带去吧,有需要帮忙的地方只管再来!"好心爷爷说。

于是,黑心爷爷把狗带回了家,让它住家里最好的房间,还和妻子为它准备了精美的饭食,盛情款待这位贵客。

"尊敬的犬神,"他们恭敬地说,"您仁慈又智慧,快吃吧,吃完了也给我们找找宝藏。"

但是狗一口都不吃。

这对贪心夫妻气得怒吼起来:"那就归我们了!"

于是他们很快地把给狗准备的晚餐一扫而空。然后拿绳子套在狗脖处,强行拖它去菜园寻宝。但是它什么宝藏都没找到,别说小金块了,连稍微值点钱的玩意儿都没有。

"你这个坏家伙!"黑心爷爷大喊,随即抄起一根大木棍追着狗打,这时狗才开始刨土。

"哇!哇!"黑心爷爷对妻子说,"现在肯定找到宝藏了。"

但狗挖出的是宝藏吗?根本不是。它刨出了一堆令人生厌的垃圾,脏乱不堪。腐烂的臭味熏得这对夫妻连忙捂住鼻子逃跑。

"可恶!"他们喊道,"这狗骗了我们。"

于是他们当晚就把这可怜的小狗给杀了,尸体埋在了一棵高大的松树下。

善良的老夫妻听说狗死后伤心极了,二人号啕大哭,心痛不已。他们摘来鲜花撒在狗的坟墓上,还给它上香,摆了好多好吃的,希望这样能告慰狗的在天之灵。

后来老爷爷砍下了那棵松树,把松木做成了研钵。他往里面放上米饭,用杵棒捣年糕。

"奇迹啊!"在一旁观看的老奶奶喊道,"看啊,老头子,我们的米饭竟变成了大金块!"

果不其然。

黑心爷爷又闻声赶来，要借走研钵。

"我想用一下那个特别的研钵。"他说。

"拿去吧，有需要帮忙的地方只管再来！"好心爷爷说。

黑心爷爷把研钵夹在腋下带走了。一把钵子拿回家，他就往里面装满米饭，拼命捣了起来，好像看到日后的荣华富贵正向他招手。

"你看到金子了吗？"他对一旁看着的妻子说。

"什么都没有。"她说，"而且饭看起来也很奇怪。"

真是奇了怪了——米饭突然发霉腐烂了，现在人和牲畜都不能吃了。

"可恶！可恶！"他们大叫，"它又骗了我们！"

他们拔了些干草，一把火烧掉了研钵。

现在善良的老夫妻又失去了他们的研钵。但是他们没有对老邻居发火，老爷爷只拿了一些研钵的灰就回去了。

眼下正是隆冬时节，树木凋零，花草枯萎。

老爷爷爬上了一棵樱花树，往树枝上撒了一把仙灰。霎时间，樱花就开满了枝头。

"这下就行了，"老爷爷说着爬下了树，然后去了王子的宫殿，大胆地敲了敲大门。

"你是谁？"他们问他。

"我是开花爷爷，我能让枯树开花，我是来找王子的。"老爷爷说。

在老爷爷的操作下，王子的樱树、桃树和李树纷纷吐蕊，眼前的景象让他惊喜万分。

"为什么？"他问，"现在是隆冬时节，你却让我们欣赏到了春天的美景。"他叫来王妃、侍女以及所有家臣来看开花爷爷的魔法。最后，他们派人把老人送回家，还赏赐了一笔丰厚的赏金。

那对坏心眼的夫妻就此收手了吗？当然没有，非但没有，他们还把剩下的灰都收集起来放进篮子里，然后到镇上到处叫喊：

"我就是开花爷爷,我能让枯树开花。"

听到消息后,王子一行人赶忙出来看表演。黑心爷爷立马爬到树上,像模像样地撒着灰。

但那棵树一点儿开花的迹象都没有。灰尘落进了王子的眼里,王子大发雷霆。这对坏夫妻最终的结局大快人心——他们被抓住狠狠地揍了一顿。他们伤心不已,后悔莫及,晚上偷偷摸摸地溜回了家。然而他们的邻居——那对善良的老夫妻,慢慢地富裕了起来,过上了幸福美满的日子。

[英]格雷丝·詹姆斯著,金珂译。

印度神话篇

莎维德丽的故事

从前,在摩德罗国有一位美丽的公主,她的名字叫莎维德丽。这个故事讲述了她是如何在阎罗王那里得到恩典,并获得"忠贞妇人"的美称的。

摩德罗国的国王阿斯瓦帕提一直没有子嗣,为了生下后代,他一直坚持勤苦的修行。他的修行和祭供感动了创造之神梵天的妻子——女神伽耶特黎,女神便赐予了国王一个女儿——莎维德丽。莎维德丽面容姣好,身姿婀娜,宛若天仙,她的眼睛始终闪烁着灼热的光彩,好似莲花瓣般晶莹,通体散发着金色的光芒;她是如此的精致曼妙,举止大方,娴静又高雅。

后来,莎维德丽爱上了一位叫萨蒂梵的青年。虽然萨蒂梵隐居在森林里,但其实他是一位王子。他的父亲曾是品德高尚的盲眼国王——耀军,自从耀军失去视力,邻国的老对头便一举占领了他的王国。此后这位失位的君主就带着他忠贞的妻子和唯一的儿子隐居在了森林里。儿子逐渐长成了一位俊俏的青年。

当莎维德丽向父亲表明自己心有所属的时候,坐在一旁的先知那罗陀开口说话了:"唉!公主选王子萨蒂梵为夫实在是错误之举啊。尽管这位英俊的青年勇猛果敢、谦恭仁厚、慷慨大度,又是皇家血脉,承万千之美德。但如此美玉却有一瑕——他的命数将尽,一年内他必会丧命,此乃命中之定数;时日一到,死神阎罗便会前来接人。"

国王对女儿说:"莎维德丽啊,那罗陀的话你都听到了吧。既然如此,你再选一位青年做丈夫吧,这个萨蒂梵已经时日不多了啊。"

美丽的少女对她的父亲说:"木已成舟便任其自流吧,父亲只能将女儿嫁出去一次，而女儿一旦跟对方说了'我是你的人'，这决定也永远无法更改。既然我已经做出了选择，那就不再悔改。不管他生命长短，我都一定要与萨蒂梵成婚。"

那罗陀说："陛下，您女儿的意志坚定，坚持要走她自己选的路。如此，我便赞同将莎维德丽嫁予萨蒂梵为妻。"

国王说："那罗陀啊，您贵为我的恩师，我是万不敢违背您的。既然您都这样说了，那我便按照您所说的去做。"

那罗陀说："愿安宁常伴莎维德丽！我现在要离开了。祝福诸位幸福平安！"

后来，国王阿斯瓦帕提同女儿一起前往森林拜访萨蒂梵的盲眼父亲耀军。

耀军问："您到访此地，所为何事？"

阿斯瓦帕提说："哦，贤明的国王啊，这是我美丽的女儿莎维德丽，她倾心于令郎许久，请让他们结为夫妻吧。"

耀军说："我的王国已落入他人之手，如今我只能与妻儿隐居此森林之中。我们过着苦行僧般的生活，终日勤修苦行。怎么能让您的女儿也来忍受这林间修行的苦日子呢？"

阿斯瓦帕提说："我女儿深知喜悦哀愁相伴相生，最是人间常态，而世间也不存在幸福永驻之地。所以，就请接纳她成为您的儿媳吧。"

于是耀军同意了他们的婚事，萨蒂梵高兴不已，因为他娶了一位秀外慧中的妻子。莎维德丽也心满意足，因为她嫁给了自己称心如意的丈夫，她脱下了精美的华服，摘掉了珍贵的首饰，换上了树皮布衣和红色僧袍。

莎维德丽变成了一位隐居修行的妇人。她用她的甜言蜜语、她的心灵手巧和她的谦逊温和，特别是她满腔的爱意，让她的丈夫感到无比的幸福。她也充满孝心，一直孝敬萨蒂梵的父母。她虽然过着苦行僧般的生活，每日刻苦修行，但她从未忘记先知那罗陀的可怕预言，她一直将那令人绝望的话语深藏心中，数着时间过日子。

终于，萨蒂梵不得不离开尘世的日子就要到了。当他只剩下四天寿命的时候，莎维德丽发下"三夜斋"的大誓愿，三日之内她都不再睡觉和进食。

耀军说："我的孩子啊，你许下的誓言太难实现了，我心疼你啊。"

莎维德丽说："亲爱的父亲，您不必为我难过，我一定要履行我的誓言。"

听了她的话，耀军也只得同意："身为父亲，我确实不应该让你'打破誓言'，那就希望你'说到做到'。"

接下来，莎维德丽就开始了禁食，严格的斋戒让她脸色越来越苍白，身子也越发虚弱。三天过去了，莎维德丽认为丈夫明天就要死去，于是那一夜她过得尤为痛苦，每分每秒都让她觉得分外黑暗和孤独。

终于，太阳升了起来，这决定命运的早晨也到来了，她对自己说："就是今天了。"她的脸上虽无血色，但透着无畏与坚毅。她小声祈祷，虔诚地在晨火前献上了祭品，然后她来到公公和婆婆面前，默默地合掌行礼。森林里的所有修行者都为她祈福："愿你永远不受孀居之苦。"

莎维德丽在心里悄悄地说："但愿如此。"

这时耀军对她说："现在你的斋期已满，吃点早餐吧。"

莎维德丽说："我要到太阳下山之后再吃。"

听到她的话后，萨蒂梵便起身，扛起斧头，要转身进入远处的森林，为心爱的妻子采一些水果和草药。他强壮有力，又沉着冷静，始终留有一丝贵族气质。

莎维德丽温柔地说："亲爱的，你不要一个人去。我跟你一起去吧。今天我一刻也不想和你分离。"

萨蒂梵说："你还是不要去那黑漆漆的森林了，路途不但遥远还很艰险，而且斋期刚满的你如此虚弱，你哪里有力气走这么远呢？"

莎维德丽把头靠在他的怀里说："我没有因为斋戒而感到虚弱，反而我现在感觉比以前更强壮了。而且只要在你身边，我就不会感到疲倦，我已经决定要和你一起去了，所以就不要让我的愿望破灭——一个忠诚的妻子想和丈夫待在一起的愿望。"

萨蒂梵说："既然你想陪我的话，那我只好同意了。不过你要先征得我父母的同意，不然我带你去荒僻森林的事被他们知道了，他们会责怪我没有照顾好你的。"

莎维德丽随后找到他的父母，请求道："萨蒂梵打算去森林深处为我摘水果和草药，还要收集祭祀用的木柴。我很想和他一起去，今天我一刻也不想和他分开，而且我也很想看看森林里的繁花。"

耀军说："自从你和我们住进这修道院后，就没提过什么要求。所以这件事情我一定会满足你，不过不要耽误他干活呀。"

父亲同意后，莎维德丽便和她心爱的丈夫萨蒂梵一起进入了森林。她的脸上洋溢着笑容，但她的心却被无人知晓的悲伤撕扯着。

他们走进了绿意盎然的林间，一旁的孔雀欢快地拍打着翅膀，蓝天之上的太阳正闪耀着五彩的光辉。

萨蒂梵轻轻地感叹："这清澈的小溪和缀满繁花的枝头真美啊！"

但此刻，莎维德丽的心却裂成了两半：一半用来和丈夫交谈，时刻留意着他的表情和心情；另一半则在焦急地等待可怕的阎罗王的到来，不过她的恐惧一丝一毫都没有显露出来。

森林里的鸟儿婉转啼鸣，但在莎维德丽的心里，谁的声音都比不上她爱人的。她特别喜欢静静地走在路上，听她丈夫说话。

萨蒂梵先把摘来的水果放进篮子里，便开始砍木柴。太阳很毒，热得他出了一身汗。一瞬间，他突然感到非常疲惫，忍不住呻吟起来："我的头好痛啊，脑子里一团乱，胳膊和腿也使不上劲，心疼得不行，啊，我好像病了。就像身体里扎进了一百支飞镖。亲爱的，我得躺下休息一会儿了，我现在好想睡觉啊……"

莎维德丽惊恐万分，吓得说不出话来，她张开双臂紧紧地抱住丈夫的身体，她就地坐下，把丈夫的头枕在自己的腿上。她想起了那罗陀的话，知道那可怕的时刻已经来了，眼下就是分别之时了。她用双手轻轻地抱住丈夫的头，不断安抚他；她亲吻他喘着粗气的双唇；她的心快速地跳个不停，咚咚的心跳声也变得明显。森林里越来越黑了，孤独寂寥席卷而来。

突然，阴影之中出现了一个恐怖的身影。他身材魁梧、肤色黝黑，衣袍如血色般猩红，头顶闪光王冠，双目通红，让人不寒而栗，手上还握着一根绳索……这个身影就是死神阎罗王，他静静地站在那里，注视着沉睡的萨蒂梵。

莎维德丽抬起头来，这才注意到有个身影正向她靠近，她的心被这同时袭来的悲伤和惊恐吓得颤抖起来。她把丈夫放在草地上，随即立马站起身来，问道："尊敬的神啊，您是哪位？您是为何事屈尊前来？"

阎罗王说："你确实深爱你的丈夫，同时也积攒了苦行的功德，所以你才有机会和我说话，我就是死神阎罗王。你丈夫的命数已尽，我是来带他走的。"

莎维德丽问："我向来听说，您会派使者把凡人带走。尊敬的死神啊，这次您为什么亲自前来了？"

阎罗王说："这位王子心无杂念，品德高尚，可谓功德圆满。只为他派遣使者太不合适了，所以我亲自来了。"

萨蒂梵的脸已经变得一片惨白。阎罗王向前一掷他的绳索，王子体内的灵魂就被吸离了出来，这人类拇指般大小的灵魂被紧紧地锁在绳套里，动弹不得。

就这样萨蒂梵失去了生命，他停止了呼吸，身体也开始变得丑陋，肌肤再无光彩，身子也僵直得不可弯曲。

阎罗王紧紧地握住萨蒂梵的灵魂，只见他突然转向南方，悄无声息地快步踏上了归途……

莎维德丽跟在他身后，满腹悲伤无法自拔。她不想抛下她心爱的丈夫，于是她便一直跟着死神阎罗王。

阎罗王说："莎维德丽，回去吧，不要再跟着我了。去为你的丈夫举办葬礼吧，你们之间的夫妻缘分已经到此为止了，你也不必再履行妻子的义务了。请不要再往前走了。"

莎维德丽说："无论我的丈夫被带到哪里，或是他自己要去哪里，我都必须跟着他。我已为他斋戒三日，履行了我的誓言，我不能就这么回去。我已经和您一同走了七步，智者曾说，同行七步即成伴。既然你我已成伙伴，那我就要和您交谈，我说的话您也必须听：我严格地遵守誓言，对丈夫忠贞不渝，理应获得人间的幸福生活。但你现在却要将我二人分开，夺走我的幸福，还说我与他的关系到此为止，应该走向新的人生，这太不公平了吧。"

阎罗王说："你先回去吧，你确实机灵，说的话聪明又令人信服。这样吧，你走之前，我可以满足你一个心愿，除了萨蒂梵的灵魂，你想要什么我都会给你。"

莎维德丽说："我公公因为失明而被他人夺走了国土，万能的神啊，请您恢复他的视力吧。"

阎罗王说："你这个心愿我可以满足，你公公的视力将会恢复。你走了这么多路，身体已经很疲惫了。快回去吧，不要太累了。"

莎维德丽说："我和丈夫待在一起，怎么会感到疲惫？他的命运也是我的命运，不管你带他到哪里，我都将永远追随。我万能的神啊，我是如此珍视我们间的友谊！能见到天神是我莫大的荣幸，更别说与他交谈了，谁要是能与您做朋友，他将来准会有好运的。"

阎罗王说："你的话让我心情甚好，我允许你向我许第二个愿望，除了你丈夫的灵魂，其他的无论什么我都会给你。"

莎维德丽说："我希望我贤明善良的公公能重获他失落的国土，再次庇佑他的子民。"

阎罗王说："我会实现你的愿望的。国王将重回他的王国，庇佑他的子民。就请公主先回去吧，你的愿望已经实现了。"

莎维德丽说："所有的人都必须听从您的命令，是上天的旨意让您带走生命的，不是您随意而为的，所以人们称您'阎罗王'——以法令统治生命的神。圣神啊，天神爱护众生，恩泽万物，邪恶之人既无怜悯心也非虔诚之徒，即便如此，包容世界的天神也会宽容怜悯他们。"

阎罗王说："你的善言悦耳动听，似甘霖润泽大地。说吧，除了你丈夫的灵魂，我会实现你的第三个愿望。"

莎维德丽继续说："我的父亲阿斯瓦帕提国王没有子嗣，所以我希望他能有一百个儿子。"

阎罗王说："你的父亲将会拥有一百个儿子，你的愿望已经实现了，请回去吧，不要再走了，你已经走了很远的路了。"

莎维德丽说："跟在我丈夫的身后，我一点儿也不觉得这条路远。不仅如此，我还希望能走得更远些。阎罗王啊，您一边走，一边听我说：您伟大又聪慧；您站在权力之巅，无人能敌；您是公平的使者，您平等地对待众生；您是正义的化身，惩治世间一切罪恶。人们对天神的信任远远超越了信任自己，所以人人都想要获得天神的友谊。那么，想要和天神成为朋友的人，就应该回应他的话。"

阎罗王说："从来没有一个凡人像你这样对我说过话。公主，你说的话确实很中听，让人心满意足。除了还你丈夫的灵魂，我还会实现你的第四个愿望。"

莎维德丽说："我希望和我的丈夫生下一百个儿子，好让我们的种族世代延续下去。伟大的神啊，就请满足我这第四个愿望吧。"

阎罗王说："公主，你会生下一百个儿子的，他们个个聪明伶俐、强壮结实，你的种族也将会世世代代地传承下去。公主，你不要太过劳累了，快回去吧，你已经走得很远了。"

莎维德丽说："阎罗王啊，善人德行高尚，正是他们的善行支撑起了整个世间。善人只与善人为伍并且永不疲倦；善人对他人行善永不求回报；善人对善人施善永不落空，既不有伤尊严，也不损害利益；行善是乃善人之责行，善人才是众生真正的庇护者啊。"

阎罗王说："你表达的观点越多，我就愈发地尊重你。公主啊，你是如此的忠贞坚强，你可以向我许一个更大的愿望了。"

莎维德丽说："赏赐恩典的全能神啊，您若是不让我的丈夫回到我身边，我的愿望也无法实现啊。所以，我再次向您请求把萨蒂梵还给我吧，没有他，我就像一具行尸走肉；没有他，我对幸福失去了所有憧憬；没有他，我也不再渴望上天堂；没有他，荣华富贵于我没有任何意义；没有他，我难以独活。阎罗王，您许诺给我一百个儿子，却又把丈夫从我怀里夺走，这实在太无情了。我真诚地希望您能满足我的心愿，只有让萨帝梵回到我身边，您许下的诺言才能实现。"

阎罗王说："好，那就这样吧。我把你丈夫的灵魂还给你吧，他重获新生了，今后会不受病痛折磨，拥有幸福美满的人生；你和丈夫都会很长寿，可以活到四百岁；你们将会生下一百个儿子，子子孙孙都能成为受人爱戴的国王。"

说罢，死神阎罗王便回到了地宫中。莎维德丽匆匆赶回森林，她丈夫冰冷苍白的尸体还躺在地上。她坐在草地上把爱人的头抱在怀里，萨蒂梵渐渐恢复了意识。他充满怜爱又疲惫地看向莎维德丽，好像刚从一个陌生的地方长途跋涉回来。

萨蒂梵说："我好像睡了很久，亲爱的，你怎么不喊醒我呢？对了，那刚刚将我拖走的黑影去哪儿了？"

莎维德丽说："那是阎罗王，不过现在他走了，你在我的怀里沉睡了很久，好在又醒来了，你是福佑的王子，长眠的魔咒永远不会再找上你了。你要是能站起来的话，我们就赶紧走吧，现在夜已经深了。"

萨蒂梵站起身来，此时的他感到神清气爽、强壮有力。他环顾四周，发现自己正身处森林之中。他便问："亲爱的，我记得我来这儿是为了给你摘果子，可是我劈树枝的时候突然感到一阵剧痛。我昏倒在你怀中，沉沉地睡去了，你紧拥我的时候，我感到被黑暗笼罩住了，我在一片刺眼的亮光中看到了一个黑色的身影。亲爱的，这是真的还是我在做梦？"

莎维德丽说："夜很深了，我明天会把一切都告诉你的。王子啊，现在先让我们回去找父母吧。夜行的野兽已经蠢蠢欲动了，它们正在森林里活动，我听到了它们可怕的声音，豺狼的嚎叫让我心慌极了。"

萨蒂梵说："森林里黑暗一片，我们找不到回家的路。"

莎维德丽说："那边有棵枯树正在燃烧，我去捡些木柴，把火种引来，我们就在这儿等天亮。"

萨蒂梵说："我的病已经好了，我很想回去见我的父母。我从来没在修道院以外的地方过夜过。他们年事已高，什么事都得依靠我。这么晚还没回去，他们肯定担心牵挂极了。"

萨蒂梵伸出双臂，大声痛哭起来，莎维德丽抬手拭去了他的泪水，安慰道："我已苦修过德行，也布施、祭拜了神灵，我未曾撒过谎。我谨以我这点德行祝福你的父母得到庇佑、平安无事。亲爱的，我也为你祈福了。"

萨蒂梵说："亲爱的，我们现在就回修道院吧。"

莎维德丽把她消极悲观的丈夫从地上扶起来。将他的左手搭在自己的左肩上，又用右臂抱住他的身体，一起往回走。慢慢地，皎月探出头来，照亮了他们前行的路。

与此同时，萨蒂梵的父亲耀军恢复了视力，他和妻子一同寻找久出未归的儿子，但是他们寻找无果，悲伤绝望地回到了修道院。智者们安慰哭泣不止的父母说："既然莎维德丽已经苦修了德行，那情况一定不会很糟，萨蒂梵一定还活着。"

不久后，萨蒂梵和莎维德丽回到了修道院，他们和父母的心都安定了下来。

后来莎维德丽给大家讲述了发生的一切，智者说："忠贞又勇敢的女子啊，正是你把耀军家族从黑暗灾祸之海中拯救出来了啊。"

第二天一早，有信使来到此地寻找耀军，他们说抢夺耀军国土的国王已被己方大臣杀死，百姓们都吵着要从前的国王当政。

他们看到耀军不再眼盲，都惊讶不已。使者们说："国王啊，车马已就位。请您速速回国吧。"

后来，因为莎维德丽在阎罗王那里许下了愿望，所以耀军重新拥有了他的王国，而她的父亲也很快有了子嗣。就这样，贤良的莎维德丽因其忠贞和虔诚，将丈夫一家和自己的父亲从苦难中拯救出来，获得了无上的恩赐。她拯救了所有人，给大家带来了幸福和繁荣。而且，据说听过莎维德丽故事的人也将永远不会遭受苦难。

那罗和达摩衍蒂

在很久以前，尼奢陀国有一位德高望重的国王——那罗。那罗国王不仅马术了得，箭术也无人能敌，是为笃信好学的年轻人。他一声令下，便有千军万马应声而来。作战时的他浑身都散发着太阳般的耀眼光芒，他似众神之神般高贵，世上任何国王都难以与他比肩。他还是位心虔志诚的信徒，《吠陀经》[1]的菁华他早已烂熟于心。他平日里会做骰盅游戏来打发时间。他慷慨慈悲、严于律己，是法律的忠诚捍卫者，了解他的名门淑女都对他赞赏有加。总而言之，那罗是一位深受民众爱戴的国王。

临近的维达巴国也有一位伟大的国王——毗摩，他力量惊人，有着和那罗一样的高尚德行。不过他没有孩子，能拥有自己的孩子是他一直以来的心愿。于是他频繁地祷告、祭供，就是为了能早日迎来自己的孩子，但他所做的一切都无济于事。有一天，皇宫里来了一位名叫达玛纳的婆罗门，望孩心切的毗摩盛情款待了这位尊贵的祭官，他和妻子与达玛纳一同在大厅里享用了丰盛的餐食。后来王后便得到了一项恩典：她生下了一位珍珠似的可爱的女孩，他们给她起名为达摩衍蒂，还生下了三位高贵的儿子，达玛、丹塔和大名鼎鼎的达姆纳，后来他们都长成了杰出的人才。

王宫里足足有上百位女奴、女仆悉心照料着这位少女。正值花季的达摩衍蒂光彩照人、优雅端庄，算得上是世间最明媚耀眼的美人。她身姿婀娜，肌肤如白玉般无瑕，佩戴着精致的珠宝和华丽的首饰的她，在人群中闪耀着

---

[1]《吠陀经》：印度最古老的以赞美诗、祈祷文和咒语为主要内容的文献资料。

璀璨的光芒，好似夺目的女神。她的美貌无人能及，无论是众神、夜叉还是凡人，再没有谁能像达摩衍蒂这般明艳动人，举手投足间拨人心弦，连众神都为她倾倒。

维达巴上流社会的女士们常常在达摩衍蒂面前提起才华出众的那罗国王，称赞他为人中翘楚。同样的，称赞达摩衍蒂美貌的言语也传入了那罗的耳朵里。这样一来，双方都对对方的过人之处有了一些了解，心中爱的种子也悄悄萌芽、生长起来。

随着心中的好感不断增加，那罗心中的爱火按捺不住了，他常常跑到皇宫御林里待着，默默地想着心中的少女，一想就是许久。偶然的一天，他突然发现一群翅膀上长着金色斑纹的美丽天鹅正在花园里玩耍。于是他蹑手蹑脚地上前去，抓住了一只，可这天鹅居然开口说话了，吓了他一大跳。

"善良的国王啊，请不要杀我，我能帮你做媒，我去达摩衍蒂面前说你的好话，这样她就只会想你一个人了。"

这正合那罗心意，他便立马放飞了这只天鹅，逃过一难的天鹅开心地与同样闪亮的同伴们一起飞向了维达巴国。飞到了毗摩皇宫的御花园后，它们就纷纷降落到了达摩衍蒂的脚边，此时达摩衍蒂正和她的女仆们躲在树荫下小憩。天鹅们优雅的身姿和金光闪闪的羽毛很快就吸引了她们的目光，她们在林间追赶嬉闹起来。突然，达摩衍蒂追着的那只天鹅开口对她说：

"达摩衍蒂啊，你听我把话说！尼奢陀国有位尊贵的那罗国王。他的样貌精致俊美，无人能及，好似天神。你贵为女之鸾凤，他尊为男之蛟龙。若是高贵无瑕的二位能结对成双，那可真是天作之合。将来的福气可是享不尽啊。"

达摩衍蒂先是因为天鹅张嘴说话震惊不已，随后又因他的话羞红了脸，说："那你也将这番话说与那罗听吧。"

天鹅答应道："好。"然后就与其他的天鹅一起飞回了尼奢陀国，告诉了那罗发生的一切。

自那天起,达摩衍蒂就像是丢了魂魄,心思全跑到那罗身上去了。她变得郁郁寡欢、沉默不语,不时坐在一旁发呆出神,脸上的光彩渐渐地消失了,低落和阴郁填满了她的生活。这位少女已经深陷悲伤,无法自拔了,她暗自叹息,一会儿仰头眺望,一会儿又垂头沉思,少女的心事围绕着她;她睡不好、吃不香,交心谈话也没用。从睡梦中惊醒已是家常便饭,醒来泪水就止不住往外涌,她大叫:"哦,我真是太可怜了!"

女仆们发现了公主的异样,便把将公主折磨得心力交瘁的少女心事告知了国王。听到这个消息后,毗摩想了很久帮女儿走出困境的法子,后来他突然意识到现在正值女儿花季,是时候举办选婿大典了。于是,他向世间所有尊贵的国王发出邀请:"天下的英才啊,我诚挚地邀请你们来参加我女儿的选婿大典。"

不一会儿,大象、马匹的脚步声和战车的隆隆声就响彻了整片大地,世间尊贵的国王们都带领着自己的千军万马赶赴毗摩的皇宫。维达巴的大臣们纷纷前来迎接,将各路贵客迎到宝座之上。

而此时,先知那罗陀和帕尔瓦塔登上了梅鲁山,他们来到因陀罗的宫殿斯瓦加向他行礼。永恒之神因陀罗欢迎了他们的到来,还询问了他们在凡间的生活。那罗陀说一切都好,和国王们也相处得不错。因陀罗问:"可是我怎么不见那些尊贵的国王呢?他们为什么不来此地拜访我?"

先知回答道:"云神啊,他们现在还没法来,因为他们要参加毗摩女儿达摩衍蒂的选婿大典,这位少女可谓是眉目如画、身姿绰约,世间无人不知她的芳名,她乃世间最美的少女。弑魔之神啊,这些国王可都想为自己赢得这举世珍宝呢。"

那罗陀说话的时候,不少天神也被吸引过来。他们一听到选婿大典的消息就兴奋地大喊:"我们也要去!我们也要去!"话音还未落,他们就乘上战车飞速驶向维达巴国,加入到了毗摩女儿的抢夺大战之中。

这时那罗也愉快地出发了,对达摩衍蒂的满满爱意叫他心情甚好。快马加鞭赶来的众神看见了这位地上的年轻人,他们都感到惊讶——他竟浑身散发出太阳般的耀眼光芒,容貌好似爱神般俊美。他们便从云端降落,与这位国王打招呼,说:"优秀的国王啊,请你来做我们的使者,帮我们传递信息吧。"

看见眼前的天神,那罗恭敬地双手合十示以敬意,随后答应了他们的请求,毕恭毕敬地问道:"请问是哪些尊贵的天神需要我传信?"

因陀罗开口:"哦!我们是世间的守护神。我是天界之主因陀罗,他是火神阿耆尼,这位是水神伐楼拿,那位是死神阎罗王。你要让达摩衍蒂知道我们来向她求婚,还要和她说:'从四位天神中选择一位成为你的丈夫吧'。"

那罗双手合十,答道:"神啊,求您不要让我去做这件事情。我也深爱着这位少女,又怎能为他人求婚呢。诸神啊,宽恕我吧,这件事情我无法做到。"

但天神的心意也不会轻易改变。他们提醒那罗,既然他已经答应了他们的请求,就不要违背了自己的诺言,即刻就出发吧。

那罗只好找理由说:"毗摩的皇宫戒备太森严了,我进不去。"

因陀罗说:"是啊,你得先进去。"

因陀罗的话音刚落,那罗就发现自己已经进到达摩衍蒂的秘密花园里了。

朱唇粉面的少女被她的女仆们簇拥着,她柔美的双臂和纤细的腰肢让他看得出了神,这双迷人的眼眸好像会抓人似的,让人沉溺其中。她的美貌比柔和的月光还要闪耀。那罗抬头正撞上公主的微笑,在这对视中他发现自己越陷越深,不过他又想起了他的任务,强压住了激动的心。

在场的少女都好奇地盯着这个高贵的身影,心中不禁赞叹:"哦!多么耀眼啊,天哪!这位健硕的豪杰——他是谁?他是天神吗?是夜叉神,还是乾闼婆?"但是谁都没有问出口,因为他的美貌让她们羞得说不出一句话来。

那罗笑着看向达摩衍蒂,她先是轻轻地微笑予以回应,后来又忍不住好奇地问:"你是谁,难道是天神?你一来,姑娘们都芳心萌动、躁动不安。

说吧，国王已经下令严格看守所有房间，你是怎么潜进来的？"

那罗答道："美丽的公主，我是那罗，是因陀罗和阿耆尼、伐楼拿和阎罗王的使者，因为他们的力量，我才能这样不受阻拦地进来。他们想让我跟你说：'公主，请在他们四位天神中选择一位成为你的丈夫吧。'这就是我越过森严守卫要完成的任务。请随你的心意做出选择吧。"

达摩衍蒂随即向四位天神表示了自己的敬意。然后她笑着看向那罗，兴奋地说："哦！其实我的心早就属于你了。我的一切都是你的。那罗，你也爱我吗？你知道吗？天鹅的那番话让我发疯一般地爱你，正是为了你才邀请全天下的国王共聚此地。要是你拒绝了我，那我只好寻死了，火烧水淹也好，上吊自缢也罢。"

那罗回答说："你难道要放弃这些天神，转而嫁给一个连他们脚下扬尘还不如的凡人吗？你应该将自己托付给他们中的一位，而且惹怒了天神的人必会暴毙身亡的。我美丽的公主啊，你也不想我最终落得这样的下场吧。所以，你还是嫁给一位完美的天神吧，那样的话，将来你会拥有一尘不染的长袍和永不凋谢的花环，还能在天国过上永远无忧无虑的快乐生活。"

伤心的泪水模糊了达摩衍蒂的双眼，她颤抖着说："我以我最谦卑的姿态向天神表达歉意，但我只希望你能成为我的丈夫，你，是你，只有你！"

但那罗说："现在的我还肩负着为天神传信的责任，所以不能为我自己要求些什么。但请相信我，之后我会来接你的，还要大声地告诉你我的心意，耀眼的美人啊，千万不要把我忘记了。"

听到这儿，眼含泪花的少女笑了起来。"啊！"她叫喊，"我想到一个好办法，当你与天神们一同来到选婿大典的时候，我只要选你做我的丈夫，这样谁也不能怪罪我们了。"

然后那罗回到了天神身边，他们都迫不及待了，那罗把少女所说的一切一字不漏地告诉了他们。又补充说："至高无上的天神啊，剩下的事就要靠你们的聪明才智了。"

最后，选婿大典的日子到了，毗摩在正午将所有翘首以盼的求爱者都召集过来，他们声势浩大，就像山中骄傲的雄狮一样，他们走过饰有金柱的庭院，又穿过金光璀璨的门拱，然后进入了宫殿大厅。他们纷纷坐上用花环和珠宝装饰的宝座。有些人的手臂健壮有力，好似一把战斧；还有些人的手臂则细嫩光滑，如同油光水滑的毒蛇。他们头发蓬松飘逸，鼻梁挺拔，眉毛高耸，这些高贵大人物的脸庞好似天边星辰般光彩照人。就像山洞里总是盘踞着猛虎一样，那天毗摩的宫殿里也是群虎齐聚，争雄称霸。

达摩衍蒂走进了大厅，她的美艳勾走了厅内所有在场者的眼神和魂魄，这些国王们的眼睛都不舍得从她身上移开。国王们的名字被依次宣布，那罗环顾四周，突然被眼前的景象所震惊——在场居然有五位外形和装束一模一样的那罗。四位想要迎娶达摩衍蒂的天神都把自己化作了她心爱之人的模样。无论她注视哪一位，似乎都是她的心上人，她在心中暗暗地哀叹道："我要怎么才能从天神中辨认出我的那位那罗呢？"

全身发抖的痛苦少女双手合十，在众神面前虔诚地行礼，她向众神祈求：

"神啊，我向您保证，我与那罗早已有天鹅为媒，我的心也早属于他。请告诉我哪一位才是我的那罗吧。

"神啊，我向您保证，我从未在言语和行为上背离我的信仰。请告诉我哪一位才是我的那罗吧。

"神啊，我向您保证，上天已注定要让那罗成为我的丈夫。请告诉我哪一位才是我的那罗吧。

"神啊，我向您保证，我会忠贞不渝地遵守向那罗许下的誓言，请告诉我哪一位才是我的那罗吧。

"哦，诸位全能的天神啊，你们是世界的守护神，现在就显露你们神的特征吧，好让我找出我的国王那罗。"

……

天神们都为这悲伤少女诚挚的祈求感到震惊。他们在祈祷中看到了她不可撼动的决心，她坚定地追求真理和爱情，圣洁忠贞又富有智慧。于是，他们显露出了神的特征。这样一来，达摩衍蒂就能够辨别出四位天神了，因为他们的皮肤干燥，也不需要眨眼，他们的花环一尘不染，双脚也不接触地面。她还分辨出了那罗：他有影子，他的衣服上还沾着尘土，花环也会凋零枯萎；他的皮肤有汗珠渗出，眼皮也会不时眨动。

达摩衍蒂先看向天神，然后又看向她的心上人，说他就是自己要选的人。她轻轻地抚摸他的衣服下摆，然后往他的脖子上戴上了鲜艳的花环，就这样选择了他成为她的丈夫。

没有赢得达摩衍蒂芳心的国王们都哀号起来，但众神和先知却大声赞叹，"好啊！好啊！"并与那罗示意。

那罗高兴地对达摩衍蒂说："既然你在众神面前选择我成为你的丈夫，请相信，我也是一位忠诚的丈夫，无论你说什么我都会开心。只要我还活着，我就永远只属于你一个人。"

就这样，尼奢陀国国王许下了他的承诺，而少女也心满意足了。后来，这对幸福的夫妇在众神面前行礼，光辉夺目的世间守护神欣喜地赐予了那罗八件超凡的礼物。因陀罗给了他能在祭祀仪式中召来天神和能在任意地方行走的能力；阿耆尼给了他控制火和操控三个世界的能力；伐楼拿给了他控制水和能随时获得新鲜花环的能力；阎罗王给了他烹饪食物的技能，还赋予了他众多美德。其他的天神也都给予了那罗双重祝福，然后离开了。

看到各路天神都以自己的行动赞许了少女的选择，其他国王也不得不佩服，心甘情愿地回到了自己的王国。

随后毗摩在国内举办了盛大的婚礼，热闹非凡，他高兴极了。那罗在维达巴住了一段时间后，便带着他迎娶的妻子返回他的王国，出发前他礼貌地与毗摩告别。

众神离开选婿大典时，他们在空中遇到了和邪恶之灵德瓦帕拉在一起的恶魔卡利。弑魔之神因陀罗开口说："卡利啊，你和德瓦帕拉要去哪里？"

卡利回答："我们正要赶往选婿大典,我真希望达摩衍蒂能成为我的新娘。"

众神之王笑着说："现在婚礼都结束了,美丽的达摩衍蒂当着我们的面,选了那罗作为她的丈夫。"

听到这些话,卡利被一下激怒了,放声大喊:"既然她在天神面前选择了一位凡人,就让她为自己的选择付出代价吧。"

众神说:"但是你要知道,我们是心甘情愿祝福他们的,因为达摩衍蒂选择的丈夫品行高尚,甚至能与世界的守护神比肩。若是有人想要诅咒那罗,那诅咒就会被致命地反弹,施咒者也将被扔进漆黑的地狱湖中受苦。"说完这些话后,闪耀的天神们便返回了天界。

[英国]唐纳德 A.麦肯齐著,金珂译。

洪水

有一日，摩奴在进行洗礼仪式。当他把一些清水舀到手掌里时，他看到掌心那里有一条小鱼，便立刻把它放回水中。然后他听到一个温柔的声音说道："亲爱的行者，能否请您救我脱离困境？"

摩奴被这条会说话的鱼吓了一跳，问道："你怎么会说话？你可是一条鱼！你到底是谁？你为什么会以这种形式向我求救呢？请告诉我真相吧！"

"这水里有更大、更凶猛的鱼，我没有一日不活在这样的恐惧下。如果你放我回去，我会被水里更大的鱼吃掉的，我害怕它们。请救救我吧，让我离开这恐怖的地方，我一定会报答你的恩情的！"小鱼说。

摩奴心生怜悯，他将这条小鱼从水中捧了出来，放进一个罐子里。摩奴每日都悉心照料着这条小鱼，小鱼在罐子里也快活地游来游去，和摩奴嬉戏。随着时间的流逝，小鱼渐渐长大。

没过多久，当摩奴像往日一样去看这条鱼时，他惊讶地发现它已经长大了，而且它现在长得几乎和罐子一样大！

鱼对摩奴说："尊敬的行者啊，我不喜欢住在这个罐子里，它太小了，小得我都动弹不了了，请给我找个更宽敞、更舒服的地方吧。"

摩奴听了鱼的话，便带走了这条鱼，在附近挖了一个大坑，把它放在这个大坑里。可是没过多长时间，它就长得更大了，直到它只能紧紧贴着坑壁，动弹不得。他便再次要求摩奴给他找一个更大的家。如此摩奴决定带他去海边。

当摩奴把鱼放进海里时，他听到鱼说："哦，我最尊敬的行者，我一直以鱼的形态向你展示我自己。但你的诚实与忠诚让我高兴，你果然言而有信，保护了我。现在请仔细听我告诉你事情的缘由，并且你一定要按照我说的去做。"

大鱼接着说："这个宇宙不是永恒的，它并不会永远地运行下去，这个世界上的一切都是暂时的。在不远的将来，整个世界将会被洪水淹没，这场洪水将会带走这里的一切生物。等到那天真的到来时，即使是太阳和月亮也会变得暗淡无光，天地将陷入一片黑暗。不过，你不必担心，因为你的诚挚和言而有信，你会得到我的报答的。当洪水泛滥时，我会派来一艘大船，你就躲在船上，我会来救你的。当强风吹动这条船时，你用一条结实的巨绳绑在我的角上。我拉着船，我们一起在水面上航行，直到风暴减弱。"

在指示摩奴后，大鱼游到了海洋中央，摩奴便开始了等待。

不久，巨大的墨蓝色的云聚集在一起，在天空中翻滚。无休止的雨开始倾盆而下，雨水似柱子般在天地间矗立。顷刻间，世上所有的河流都涌向了陆地。

正当摩奴思考着大鱼的指导时，他看到一艘巨大的船向他驶来。于是，摩奴按照大鱼的指示登上了船。狂风吹得船在海面上横冲直撞，他渐渐失去了方向。但是摩奴并不害怕，因为他始终记着大鱼的指示。

突然，在漆黑无际又混杂着暴雨的海面上，他隐隐约约地看见了大鱼巨大的身影向他游来。摩奴赶快用坚实的绳索把船固定在鱼的角上，大鱼快速向北边的山上游去。这条鱼拉着船在巨浪中游泳，狂风在他们耳旁怒号，四周一片昏暗，天地仿佛融为一体，世间万物都消失得无影无踪，整个世界只剩下了他们。

不知过了多久，他们终于来到了北边的山上。接着大鱼缓缓地说："你已经得救了，快把船系在树上，但是记住要待在山中，等水位逐渐下降的时候你再下山。"

等到摩奴下山时发现，洪水已经将一切都冲走了，整个世界只剩下摩奴一人。

　　而在这段时间里，摩奴向众神献祭，他虔诚地做了许多祭拜：他在澄清的水里敬上黄油、酸奶和乳清。而一年之后，就在他祭祀的地方诞生了一个女人，她走路时连踩出的脚印都沾着洁净的黄油。

　　她来到摩奴面前说："正是你倒入水中的那些黄油、酸奶和乳清让我诞生的。而我的诞生又饱含祝福：如果你虔诚地祭拜，用心地祷告，你的子嗣会绵延不断，你的家畜也会永远地繁衍下去。无论你通过我祈祷得到什么，祝福都会赐予你的！"

　　他便同她一起祭拜、苦行，虔诚地祈祷自己能有后代。而后这两个人成为摩奴族的祖先，世世代代在地球上繁衍下去。

本文改编自印度的神话故事

希腊神话篇

普罗米修斯

天和地被创造出来,大海不停地起伏翻涌,拍打着海岸,鱼儿在海水里嬉游,群鸟在空中飞翔歌唱,地面上挤满各种动物,但那种体内有灵魂并能统治人间的造物始终未能出现。这时,普罗米修斯踏上了大地,他是被宙斯废黜神位的老一代神的后裔,是地母与乌剌诺斯所生的伊阿珀托斯的儿子。他清楚地知道,上天的种子就蛰伏在泥土里。于是他就掘了些泥土,用河水把泥土弄湿,然后按照世界的主宰——天神的形象揉捏成一个形体。为了让这泥做的人体获得生命,他又从各种动物的心里取来善与恶的特性,再把这善与恶封闭在人的胸中。在天神之中他有一个朋友,就是智慧女神雅典娜。雅典娜很欣赏这个提坦之子的创造,便把灵魂即神灵的呼吸吹进这仅有半个生命的泥人的心里。

就这样,最初的人诞生了,不久他们便四处繁衍,他们的后代充满了大地。但是这些人在很长的时间里都不知道该如何使用他们高贵的四肢和神赐的精神。他们视而不见,听而不闻,像梦中的人形一样四处奔走,不知道如何利用万物。他们不会采石凿石,不会用黏土烧砖,不会把森林里砍伐来的木料做成大梁和椽子,并用这些材料修建房屋。他们像终日忙忙碌碌的蚂蚁一样聚居在地下,生活在不见阳光的地洞里。他们不能根据可靠的标志分辨萧瑟的冬季、繁花似锦的春天和丰收在望的夏日。他们所做的一切都是杂乱无章,毫无计划的。

于是普罗米修斯便来照料他们:他教他们观察星辰的升降;他发明了计算的方法,他创造了文字;他教他们让马匹养成上套拉车的习惯;他还发明了适于海上航行的船和帆。他也关注人类的生活：从前，有一个人生病，这个人对此束手无策，不知道吃什么、喝什么有益于健康。他不懂得服药来减轻自己的痛苦，而是放任病情发展凄惨地死去。现在，普罗米修斯告诉他们如何调制药剂来治愈各种各样的疾病。他又教他们预言的本领，给他们解释先兆和梦，说明鸟雀的飞翔和祭祀用品的陈列。他引导他们勘察地下，让他们发现地下的矿石、铁、银和金。总之，他把生活所需的一切技能都教给了他们。

不久前，宙斯夺取了他父亲的神位，罢黜了老一代神，现在是宙斯和他的儿子们统治着天国。

现在，新的神注意到了这刚刚产生的人类。他们要求人类敬奉他们，以此换取他们向人类提供的保护。在希腊的墨科涅，人和神举行了一次聚会，共同确定了人类的权利和义务。普罗米修斯以人类辩护人的身份参加了这次聚会，他在会上提出，诸神不要因为有保护人类的责任而让人类承担过重的义务。

普罗米修斯聪颖过人，决计愚弄一下众神。他以造物主的名义宰杀了一头大公牛，请天神们选取自己所喜欢的那一部分。他把宰杀后的牛切开分成两堆：堆在牛皮底下的是肉、内脏和很多脂肪，牛皮上边放着牛的胃；另一堆里都是光秃秃的骨头，非常巧妙地裹在牛的板油里，而且这一堆明显大一些。

众神的君父，全知全能的宙斯一眼就看穿了他的骗局，说道："伊阿珀托斯的儿子啊，尊贵的国王，我的好友，你分配得多么不公平啊！"普罗米修斯以为他已骗过宙斯，便暗自微笑着说："尊贵的宙斯，永恒众神中最伟大的神，请选取中你意的一堆吧！"宙斯勃然大怒，故意用双手抓住那块白色的板油。他把板油剥开后看见了光秃秃的骨头，装出刚刚才发现自己上当受骗的样子，气愤地说："我看得很清楚，你还没丢掉你骗人的伎俩。"

宙斯决定报复普罗米修斯的欺骗，拒绝给予人类为实现文明所急需的最后的赠品：火。但机智的伊阿珀托斯的儿子却想出了办法加以补救。他拿了一个坚挺的大茴香枝，到天上去接近从旁经过的太阳车，把这个树枝往那闪光的火焰里一杵便得到了火种。他带着这个火种降到大地上，木堆燃烧的熊熊火光随即直冲云霄。当宙斯看见人间竟有照得如此遥远的火光升起时，他的灵魂深处感到钻心的疼痛。既然人类已经用火了，那就不能从他们手中把火夺走了。不过他立刻想出一个新的办法来禁止人类用火。他要求因技艺高超而闻名遐迩的火神赫维斯托斯为他造出一个美丽少女的形象。

雅典娜由于嫉妒普罗米修斯，已对他不抱好感，所以她给这个少女形象披上了闪亮的白色外衣，让那姑娘两手撑着罩在脸上的面纱，头上戴着饰以鲜花的花冠，束着一个金发带。神的使者赫耳墨斯让这迷人的作品获得说话的能力，爱神阿佛洛狄忒则使她具有一切妩媚可爱的姿态。宙斯创造了这样一个出色的害人精，给她取名"潘多拉"，意思就是"获得一切天赐恩典的女子"，因为每一个神都给了她一件使人类遭灾受难的赠品。

随后，宙斯便把这个少女带到人与神愉快漫步的大地上。人人都对这无与伦比的女子赞不绝口。她走向普罗米修斯过分天真的兄弟厄庇墨透斯，把宙斯的赠品送给他。

普罗米修斯曾警告过他，不要接受奥林匹斯山上的宙斯的赠品：以免人类遭到灾难。但这警告没有起到作用。厄庇墨透斯对这警告连想都没去想，就接纳了美丽的少女潘多拉，直到灾祸降临他才醒悟。迄今为止，人类的生活还没遭到灾难的侵扰，没有过分繁重的劳动，也没有折磨人的疾病。这个女子双手捧着她的赠品：一个有盖儿的大盒子，在她刚刚来到厄庇墨透斯身边的时候，就揭开了盒盖儿。一大群灾害立刻从盒子里飞出，像闪电一般迅速扩散到大地上。唯一的一件好的赠品，即希望，却藏在盒底。但潘多拉却按照众神之父的旨意，趁它没来得及飞出时，盖上了盒盖儿，把它永远锁在盒内。

于是，灾难以各种各样的形式充满大地、天空和海洋。疾病在人群中四处乱窜，日夜不停又悄无声响，这是因为宙斯没有赋予它们声音。各种各样的热病围攻大地，而从前缓步潜行在人类中的死神如今也快步如飞地奔跑起来。

此后，宙斯便转而向普罗米修斯复仇。他把这个罪人交给了赫维斯托斯和两个仆人——号称强制和暴力的克刺托斯和比亚。他们奉命把普罗米修斯拖到斯库提亚的荒野，用挣不断的铁链把他锁定在高踞令人目眩的深渊之上的高加索山的峭壁上。赫维斯托斯很不愿意完成父亲所交托的任务，因为他爱这个提坦之子，他知道普罗米修斯是他曾祖父乌刺诺斯的亲缘子孙，是与他出身相同的神的后裔。他说了几句无限同情的话，不料竟受到粗野的仆从们的遣责，他出于无奈，只好让仆从们完成了这项残酷的任务。

就这样，普罗米修斯被吊在悬崖绝壁上，他的身体总得直挺挺地悬着，不能睡觉，也从来不能弯一弯疲惫的双膝。"你将白白地发出多少哀怨和悲叹啊，"赫维斯托斯对他说，"宙斯的意志是不可改变的，不久前才夺得天国统治权的新神都是冷酷的。"

这个囚徒的痛苦也真的将是永久的，或将延续三万年之久。尽管他也大声悲叹，他也呼唤风、江河、大海的波涛、作为万物之母的大地和洞察一切的太阳为他的苦难做证，但他的意志始终坚定不移。"一个人只要认识到了必然的不可抗拒的威力，"他说，"他就必定会忍受命中注定的一切。"他曾预言：新的婚姻将使诸神的主宰者堕落和毁灭。不管宙斯怎样威胁他，他也不详细说明这似明犹暗的预言。

宙斯是说一不二的。他派出一只鹰每天啄食这个囚徒的肝脏，而那肝脏被吃去多少就又重新长出多少。在没有一个人出来自愿受死、替他受罪之前，这种痛苦是不会停止的。

普罗米修斯被吊在悬崖上忍受了数百年可怕的痛苦之后，这个不幸者得到解救的一天终于来了。赫刺克勒斯为了寻找金苹果，正好路过这里。此时的他正希望向普罗米修斯请教良策，但他看到这位神的后代被吊在高加索山上，还有一只凶鹰正在啄食他的肝脏，便对普罗米修斯起了怜悯之心。于是他把木棒和狮皮甩在身后，弯弓搭箭，一箭就把那只凶鹰从受苦者的肝脏上射了下去。接着，他解开锁链，就把被解放了的普罗米修斯带走了。但为了满足宙斯的条件，他让自愿放弃永生而去受死的马人喀戎做了普罗米修斯的替身。因为宙斯已经做出判决，要把普罗米修斯永远吊在悬崖上受苦，所以为了维持这个判决，就必须让普罗米修斯永远戴着一个铁环，铁环的另一端拴上一小块高加索山崖的石头。这样，宙斯才能自豪地说，他的敌人还一直被锁在高加索山上。

俄耳甫斯和欧律狄刻

　　无与伦比的歌手俄耳甫斯是色雷斯国王河神俄阿格洛斯与缪斯之一卡利俄珀所生的儿子。提到音乐就不得不提到另一位神——阿波罗，阿波罗本人也是音乐之神，他送给了俄耳甫斯一把七弦琴。每当俄耳甫斯弹琴，同时放声歌唱母亲教他的动听的歌时，天上的鸟、水里的鱼、森林中的野兽，甚至树木和岩石都赶来倾听他绝妙的歌声。他的妻子是美丽可爱的水神欧律狄刻。他们俩在一起时总是柔情满怀，相亲相爱。啊，但是他们的幸福实在太短暂了！因为婚礼的快乐歌曲刚刚沉寂，早来的死神便夺走了他正值灿烂年华的爱妻的生命。美丽的欧律狄刻和她的神女游伴在溪边草地上散步时，被一条藏在草丛里的毒蛇咬伤了脚后跟，死在了她的惊恐万分的神女游伴的怀里。这位水神的悲鸣和哀号不停地在高山峡谷里回荡。俄耳甫斯的痛哭和歌唱也夹杂其中，他的哀婉的歌曲倾诉着他的悲痛。小鸟和有灵性的大小麋鹿跟这位孤独男子一起举哀，但他的祈祷和哭诉并不能唤回他已失去的爱妻。

　　于是，他做出了一个闻所未闻的决定：下到可怕的地府里去，请求冥王冥后把欧律狄刻还给他。他从地府的入口走了下去。死人的影子阴森恐怖地飘浮在他周围。但他大步流星地从死人王国的种种恐怖场面中走过去，一直走到面无人色的冥王哈得斯和冥后珀耳塞福涅的宝座前。在那里，他操起七弦琴，随着优美的琴声唱道："哦，地下王国的统治者啊，请恩准我诉说衷肠，请赏脸倾听我的愿望！不是好奇心驱使我下来参观阴间，也不是为了抓住三头看门狗好玩。哦，我是为了我的爱妻来到你们的身旁。她给我的王

宫带来欢乐和骄傲没有几天,就被毒蛇咬伤,正当青春年华便归了阴间。瞧,我要承受这无法测度的痛苦呀!作为一个男人,我奋斗了多年,但爱情撕碎了我的心,我不能没有欧律狄刻。我祈求你们,可怕的神圣的统治亡魂的神!在这充满恐怖的地方,在你们管辖的这片沉默的荒野,请你们把她,把我的爱妻,还给我!还她自由,让她过早凋零的生命重获青春!如果不能这样,哦,那就把我也归入亡魂的行列,没有她我永远也不重返阳世。"亡魂听了他的祈求,都放声痛哭起来。冥后珀耳塞福涅招呼欧律狄刻,欧律狄刻摇摇晃晃地走来。"你把她带走吧,"冥后说,"但你要记住,在你穿过冥府大门之前,一眼也不要看跟在你身后的妻子,做到了,她才能属于你。如果你过早地回过头去看她,她就永远不属于你了。"

于是,俄耳甫斯带着妻子,默默地沿着被恐怖的、黑暗的夜笼罩着的路向上攀登。俄耳甫斯心里突然产生了一种无法形容的渴望:他偷偷侧耳试了试,看能不能听到他妻子的呼吸声,结果什么也听不见,他周遭的一切都是死一般的寂静。他被恐惧和爱情所压倒,无法控制自己,就壮着胆子迅急朝后看了一眼。哦,真不幸呀!就在这时,欧律狄刻两只充满悲哀和柔情的眼睛死死地盯着他,飘然坠回那令人毛骨悚然的深渊。他无比绝望地把手臂伸向渐渐消失的欧律狄刻。一点用处也没有!她又遭遇了第二次死亡,但没有哀怨——假如她能抱怨的话,那她也只能怨她被爱得太深了。她已经在他的视线中消失了。"再见,再见了!"从远方传来这样低沉微弱的渐渐消失的声音。

由于伤心和惊骇,俄耳甫斯呆立了片刻,随后他又冲回黑暗的深渊。但现在冥河的艄公堵住了他,拒绝把他渡过黑色的冥河。于是这个可怜的人便不吃不喝,不停地哭诉,在冥河岸边坐了七天七夜。他祈求冥府的神再发慈悲,但冥府的神不会再讲情面了,他们绝不第二次心软。随后他只好无限悲伤地返回人间,走进色雷斯偏僻的深山密林。他就这样避开人群,独自一人生活了三年。见到女人他就憎恶,因为他的欧律狄刻可爱的形象一直飘浮在他周围。她使他发出一切悲叹和歌声；一想起她，他就弹起七弦琴，唱起动听的、哀怨的歌。

一天，这位神奇的歌手坐在一座遍是绿草却无树荫的山上唱起歌来。森林立刻随着歌声移动了起来，一棵棵大树移得越来越近，直到它们用自己的树枝为他罩上阴影。林中的野兽和欢快的小鸟也都凑过来围成一圈倾听他绝妙的歌唱。就在这时，色雷斯的一群正在庆祝酒神狄俄尼索斯的狂欢活动的女人吵吵嚷嚷地冲上山来。她们憎恶这个歌手，因为他自从妻子去世以后就鄙视所有的女人。现在她们突然发现了这个女性蔑视者。

"瞧，那个嘲讽女子的人，他在那儿！"第一个酒神的狂女这么喊了一声，这一群狂女就咆哮着冲向他，一边还朝他投掷石块，挥舞酒神杖。在很长的时间里都有忠实的动物保护着这位可爱的歌手。不过，还是有一块飞石击中了不幸的俄耳甫斯的太阳穴，他立刻就满脸是血地倒在绿草地上死了。当他的歌声渐渐消失在这群疯狂女人的怒吼中的时候，她们才惊慌地逃到密林里去。

那群杀人的狂女刚刚逃走，鸟儿就呜咽着扑翅飞来。山岩和一切兽类都悲伤地走近他。山林水泽的神女也都匆匆地聚拢到他身边，而且都裹着黑色的袍子。她们都为俄耳甫斯的死悲伤不已，也埋葬了他的残缺不全的肢体。赫布鲁斯上涨的河水收起并卷走了他的头和七弦琴。从无人拨弄的琴弦上和失去灵魂的口舌中发出的动听的琴声和歌声一直在水中不停地飘荡，河岸则轻声地报以悲哀的回响。这条河就这样把他的头和七弦琴带到大海的波涛里，直达斯伯斯小岛的岸边，那里虔诚的居民把他的头和七弦琴捞了上来。头被他们葬埋了，七弦琴则被挂在一座神庙里。因此，传说那个小岛出了不少杰出的诗人和歌手，甚至为了祭奠神圣的俄耳甫斯的坟墓，那里的夜莺也比别处的歌唱得更悦耳。但俄耳甫斯的魂灵却飘飘摇摇地下了地府。在那里他又找到了心爱的人，现在他们留在了那个地方，他们幸福地拥抱，不再分离，彼此永远结合在一起。

赫剌克勒斯的传说（节选）

赫剌克勒斯是宙斯与阿尔克墨涅的儿子。宙斯的妻子赫拉嫉恨她的情敌阿尔克墨涅，也嫉妒她的这个被万神之父宙斯预言过有伟大未来的儿子。阿尔克墨涅自从生下赫剌克勒斯，就总觉得他待在王宫中不安全，因此她把他放到了另外一个地方，这个地方后来被称作赫剌克勒斯之地。如果不是一个美妙的奇遇，这个孩子在此地肯定会被忽视的。

一天，他的敌人赫拉在雅典娜的陪伴下路过这里，雅典娜惊讶这个孩子有如此美丽的外表。赫拉怜悯他，并把他抱在胸前，让他吸吮万神之母的乳汁，可是这个孩子吸吮得太用力，那力道不是他同龄人可比的。赫拉感到疼痛，便气愤得把孩子扔到地上。雅典娜把他又抱了起来，还带他去到离此最近的城市，把这个孩子当作是个可怜的弃婴交给这里的皇后阿尔克墨涅，请求她仁爱地抚养他，也就是说赫剌克勒斯是被他的敌人救起的，并且这个敌人还成了他的继母。还有，虽然赫剌克勒斯在吸吮乳汁时太用力被扔在了地上，但他吸入的那几滴神的乳汁足以让他不死。

赫拉不想错过报复的机会，她马上就命令两条可怕的蛇去咬死这个婴儿。两条蛇爬过阿尔克墨涅卧室敞开的门，在熟睡的母亲和女仆们发觉以前，爬到摇篮里，缠住了孩子的脖子。赫剌克勒斯被惊醒，哭叫起来，他抬起头，用两只手各抓住一只蛇的脖子，只用力一捏就掐死了它们，这是他第一次证明他超人的力量。

女仆们这时才发现两条蛇，但她们非常害怕，不敢上前。阿尔克墨涅被孩子的哭声惊醒，她从床上跳下来，没来得及穿鞋，就惊叫着冲了过去，忒拜的贵族们听到呼救声，拿着武器冲了进来，发现这个孩子已经扼死了两条毒蛇。而国王安菲特律翁，手上拿着剑，也冲了进来，他向来把义子看作是宙斯给予的礼物，眼前发生的事情，让他对这个新生儿的神力感到又高兴又惊惧。他把这件事当作是一个先兆，召来了宙斯赋予先知和预言能力的忒瑞西阿斯。他对国王、王后以及在座的所有人预言，这个孩子将杀死陆地、海上的巨怪，战胜巨人，以及经历人间的苦难最终享有只有神祇们才能享有的永生的生命，并和永葆青春的女神赫柏结婚。

原本应享有统治权的赫剌克勒斯被阴险的赫拉算计，成了欧律斯透斯的臣民。而欧律斯透斯担忧赫剌克勒斯的声望高过自己，于是他像对待仆人一样派给他各种各样的工作去做。虽然赫剌克勒斯不愿意，但若想升为神，他就必须接受这样的考验。

他的第一件工作是要把涅墨亚狮子的毛皮带回来。这个庞然大物栖身于珀罗奔尼撒的森林里。人类的武器不能伤它分毫。有些人说它是巨人堤丰和巨蛇厄喀德那的儿子，还有些人说它是从月亮上掉下来的。但是不管它是从哪里来的，杀死它是一件很难的事。

赫剌克勒斯出发到克勒俄奈去追捕狮子，在那里他受到了一个叫摩罗科斯的穷苦人的热情招待。他遇见摩罗科斯时，他正要为宙斯宰杀祭祀品。"好人，"赫剌克勒斯说，"让你的动物再多活三十天吧。那时如果我幸运地打到猎物归来，你再为宙斯宰杀它们吧。如果我死了，你就把我作为长眠的英雄祭祀神祇。"

赫剌克勒斯继续赶路，他背着箭袋，一手拿着一张弓，另一只手拿着用连根拔起的野生油树做成的木棒，这是他遇见赫利孔并同他一起拔起的。一天后他到达涅墨亚森林，赫剌克勒斯用目光扫视各个角落，要在狮子发现他之前找到这个巨大的动物。中午时分，他没有找到涅墨亚狮子的足迹，也没有打听到通往它兽穴的小路，因为在森林里他没有遇到一个牧人，所有的人都由于害怕远远地躲在自己的农庄里。

他用了整个下午走遍了树叶茂盛的树林，他决定在他发现狮子时证实一下自己的力量，最后黄昏时分，这只狮子顺着林间小道跑了出来，在狩猎之后返回到它的峡谷。它已经饱餐了一顿血肉。赫剌克勒斯躲在茂密的灌木丛后，远远地看到它，等狮子靠近，就向它的肋骨和胯之间射了一箭。但是这一箭并没有射到肉里，就像射到石头上一样弹了出来，落到长满苔藓的地上。狮子向上抬起了它的血淋淋的头，转动眼珠四处寻找，并且张开大嘴露出可怕的牙齿。现在它的胸部正对着半神人赫剌克勒斯，于是他很快向它的心脏中心射出第二支箭。但这一次又没有射中它，箭被弹了出来落在巨兽的脚下。当狮子看到赫剌克勒斯时，他马上又向它射出第三支箭。狮子把它的长尾夹在两腿之间，脖子因恼怒而肿胀，它的鬣毛竖了起来，背部弓起，跳向它的敌人。赫剌克勒斯扔掉手中的箭和背上的兽皮，右手挥动着木棒打向狮子，当它从地上跳起一半时他击中了它的脖子。在它开始喘息之前，赫剌克勒斯抢先冲过来，他扔掉弓和箭袋，腾出手从后面扑向狮子，用手臂勒紧它的咽喉，直到它窒息而死，它可怕的灵魂回到冥王哈得斯那里。

他试了很久要把狮子的皮剥下来，可是它的皮不被铁器和石器所伤，赫剌克勒斯终于想到用狮子自己的利爪来剥，最后狮子的皮被剥了下来。后来他用这张狮子皮给自己做了面盾，用它的上下颚给自己做了一个新的头盔，而现在他穿起他来时的衣物，带着武器，把涅墨亚狮子皮扛在肩上，回提任斯去。

当他回到正直的摩罗科斯的家时，正是第三十天。当英雄进入农庄时，摩罗科斯正准备祭祀赫剌克勒斯。现在他们一起祭祀宙斯。之后，赫剌克勒斯高兴地与他们告别。当国王欧律斯透斯看到他带着这可怕的动物的皮归来时，赫剌克勒斯非凡的神力把他吓得躲在一只锅里，他通过科普柔斯把命令传达给城外的赫剌克勒斯。

英雄的第二件工作是杀死许德拉，许德拉正是堤丰和厄喀德那的女儿。它来到陆地上，撕碎牲畜，使田野成为荒野。许德拉是一只非常巨大的九头

蛇，其中八颗头是可以杀死的，但中间的那一颗是杀不死的。赫剌克勒斯勇气十足地面对这次战斗：他马上驾车和他的侄子伊俄拉俄斯向勒耳那出发。

终于他们在阿密摩涅河的源头发现了许德拉，那里是它的洞穴。赫剌克勒斯让伊俄拉俄斯勒住马，他跳下车点燃箭想把九头蛇从它的洞中逼出来。果然许德拉喘着气冲了出来，它摇摆着九条细长的脖子，就好像狂风中摇摆的树枝。赫剌克勒斯无畏地向它走去，用力抓住它。但它却缠住他的一只脚，不打算与他正面交战。赫剌克勒斯试着用木棍打它的头，但是没有成功。因为打掉了一只头，就又长出了两只头。赫剌克勒斯叫伊俄拉俄斯来帮忙，伊俄拉俄斯用烧着的树枝点燃附近的树林，火焰烧灼着巨蛇刚刚长出来的头，使它不能长大。最后，赫剌克勒斯砍下了许德拉不死的那颗头，把它埋在路上，并搬了块巨大的石头压在上面。他把许德拉的躯干分为两段，并把他的箭浸在它有毒的血液中，从此以后，被他的箭射中的敌人将无药可治。

欧律斯透斯的第三件任务是要他生擒刻律涅亚山的赤牝鹿。这是一只非常漂亮的动物。它有金色的鹿角和铜脚，在阿耳卡狄亚的山上吃草。它是女神阿耳忒弥斯狩猎练习时的五只鹿之一，只有它被留在森林中，因为命运决定赫剌克勒斯辛苦地追逐它。他追逐了它整整一年，经过许珀耳玻瑞俄和伊斯忒耳河的源头，终于在拉冬河追到了它。因为没有别的办法可以抓住它，所以他用箭将它射倒在地，把它背在背上。在那里他还遇到了女神阿耳忒弥斯和阿波罗。他们责备他杀死了她的祭祀物，还想夺走他的猎物。赫剌克勒斯为自己辩护说："我不是故意这样做的，伟大的女神，我是被逼无奈，不然我要怎样才能完成欧律斯透斯的任务呢？"他平息了女神的愤怒，带着生擒的牝鹿回到密刻奈。

紧接着他开始执行第四件任务：活捉厄律曼托斯山的野猪。它同样是阿耳忒弥斯的祭祀物，厄律曼托斯一带一直受到它的祸害。在他开始这次冒险的路上，他遇到了西勒诺斯的儿子福罗斯，他同所有马人一样是半人半马。福罗斯对待客人十分友好，虽然他们自己吃生肉，但他们会把烤肉给客人吃。但当赫剌克勒斯向福罗斯要求美酒来佐食这顿佳肴时，福罗斯说："亲爱的客人，在我的地窖里正好有一罐酒，但它属于所有的马人，我不敢打开它，因为我知道，马人们不喜欢客人享用他们的东西。""勇敢地打开它，"赫剌克勒斯回答，"我向你保证，保护你不会受任何人攻击的。我现在很渴，你就把酒给我吧。"

这桶酒原是交给一个马人看管的，并命令这个马人不要自己打开，直到一百二十年后赫剌克勒斯来到这个地方。现在福罗斯走到地窖，他刚刚打开罐子，所有的马人都闻到了这罐陈年葡萄酒的香味，他们蜂拥而来，向福罗斯的洞中扔石块和树枝。第一个冒险闯入者被赫剌克勒斯用燃烧的树枝赶了出来。他边射箭边追赶其余的马人，一直追到赫剌克勒斯的老朋友——善良的马人喀戎居住的玛勒亚半岛。马人们逃到喀戎这里，赫剌克勒斯弯弓向他们射了一箭，箭穿过另外一个马人的肩膀，不幸地射中喀戎的膝盖，把他钉在那里。现在赫剌克勒斯认出了他童年时的朋友，他关心地跑上前，把箭拔出来，给他敷药，那药正是精通医药的喀戎亲手送给他的。但是由于箭在许德拉的毒血里浸过，所以伤口是不可治愈的。马人要他的兄弟们把他抬到他的洞中，希望在好朋友的怀中死去。但可怜的喀戎忘记了自己是不死的。赫剌克勒斯挥泪告别被痛苦折磨的马人，并向他许诺，不惜任何代价要求死神——苦难的解脱者到这里来。

当赫剌克勒斯和其他马人回到他朋友的洞穴中时，他发现福罗斯死了。这是因为福罗斯一边把那只置马人于死地的箭拔出来，一边想为什么这样区区一支箭会射死巨大的生物，而这支有毒的箭从他的手中不慎滑落下来，刺伤了福罗斯的脚，他毒发立即毙命。赫剌克勒斯非常悲伤，他为福罗斯举行了隆重的葬礼，将福罗斯埋在大山下面，后来这座山就被称为福罗山。

赫剌克勒斯则继续出发，寻找野猪。他大声叫喊，把它从茂盛的灌木丛中赶出来，跟着它爬进雪山，他用绳索套住这只野物，把它活着带到密刻奈,完成了他的使命。

国王欧律斯透斯派他去做第五件工作,一件英雄根本不屑去做的工作。他需要在一天内把奥革阿斯的牛棚打扫干净。奥革阿斯是厄利斯的国王,他拥有非常多的牛,他的牛按照年龄在宫殿前面被用篱笆围起来,这三千只牛已经被养了很长时间,牛粪也就堆积得很高。第五件工作就是把这些牛粪清理干净。赫剌克勒斯要在一天内完成这个不可能完成的工作。

而当这个英雄站在奥革阿斯面前自愿提出这个请求时,并没有提及欧律斯透斯国王的命令。奥革阿斯打量着这个披着狮皮,有着健美身材的人,想到如此一个高贵的战士愿做奴隶做的工作,忍不住要笑出来。果然,重赏之下必有勇夫,不过在一天内将牛棚打扫干净,这是无论何人都不能做到的。因此,他安慰赫剌克勒斯说:"听着,外乡人,如果你能够在一天内把所有的牛粪打扫干净,我就把牛群的十分之一赏给你。"

赫剌克勒斯接受了这个条件。国王以为他会直接开始挖粪。但赫剌克勒斯先是叫来了奥革阿斯的儿子费琉斯来为此做证,然后在牛棚的一边挖了条沟,让阿尔甫斯河和珀涅俄斯河通过渠道流进来,把牛粪冲出来,再通过另一个出口流走。他就这样完成了一个充满侮辱性的工作,<u>丝毫没有贬低自己神的身份</u>。

当奥革阿斯得知赫剌克勒斯是奉欧律斯透斯的命令来完成这件事时,他拒绝付酬金,并且否认他曾许下的诺言。但他解释说,他准备让法官来解决此事。当法官开庭裁判时,费琉斯出庭做证反对自己的父亲并且解释说,在赏金上他父亲确与赫剌克勒斯达成了协议。奥革阿斯没有等宣判结果,而是在盛怒之下命令儿子放弃自己的地位和财富并且如外乡人一样离开。

经历了这次新的冒险,赫剌克勒斯回到欧律斯透斯那里。但欧律斯透斯却宣布他这次工作无效,原因是赫剌克勒斯从中获得了报酬。于是他马上派赫剌克勒斯去开始第六次冒险。

第六件工作是驱赶斯廷法罗斯湖的怪鸟。这是一群硕大的隼鹰,像鹤一样大，有着铁翼、铁嘴和铁爪，它们的羽毛可以像箭一样射出，它们的嘴可以啄穿铜盾。它们在那里伤害了许多人畜。

赫剌克勒斯在经过短暂的旅程之后到达了树丛中的湖。在这片树林里他刚好遇到一大群怪鸟，它们正在躲避狼群的袭击。赫剌克勒斯无措地站在那里，他望着这些怪鸟，不知该如何对付这一大群敌人。就在这时，他感到有人轻轻地拍他的肩，回头一看，是雅典娜。她给他两面坚硬的铜钹，这是赫维斯托斯为她铸造的，雅典娜把它给赫剌克勒斯用来对付斯廷法罗斯湖的怪鸟。赫剌克勒斯爬上靠近湖的一个小山上，敲击铜钹吓唬怪鸟们。怪鸟们忍受不了这种刺耳的呼啸声，恐惧地飞出树林。赫剌克勒斯顺势抓起弓，一箭箭地将它们从空中射下来。而逃走的怪鸟离开这个地方之后，就再也没回来了。

克瑞忒的国王弥诺斯曾对海神波塞冬许诺，将海中最先浮出的东西祭献给他。但他总是强调自己没有什么值得献给高贵的神的。于是，波塞冬要考验一下他，就让一头美丽的牛浮出海面。弥诺斯没有把这头牛献给波塞冬，而是把这头体形美丽的牛藏在自己的牛群里，用另一头牛做替代祭祀给了海神。海神因此非常愤怒，作为惩罚，他让这头牛发病，并在克瑞忒岛上造成了巨大的混乱。赫剌克勒斯的第七件工作就是驯服它，并把它带到欧律斯透斯这里。

当赫剌克勒斯带着这个命令来到弥诺斯这里，克瑞忒对可以除去这个破坏者感到非常高兴。他亲自帮助赫剌克勒斯去捕捉这头发狂的动物。任务完成后，欧律斯透斯对这个工作结果十分满意，在满心欢喜地看过这头动物后就把它给放了。当这头牛感到不再受到赫剌克勒斯的控制后，它又开始发狂。它跑遍了整个拉科尼亚和阿耳卡狄亚，穿过海峡跑到阿提卡的马拉松，把这里破坏得像从前的克瑞忒岛一样，一直到很久以后忒修斯才又驯服了它。

赫剌克勒斯的第八件工作是要将特剌刻的狄俄墨得斯的牝马带回到密

刻奈。狄俄墨得斯是阿瑞斯的儿子，他是好战的比斯托涅斯族的国王，他拥有这些狂野强壮的牝马。这些牝马被人用铜槽和铁链锁住，它们的饲料不是燕麦，而是来到城堡的不幸的外乡人。这些外乡人被扔到马槽里，便成了牝马的食物。当赫剌克勒斯来到这里时，他首先抓住了这个凶残的国王，然后把他扔进马槽里，还制服了马厩中的看守者。牝马们饱餐之后就变得温顺了，赫剌克勒斯于是把它们赶到海边。但是比斯托涅斯人拿着武器追了过来，赫剌克勒斯只得转身与他们战斗。情急之下，他只好把这些牝马交给他最好的朋友和追随者阿布得洛斯（他是赫尔墨斯的儿子）看守。当赫剌克勒斯把比斯托涅斯人打跑后赶回来时，他发现他的朋友已经被牝马撕裂了。他深深地哀悼了阿布得洛斯，为纪念他还建立了阿布得洛斯城。然后他再次驯服牝马，平安地把它们带给欧律斯透斯。

　　赫剌克勒斯的最后一个工作是对抗阿玛宗人。他这次的新历险是要把阿玛宗人的女王希波吕忒的腰带带给欧律斯透斯的女儿阿特梅塔。阿玛宗人住在蓬托斯的忒耳摩冬河河畔。这里全都是女人，她们买卖男人，并且只养育她们的女儿。在有战争时，她们成群结队地去作战。而赫剌克勒斯要拿到的腰带正是她们的女王的，那是战神亲自送给她的，她始终配戴着以彰显她的荣誉。

　　赫剌克勒斯召集一些自愿前往的战友到一条船上，在经过许多的冒险后，他们到达了阿玛宗城的忒弥斯库拉海港。在这里阿玛宗的女王遇到了他，英雄的美貌引起了她的注意。当她探听到他来此的目的时，她答应把腰带给他。但是赫拉，赫剌克勒斯的不可调解的敌人变成一个阿玛宗人的样子，混在她们中间，并四处传播谣言，说有个敌人要拐走她们的女王，顷刻间所有的人都骑上马到城外对赫剌克勒斯进行攻击。普通的阿玛宗人和赫剌克勒斯的随从战斗，高贵的阿玛宗人与赫剌克勒斯本人进行艰苦的战斗。第一个开始与他战斗的女人叫作埃拉也可以称她为风娘，她以快速著称。但她发现赫剌克勒斯比她还要快，她不得不屈服，但在逃跑时被他抓住杀死了。第二个敌人刚与他交手就倒下了。第三个叫普洛托厄，她曾在有两人的战斗中七次获胜。在她失败后，又有八个人倒下，其中三个曾在阿耳忒弥斯的狩猎中取胜。阿尔喀珀（她曾经发誓终身不嫁）也死了。此后阿玛宗人队伍的首领墨拉尼珀也被捉住。就这样，赫剌克勒斯捉住了所有的逃跑者，女王希波吕忒把腰带交了出来，就像她在战前许诺过的那样。赫剌克勒斯把它当作赎金放了墨拉尼珀。

当赫剌克勒斯把女王希波吕忒的腰带放到欧律斯透斯的脚下时，他没得到片刻休息，而是被要求马上出发把巨人革律翁的牛带来。这是在伽得伊剌海湾上名叫厄律提亚的岛上的一只漂亮的棕红色的公牛。它由另一个巨人和一只两个头的狗来看守着。革律翁长得无比的巨大，有三个身躯、三个脑袋、六条胳膊和六只脚，还没有一个人类来向他挑战过。

赫剌克勒斯为这次艰巨的工作做了许多准备。他要与著名的伊柏里亚国王克律萨俄耳，也就是革律翁的父亲作战；除了革律翁，还有克律萨俄耳的三个儿子与他作战，每个儿子都拥有由好战的男人们组成的人数众多的军队。由此可以看出，欧律斯透斯交给赫剌克勒斯每件任务时，都希望他在完成这些任务的途中死去。

但是赫剌克勒斯并不惧怕所面对的危险，就像先前一样。他在克瑞忒岛上集结好他的军队，这个岛是他从野兽中解放出来的。他们首先到达利比亚，在这里他与该亚的一个巨人儿子安泰俄斯格斗。安泰俄斯有着惊人的恢复能力，他一触摸到大地——他的母亲，他就可以重新恢复力量。赫剌克勒斯用强有力的手臂将他抱起，并把他举起来，在空中把他扼死。之后，赫剌克勒斯把食人的动物从利比亚清除干净，因为在他去完成他的任务时，他路过的地方都是由这些野兽和邪恶的人在进行残酷和不公平的统治，所以他痛恨这些野兽和邪恶的人，才决心将它们杀死。

经过长时间的跋涉，赫剌克勒斯来到了大西洋。在这里他找到了两个有名的赫剌克勒斯柱子。而此时，赫剌克勒斯实在不能忍受太阳的炙烤，于

是他瞄准天空，弯弓搭箭威胁要把太阳神射下来。太阳神钦佩他的勇气，借给他一只金碗让他可以不那么痛苦地继续前进，而太阳神每晚再用它从地面回到天上。就这样，赫剌克勒斯用这只碗和他的同伴们向对面的伊柏里亚航行。

在这里他发现了克律萨俄耳的三个儿子和三支庞大的军队，三支军队都在相距不远处扎营，但赫剌克勒斯只用两次战斗就杀死了他们的统帅，征服了这片土地。

然后他来到了厄律提亚岛，革律翁和他的牧群居住在这里。当那只双头狗发现赫剌克勒斯时想逃跑。但就算巨人也来帮狗的忙，也无济于事。赫剌克勒斯还是用棒子打死了它。赫剌克勒斯绑住那只牛，但是革律翁抓住他不放，于是双方开始了一场恶战。就在这时，赫拉现身亲自帮助巨人，但赫剌克勒斯一箭射中她的胸部，女神惊恐地逃走了。他第二箭射中巨人的身躯，杀死了他。

经历了各种各样的冒险后，赫剌克勒斯带着牛经过伊柏里亚、意大利，回到希腊和连接特剌刻与伊吕里亚的海峡。

很久以前，在宙斯和赫拉的婚礼时，所有的神祇都带着礼物献给他们，就连地母该亚也不落后，她带着一颗长满金苹果的树前来祝贺。之后，这棵金苹果树被种在了夜神的四个女儿赫斯珀里得姊妹的花园里，且由赫斯珀里得姊妹和百头巨龙拉冬看守着。

欧律斯透斯的命令就是让赫剌克勒斯摘圣花园的金苹果。这个半神人再次踏上了漫长、危险重重的旅程。首先他到达了巨人忒墨洛斯居住的忒萨吕，忒墨洛斯遇到赫剌克勒斯，他要用坚硬的脑壳撞死赫剌克勒斯，但是赫剌克勒斯的脑壳更加坚硬，直接把巨人的头撞得粉碎。接着，在厄刻多洛斯河，赫剌克勒斯碰到了另一个怪物，阿瑞斯和皮瑞涅的儿子库克诺斯。当赫剌克勒斯向他询问如何去赫斯珀里得姊妹的花园时，这个人突然向赫剌克勒斯发起挑战，但被赫剌克勒斯反杀。这时阿瑞斯现身，战神要亲自为被杀死

的儿子报仇。无奈之下,赫剌克勒斯被迫同他开战,但是宙斯不愿意他的儿子们自相残杀,就在他们之间炸了一个响雷,把他们分开了。

赫剌克勒斯继续前进,经过伊吕里亚,跨过厄里达诺斯河,来到宙斯和忒弥斯所生的仙女处,她们就住在这条河岸上。赫剌克勒斯向她们打听去赫斯珀里得姊妹的花园的路。"去找老河神涅柔斯,"她回答,"他是个先知,知道许多事情。在睡觉时袭击他,绑住他,他就会被迫给你指出正确的方向。"赫剌克勒斯听从这个建议,制服了河神,他抓住河神不放,直到打听到赫斯珀里得姊妹的金苹果树花园在哪个地方。然后他继续向利比亚和埃及进发。

在埃及,那里发生了严重的饥荒,波塞冬和吕西阿那萨的儿子部西里斯统治着那里。先知对他预言,如果每年为宙斯杀死一个异乡人就可使这片土地的贫瘠变为富饶。为了实现这个预言,部西里斯先把这个先知杀掉了。逐渐地,不止是实现预言,这个野蛮人喜好上了这种行为,他把所有到埃及的外乡人都杀死了。所以赫剌克勒斯自然也被抓起来,还被拖到宙斯祭坛前。但赫剌克勒斯奋起反抗,他拽断绳索,把部西里斯、他的儿子和祭司全部撕成碎片。

在经历了另一些冒险后,赫剌克勒斯终于到达了阿特拉斯背负着天顶的地方,这里离赫斯珀里得姊妹看守的金苹果树很近。普罗米修斯建议他不要自己去抢金苹果,而是让阿特拉斯去摘它。赫剌克勒斯自己则替阿特拉斯背着天顶。阿特拉斯同意了他的办法,于是赫剌克勒斯用强有力的肩膀负起了天顶。阿特拉斯诱使巨龙盘在树下睡觉,并杀死了它,然后骗过看守者们,摘下了三只金苹果,平安地带给赫剌克勒斯。他说:"我的肩膀头一次如此轻巧,我不愿再扛着黄铜天空了。"他把苹果扔到赫剌克勒斯脚下,让赫剌克勒斯继续替他背负着不能忍受的重负。

赫剌克勒斯必须想个对策来获得自由。他对阿特拉斯说:"让我往头上绑团棉花,不然我的脑袋就会被这可怕的重物压碎了。"阿特拉斯认为这是个合理的要求，就接过了重负。他想着就坚持这么一会儿，马上就再也不用背着天了。但这个骗子也被骗了，他再也没等到赫剌克勒斯重新接过去。赫剌克勒斯从草地上捡起金苹果就离开了，把它们带给欧律斯透斯。欧律斯透斯本以为赫剌克勒斯会因此丧命，但赫剌克勒斯却没有死，他只好把金苹果赐给赫剌克勒斯。而赫剌克勒斯转而轻易把它们供奉给了雅典娜，女神知道这些圣果是不可以放到别处的，就把金苹果带回到赫斯珀里得姊妹的花园。

最后一次冒险是狡诈的国王让赫剌克勒斯到地府去，与地府的黑暗力量搏斗，还要把冥王哈得斯的看门狗刻耳柏洛斯从地府里带出来。这只怪物有三个头，每张可怕的嘴都流着毒涎。它身后是一条龙尾，头和背上长着咝咝作响的毒蛇。

赫剌克勒斯为了给这次可怕的行程做准备，特意来到了厄琉西斯城，在那里，一个见闻广博的祭司向他透露了上天和地府中的秘密。得到神秘力量的赫剌克勒斯来到珀罗奔尼撒的泰那戎城，在这里他找到了地府的门。在灵魂的陪伴者赫耳墨斯的引导下，他下到幽深的山谷里，来到冥王哈得斯，即普路同的地府之城。那些在哈得斯城门前悲惨地徘徊着的阴魂们，一看到活生生的有血有肉的人就逃跑了，只有美杜萨和墨勒阿革洛斯的灵魂敢驻足。赫剌克勒斯想用剑杀死他们，可是赫耳墨斯拉住他的手臂，跟他说，这些灵魂只是空壳，剑无法伤到他们。于是，赫剌克勒斯放下了剑，还同墨勒阿革洛斯的灵魂很友好地谈话，并答应他向他在人间的亲爱的姐姐致以亲切的问候。

在快到冥府大门时，赫剌克勒斯看到了朋友忒修斯和庇里托俄斯。忒修斯是陪庇里托俄斯到地府向珀耳塞福涅求婚的，而这两个人由于这次狂妄的行为被普路同锁在他们休息的大石头上。当他俩看到好朋友时，向他伸出求助的手，颤抖地期望可以依靠赫剌克勒斯的力量，重新回到地上的世界。赫剌克勒斯抓住忒修斯的手，解开他的锁链，把他扶起来。当他要释放庇里托俄斯时却失败了，因为他脚下的地面开始摇动，他打不开锁链。

冥王哈得斯挡在地府的门口，但赫剌克勒斯的箭却射穿了他的肩膀，他感到死亡般的疼痛。所以当赫剌克勒斯请求他把看门狗交出时，他很快答应了，但他有一个要求，那就是赫剌克勒斯必须不用武器去制服这只狗。于是赫剌克勒斯只穿着胸甲，披着狮子皮，去找寻这只怪物。很快他发现它蹲坐在阿刻戎的门口，他不管它的三个如钟一样大的头发出怎样的狂吠，用胳膊抱着它的脖子，用腿夹住三个头，不让它跑掉。怪物的尾巴是条活着的蛇，它扑到前面，咬他的身体。他任由怪物咬他，他死扼住它不放，直到把这个难以驾驭的怪物驯服。于是他拎起它，通过阿耳戈利斯的特洛，那儿有地府另一个出口，平安地又回到了人间。

这只狗看到地上的阳光，恐惧地开始口吐毒涎，在有毒涎的地方长出了有毒的乌头树。赫剌克勒斯马上锁上它，把它带到提任斯。当这个怪物被带到欧律斯透斯面前时，他惊讶得不敢相信自己的眼睛。他这才相信除掉他所恨的赫剌克勒斯是不可能的，这是命运安排的。他释放了这位英雄，让他把恶狗带回到地府。

在经历了这些磨难之后，赫剌克勒斯终于从欧律斯透斯的工作中解脱出来，他回到忒拜，最后成为了大力神，还娶了青春女神赫柏为妻。

欧罗巴

在太尔和西顿有一个名叫欧罗巴的少女。她是阿革诺耳国王的女儿，一直生活在父亲的那个几乎与世隔绝的宫殿里。要知道，在深夜里熟睡的凡人总会做一些预言般的梦，而神也不例外。这一天夜里，一个奇异的梦造访了这个少女。她觉得，好像有两个大陆，即亚细亚和与它相对的大陆。两个大陆变成了两个女人的形象，二人争着抢着要把欧罗巴据为己有。其中一个女人是一副异国人的模样，另一个女人——她就是亚细亚——长相和举止都和本地人一样。后者温和地争取她的孩子欧罗巴，她说欧罗巴是她亲手抚养长大的爱女；而那个异乡的女人却像对待一个战利品似的把她紧紧地抱在怀里，不等欧罗巴有所反抗，便直接把她带走了。

"跟我走吧，亲爱的姑娘，"异国女人说，"我把你当作胜利品带到持盾者宙斯那里去，这是你命中注定的归宿。"

欧罗巴醒来，心还怦怦直跳。她从卧榻上坐起来，因为夜梦的场景和白天的景象一样清晰。她挺直腰板，一动不动地在床上坐了很长时间，她圆睁两眼，呆呆地望着前面，仿佛那两个女人还站在眼前。后来她才张开嘴，惊恐不安地自言自语道："是哪一位天神让我做了这样一个梦？我在父亲的王宫里睡得又香又安稳，是什么样不可思议的梦吓得我心慌？我梦见的这个异乡女人是谁呀？我心里对她产生了一种奇怪的思慕啊！她向我走来时态度多么可亲！她把我强行带走时，那微笑的目光也流露着一种母爱！愿天神使我的梦成为吉祥的兆头！"

到了清晨，灿烂的阳光从少女心中抹去了恶梦留下的阴影。欧罗巴起来后就去忙她少女生活中的琐事和娱乐。不久,她的同龄朋友和游伴以及贵族家的小姐都聚集在她周围,这些人时常陪她唱歌跳舞、散步和祭神。她们今天又来邀请她到海边的那个鲜花遍野的草地上去散心,在那里欣赏盛开的鲜花,倾听来自大海的波涛轰轰的回响。所有的姑娘都穿着漂亮的绣花长袍。欧罗巴本人则身穿一件极美的金线刺绣的拖裙,裙裾上绣着神话传说中的各种光辉画面。这华贵的衣裙是赫维斯托斯的作品,是很久以前大地的震撼者波塞冬求爱时献给利彼亚的礼物。她有了这件礼物以后,它便作为传家之宝一代一代地传到了阿革诺耳的家中。可爱的欧罗巴穿着这身新娘的盛装,带领着她的女游伴跑到开满五颜六色鲜花的海边草地上去。这里那里到处都飘荡着这群少女的欢声笑语。每个人都采摘一枝自己心爱的花朵。

  采集了足够的鲜花以后,她们便围着欧罗巴坐在草地上编花环。她们打算把这些花环挂在抽芽的树枝上作为献给草地女神们的谢礼。但命运没让她们太久地用情于鲜花,因为夜梦向她预言的命运突然闯进了欧罗巴无忧无虑的少女生活。宙斯为年轻的欧罗巴的美所倾倒。他害怕惹恼嫉妒心重的赫拉,同时也不希望迷惑这个少女纯洁的意念,所以这位狡猾的神想出了一个新的诡计。他改变形象,变成一头牡牛。但那是一头什么样的牡牛啊!他不像一头走在草地上,或驾轭俯首拉着重载车辆的普通的牡牛。他身材高大而俊美,脖子略胖,肩很宽。他的角小巧玲珑,像精心雕琢出来的一般,比纯净的宝石还要透明。他身上的颜色是金黄的,只是在前额上闪烁着一个月牙形的银白色标记,他淡蓝色的眼睛透露着倾慕的柔情。

  宙斯在改变形象前,曾把赫耳墨斯叫到奥林匹斯山来,对自己的意图秘而不宣,只说:"我亲爱的儿子,你赶快去办一件事!你看见下面偏左的那个地方了吗?那是腓尼基,你到那里去,把阿革诺耳国王的畜群赶到海边去。"不大工夫,这位背有飞翼的神就飞到了西顿的山间牧场,把阿革诺耳国王的牛群赶到山下海边国王的女儿和太尔的姑娘们无忧无虑地玩弄花环的草地上。以牡牛形象出现的宙斯就在牛群当中,只不过赫耳墨斯一点儿也不

知道罢了。

其余的牛零零落落地散布在离少女们很远的草地上。只有宙斯化身的那头美丽的牡牛慢慢走近欧罗巴和她的游伴坐着的那个草坡。他十分优雅地从茂密的草丛中信步走来。他的前额并没有现出威胁，发光的眼睛也不可怕，他的整个外表看起来都充满着柔情。欧罗巴和她的年轻女伴们都很欣赏这头牛高贵的形体和平和的神态，甚至都想就近好好地看看他，抚摩抚摩他那油光水滑的背。牡牛好像觉察到了这一层意思，因为他越走越近，最后站在了欧罗巴的前面。欧罗巴跳开，开始还往后退了几步。当这头牛那样驯服地停在那里时，她才鼓起勇气，又向前走，把她的花束举到他吐着白沫的嘴边，从他嘴里向她飘来一种神仙食品的香气。他讨好地舔着献给他的鲜花，舔着那只抹去他嘴边的泡沫、亲切地抚摩着他的温柔的手。这头俊美的牛越来越讨少女的喜欢了。她甚至大胆地吻了一下他那光灿灿的前额。这时，牛快乐地"哞哞"叫了几声，但跟别的普通的牛叫声不同，这叫声很像震荡在山谷里的吕狄亚人的笛声。然后他就蹲伏在美丽的公主的脚下，无限渴慕地望着她，对她转动了一下脖子，向她示意他宽阔的背。

欧罗巴对她的那些年轻女友说："都走近一点吧，亲爱的游伴，让我们坐到这头美丽的牡牛的背上吧，这一定很有趣。我想，他像一艘大船一样能坐下我们四个人。瞧他多温顺，多可爱！和别的牛完全不同。他真的像人一样会思想，只是不会说话罢了。"她一边说，一边从女伴手中接过花环，一个个把花环挂到牡牛低垂的牛角上。接着，她微笑着跃上了牛背，她的女友却仍然犹豫不决地看着她。

牡牛的目的达到了，就从地上站了起来。开始，他驮着少女相当缓慢地走着，就是这样，她的女伴们也跟不上她。当他把草地抛在背后，眼前展现出一望无际的海岸时，他便加快了行走的速度，现在他不再像一头小跑的牡牛，而是像一匹飞腾的骏马了。少女还没来得及想，他就纵身跳到海里，带着他的俘虏，向深海游去。少女用右手紧握牛角，用左手支撑在他的背上。

风吹起她的衣裙,像鼓起一面风帆。她怯生生地回头望着远离的陆地,她呼唤她的女伴,但纯属白费气力。

　　牡牛向前游去,像一只漂荡的船。不久,海岸消失了,太阳落下去了,在微明的夜色中,这不幸的少女环顾四周,除了波涛和星辰什么也看不见。第二天早上,牡牛又继续游。这一整天少女都坐在牛背上越过无边无际的洪流向前漂游。不过,这头牡牛能够灵活地劈开波浪,所以他的可爱的姑娘身上没有溅上一滴水。傍晚,他们终于到达远方的一个海岸。牡牛跳上岸,让少女在一棵拱形的树下轻轻地从他背上滑下去之后,便在她眼前消失了。而在牡牛消失的地方出现一个天神一样的英俊男子,他对她解释说,他是克瑞忒岛的统治者,如果她愿意嫁给他,她将得到他的保护。由于无望和孤独,欧罗巴把手伸给他表示同意,这样,宙斯最终的愿望就实现了。但他像来时那样,又突然消失了。

　　早晨的太阳升起时,欧罗巴从长时间的昏睡中醒来。她目光慌乱地看看自己的四周,好像在寻找她的家园。"父亲,父亲!"她以刺耳的哀诉声喊着,同时想了想发生的事,又高声说道:"我是个卑劣的女儿,我还有资格呼唤父亲吗?多么荒唐,我竟忘记了子女对父亲的爱!"她又望了望四周,好像回想起了一切,便对自己发问:"我是从哪里来的,我现在到了什么地方?"她用手心摸着眼睑,好像是想要抹掉那个可恨的梦。她拭目向四下里张望,各种陌生的景物一动不动地展现在她的眼前。她四周全是叫不上名来的树木和悬岩,一股令人恐惧的海潮冲到岸边,掀起巨大的浪涛。"哦,我现在要见到那头讨厌的牡牛,"她绝望地喊道,"我要把他撕碎,不把他的角折断我绝不罢手!尽管我觉得此前的他很可爱!但这是多么不切实际的愿望啊!我不知羞耻地离开了家,现在除了死我还能怎样呢?如果所有的神都抛弃了我,那就请诸位天神派一头狮子、一头老虎来吧!说不定我的美丽会使它们食欲大增,这样我就不必等候饥饿来使我如花似玉的面颊枯萎凋零了。"

但没有一头野兽出现。陌生的地域宁静地伸展在她面前，给人增添了几分喜悦，太阳在万里无云的晴空上照耀着大地。好像有复仇女神在追击她，这个孤独的少女跳了起来。"苦命的欧罗巴，"她喊道，"你没听见你父亲的声音吗？他虽然不在你身边，如果你不了结你不光彩的生命，他也会诅咒你。他不是把那棵树指给你了吗？你可以用腰带把自己吊死在那上边。他不是给你指点了那座高山悬崖了吗？你一纵身从那上边跳下去就可以葬身波涛咆哮的大海。或者，你，一个国王的高贵的女儿，宁愿做一个野蛮国王的小妾，天天做他的奴隶，纺定量的羊毛？"

　　这个不幸的孤独的少女就是这样用死的想法折磨着自己，却又没有勇气去死。这时，她突然听到不知哪里传来嘲笑般的悄声私语，她以为有人偷听，便惊恐地朝后面看。在非尘世的光辉中，她看见女神阿佛洛狄忒站在她面前，旁边还有女神的小儿子，那个带着弯弓的爱神厄洛斯。女神的嘴角先是微微一笑，然后说："不要生气，也无须争吵，美丽的姑娘！那头可恨的牡牛马上就来，他会向你伸出双角让你折断。在你父亲的王宫里把那个梦送给你的，就是我。你要知足啊，欧罗巴！是宙斯把你抢来的，那你就是这位不可战胜之神的在尘世的妻子。你的名字将会永存，因为现在收容你的这块大陆从此以后就叫欧罗巴！"

忒修斯和弥诺斯

忒修斯作为阿提刻的王子和王位继承人生活在父亲的身边。

当时,雅典人是要向克里特的国王弥诺斯进贡的。据说,进贡的原因是弥诺斯的儿子在阿提刻的山里被阴谋杀害了。

弥诺斯为了给儿子报仇,向雅典居民发动了毁灭性的战争,而众神也出手使干旱和瘟疫在此地肆虐。

这时阿波罗的神谕做出判决:只要雅典人能够平息弥诺斯的震怒,得到他的宽恕,那么雅典人的灾难就可解除。

于是雅典人便向弥诺斯求和,而弥诺斯给出的讲和条件是:雅典人每九年要向克里特送去七个童男和七个童女作为贡品。据说,这些童男童女被送去后,就被弥诺斯关在他的那座有名的迷宫里,任凭凶残的怪物——弥诺陶洛斯杀害。

如今,第三次进贡的时间已经临近。有儿子女儿的父母们都很害怕这种祸事降临到自己孩子的头上。因此民众对埃勾斯的不满达到顶峰。他们责备他,说他才是祸根,但他本人却没有受到任何惩罚,还冷漠无情地眼看着别人的亲生儿女被夺去。

这些怨言使忒修斯的内心充满痛苦。在民众的集会上,他毅然站出来表示他愿意当贡品亲自送上门去。如此,民众松了口气,还赞美他的高尚品格和献身精神。他对他难过到无法自控的父亲说,他保证自己和那些抓阄决定被送去的童男童女不仅不会遭到杀害,甚至会制服弥诺陶洛斯。

抓完阄以后,年轻的忒修斯就带领那些中选的男孩和女孩先到阿波罗

神庙去，以大家的名义向这尊神献上用白羊毛缠起来的橄榄枝作为祈求保护的献礼。念完祈祷词后，他就在众人陪同下，与选定的童男童女走向海岸，登上令人绝望的大船。

得尔福的神谕曾劝他选择爱情女神做向导，并恳求她护送他们。忒修斯不明白这个箴言的意思，但他还是向阿佛洛狄忒献了祭礼。但结果证明了这个预示的良好意向。因为当忒修斯在克里特登陆，出现在国王弥诺斯面前时，他的俊美和英武吸引了美丽迷人的公主阿里阿德涅的注意。在跟他秘密交谈时，她向他表白了她的爱意，并给了他一个线团。她教他把线的一头紧紧地拴在迷宫的入口处，然后放开线团继续向前走，一直走到那可恶的守卫弥诺陶洛斯所在的地方。她同时给了他一把能够杀死这个怪物的魔剑。

忒修斯和他的同伴都被弥诺斯送进了迷宫。他带头走在最前面，他用魔剑杀死了弥诺陶洛斯结束了这场简短的恶斗。他还十分幸运地靠着他松开的线团带着他身边所有的人走出迷宫那一条条地狱般摸不着头脑的路。

然后，他就与他的那些同伴和阿里阿德涅一起逃走了。但在临走前，他按照阿里阿德涅的主意凿穿了克里特人那些船的船底，让弥诺斯无法追捕他们。

忒修斯以为他和他可爱的胜利品阿里阿德涅彻底安全了，于是他就和她在半途中停靠在狄亚岛上休息。

这时，狄俄尼索斯——巴克科斯神出现在忒修斯的梦里，声称阿里阿德涅已由命运女神选定成为他的未婚妻，并威胁说，如果忒修斯不把阿里阿德涅留给他，他就会使忒修斯遭遇一切灾祸。忒修斯早在外祖父那里接受过敬畏神的教育，非常害怕惹恼他们。因此他就把这位哀婉抱怨、灰心丧气的公主留在了这座孤岛上，自己乘船继续航行。夜里，狄俄尼索斯到来，把阿里阿德涅拐到了德里俄斯山。在那里，首先是神不见了，不久以后阿里阿德涅也无影无踪了。

得知公主被劫，忒修斯和他的同伴都很悲伤。由于悲伤，他们都忘了

换下他们离开阿提刻海岸时升起的表示哀恸的黑帆，挂上白帆。

坐在海岸悬崖上眺望的埃勾斯，看见船越来越近，从船帆的颜色上判断，他的儿子死了。

于是，他站起身，满怀悲痛地跳到无垠的大海里。就在这时，忒修斯登陆了，并根据他出发时在海岸上向神许下的愿进行献祭。当传令官给他带来他父亲的死讯时，他悲痛欲绝。他带着他的同伴走进雅典城，一路上放声痛哭，哀号震天。

奥德修斯的冒险（节选）[1]

我们[2]到达了埃俄罗斯居住的海岛，埃俄罗斯是众神的一个好朋友希波忒斯的儿子。埃俄罗斯有六个儿子和六个女儿，他每天都在他的宫殿里与他的妻子和儿女们饮酒作乐。这位善良的君主招待我们在他那里住了整整一个月，他十分急迫地问起特洛伊的战事、希腊人的兵力和返乡的情况。我把这一切都详详细细地告诉了他，当我最终请他帮我们返乡时，他爽快地答应了。他赠给我们一条由一头九岁野牛的皮制成的风袋，里面关着各式各样的风。宙斯命埃俄罗斯掌管诸风并有权放它们出来和让它们重新停息。他用一条由银线拧成的闪光绳子把风袋紧紧地系在我们的船上，并把袋口扎紧，一点风也漏不出来。

我们在海上航行了九天九夜，第十天，我们已临近故乡伊塔刻，并且已然能望见海岸燃起的烽火了。当我在夜里沉睡时，我的同船伙伴开始议论起埃俄罗斯送给我的风袋，他们想知道袋子里装的是什么。他们大家都相信，是黄金和白银，其中一个人最后说道："这个奥德修斯到处都受到重视和尊敬！他仅从特洛伊就带回多少战利品啊！可我们呢，我们大家只有去冒险和吃苦的份儿，回家时，两手空空！现在埃俄罗斯又给了他一袋子白银和黄金！我们看看里面装有多少宝贝，怎么样？"

这个糟糕的建议立即得到了其余伙伴的赞同。风袋被打开了，绳子刚一解开，所有的风蜂拥而出，把我们的船又卷回了大海。

---

[1] 完整的故事为奥德修斯在特洛伊战争中取胜后及返途中的历险故事。
[2] 我们：奥德修斯及其船队。

呼啸的风暴把我从沉睡中惊醒。当我看到这不幸的景象时，我思虑片刻，打算从甲板上跳进大海死了算了。可我又镇静下来，决定坚持下来并去忍受可能发生的一切。飓风的暴怒把我抛回到埃俄罗斯的海岛。我让我的伙伴留在船上并与一个朋友和传令使前去国王的宫殿，他正与他的妻子和儿女们共进午餐。他们对我的返回感到惊讶。当他得悉事情的原委时，这位风的主宰者从座位上愠怒地立起身来，朝我喊道："你这个该被诅咒的人，显然是众神在向你进行报复！对你这样的一个人，我既不能收留也不能护送！离开我的家，被诅咒的人！"骂完后他就把我赶了出来。我们离开了那里，沮丧地继续我们的航行。

终于我们到了一个海岸，看到一座塔楼林立的城市。我把船停在港口，爬上岩石，四下张望。我没有看到被耕种的土地、农夫和牛羊，只看到烟云从一座巨大城市直升向天际。于是我派两个朋友和一个传令使去打探消息。他们在路上遇到了莱斯特律戈涅斯国王安提法忒斯的女儿，她正去阿耳塔刻亚泉汲水。她的高大令他们惊讶无比，她友好地把她父亲的宫殿指引给他们，并告诉他们，他们希望知道的关于这个国家、这座城市和统治者的情况。

他们到达了宫殿，令他们目瞪口呆的是，站在他们面前的莱斯特律戈涅斯的王后竟然像一座山峰那样巨大。莱斯特律戈涅斯人是巨人族，他们也是吃人的。王后招呼她的夫君抓住一个使者，并命令仆人立即烹饪这个使者当作晚餐。其余两个人吓得夺路逃跑，奔回船上。但国王却召集他的臣民，全副武装地追赶，成千的莱斯特律戈涅斯巨人冲了过来，朝我们掷来巨石，我们在船上听到的除了垂死者的呼叫声就是船板被击中的破碎声。只有我自己的那只船停放在巨石投不到的地方，我带那些还没受伤的朋友，奔回到我的那艘船上，安全地离开了海港。其余的船连同一大批死者和垂死者一道沉入大海。

我们挤在这艘唯一得救的船上继续航行，又到了一座名叫埃儿厄的海岛。这儿住着一位半人半神的美女，她是太阳神和海洋女神珀耳塞所生的一个女儿,名叫喀耳刻,她在这座岛上有一座美轮美奂的宫殿。

我们驶进海岛的一处港湾,下锚停泊。大家由于精疲力竭和忧心忡忡都躺倒在海岸上。

第三天,我背上宝剑,手执长枪,动身去陆地打探情况。终于我看到从喀耳刻宫殿升起的烟云,可我没有立即朝那里走去。基于以往的经验,我把我的同伴分成两批,一批我来领导,另一批由欧律罗科斯领导。随后我们在一个头盔里拈阄,欧律罗科斯拈到了,他立刻率领二十二个人上路,尽管他们一边前行一边叹着气,就这样,他们朝我看到的烟云的地方进发。

这批人不久就在海岛的一个幽美的山岩里发现了女神喀耳刻富丽堂皇的宫殿。当他们在庭院的篱笆边和宫殿的大门前看到尖嘴利齿的群狼和鬃发耸立的群狮在逛来逛去时,他们被吓得心惊胆战。他们惶恐地望着这些可怕的野兽,立刻想到逃跑,可它们已经围了过来,但并没有伤害他们,而是缓慢而讨好地靠近,摇起它们长长的尾巴,像狗一样乞求主人施舍给它们一块好吃的食物。我们后来才得知,它们都是被喀耳刻用魔法变成野兽的人。

因为这些野兽都很温和,我的朋友们才有勇气接近宫殿的大门。他们听到从里面传出喀耳刻的歌声。她一定是一个出色的歌手,因为她唱得美极了。她歌唱她的劳作,因为她正在织一件只有女神们才能织出来的华丽衣服。首先向宫里瞥去一眼并感到由衷喜悦的是英雄波利忒斯。根据他的建议,我的朋友们把喀耳刻喊了出来。她友好地来到大门外并请这些外乡人入内。只有思维缜密、行事小心的欧律罗科斯留在外面,因为他嗅出了某种阴谋诡计的味道。

在宫中,喀耳刻让这些客人坐到高大、精美的椅子上。随后有人送上奶酪、麦粉、蜂蜜和烈酒,她用这些食材做出可口的糕点。但在制造的时候她却偷偷地在面团中掺进了一种药汁,人吃了会丧失思想,忘记自己的祖国。的确如此,他们吃了后立刻就变成全身长毛的猪猡,开始咕咕地叫了起来,并被这位施展魔法的女人全都赶进了猪圈里。喀耳刻让人抛给他们橡实

和野果而不再是精美的食品。

　　欧律罗科斯从远处看到了这一切。他尽快跑回船来，把我的朋友们的可怕遭遇告诉我和留下来的人。当听到这令人吃惊的消息时，我很快做出决定，背上宝剑和弓箭，前去宫殿。

　　半路上我遇到一个英俊的年轻人，他朝我举起金杖，我认出他是神祇的使者赫耳墨斯。他友好地握住我的手说："可怜人，你不熟悉这一带的情况，干吗在山里乱跑呢？你的朋友们都被会魔法的喀耳刻关到猪圈里了。你要是去解救他们的话，你也会和他们一样的。这样吧，我给你件东西保护自己。你带上这种药草，"说着他就从地上挖起长有奶白色花的黑色草根，"这样她的骗术就不能伤害你了。她会给你准备一种甜酒，并放进魔汁。我刚才给你的这种草能保护你不被她变成一个畜类。若是她要用她那长长的魔杖来触碰你的话，那你就从剑鞘里拔出你的利剑，冲到她面前，摆出一副要杀她的架势。然后要她许下庄重的誓言，不再加害于你。这样你就可以安全地住在她那儿，慢慢地，当她成为你的好朋友时，她就不会拒绝你的请求，把你的朋友还给你了！"

　　赫耳墨斯说完就离我而去。我焦急而忧心地奔向宫殿。喀耳刻听到我的呼叫就打开了宫门，亲切地让我入内。她把我领到一把华丽的扶手椅上坐下，在我脚下放上一个小足凳，随后立即为我用一只金碗调酒。她还等不及我把酒喝完就用她的魔杖触我，她一点也不怀疑我会当场就变成畜类，她说道："滚到猪圈里，跟你的朋友们到一起去吧！"

　　但我却抽出宝剑冲向她。她大声叫了起来，倒在地上，抱住我的双膝，哀求我："你是谁？你竟如此强大，为什么我的魔酒不能使你变形？目前为止，还没有一个凡人能抵挡我的魔法的力量。你莫不是赫耳墨斯早就对我预言过的那个足智多谋的奥德修斯？如果你是他的话，那就收起你的宝剑，让我们做朋友吧！"

　　但我并不改变我的咄咄逼人的姿态，回答她说："喀耳刻，你把我的朋友们都变成你家的猪，你怎么能要求我对你表示友好呢？难道我不会想到你这样讨好我是为了伤害我吗？如果你立下神圣的誓言，不用任何魔法害我的话，那我就能成为你的朋友！"这个女神当场就立下誓言，我也放心了，并无忧无虑地过了一夜。

翌日清晨，四个侍女——个个都是美貌非凡、娴雅高贵的仙女，她们来整理她们女主人的房间。第一个把华丽的紫色垫子铺到扶手椅上；第二个在扶手椅前摆上一个银质的桌子并把金篮子放到上面；第三个在一个银罐里调酒并把金杯摆放到桌上；第四个则端来清水，放入三角鼎上的锅里，在下面点起火来，直到水热，这是为我洗浴用的。当我洗漱完毕，涂上香膏，穿好衣服之后，我该与喀耳刻一起享用早餐了。但是，尽管我面前的桌子上摆满了丰盛的食品，我却动也不动。面对漂亮的女主人，我待在那里一声不响，忧郁愁苦。终于，当她问我如此闷闷不乐的原因时，我说道："一个人，当他知道他的朋友们遭到不幸，自己却依旧大嚼大饮，自得其乐，那他还算是一个感情正直、品德磊落的人吗？如果你想要我在你这里心情舒畅的话，那就让我亲眼看到我的朋友！"

喀耳刻没容我多说，她离开了房间，手执魔杖。她打开猪圈的门，把我的朋友们赶了出来。他们被变成了一群九岁的猪，围在我的身边。现在她在他们身边走动，给每一头猪涂上另一种药汁。他们立即褪下了毛皮，又都变成了人，而且变得比从前更年轻更英俊了。他们欣喜地奔向我，与我握手。女神这时对我讨好地说："现在，亲爱的英雄，我已照你的话做了，你也做我喜欢的事：把你的船拉上岸，把装载的东西运到岸边的岩洞里，让你和你的伙伴都到我这里来吧。"

她甜蜜的言辞使我动心了。我便立刻动身去找我的船和留下来的朋友们，他们都认为我已经死了，为我悲恸，而现在他们含着欢喜的泪水扑向我。当我向他们提出建议，让他们把船拉上岸并前去女神那里时，他们立即表示同意，只有欧律罗科斯劝阻伙伴们说："难道你们就这样急着去毁灭自己，要到这个女巫的宫殿，让她把我们大家变成狮子、狼和猪，被迫去看守她的家？当奥德修斯愚蠢地使我们落到库克罗普斯人手里时，我们的朋友都遭到了怎样的下场，难道你们都忘了吗？"我一听到这种侮辱的话，哪怕他是我的近亲，我都想抽出宝剑把他的脑袋砍下来了。朋友们注意到我马上要发作，就赶快抱住我的胳膊，让我镇静下来。

我们动身去宫殿，欧律罗科斯迫于我的威胁也不敢不跟随前往。到了宫殿，我们受到了热烈的欢迎。喀耳刻让我的那些朋友沐浴，涂抹香膏，穿上华丽的衣服，我们快活地在一起饮酒作乐。在这里，喀耳刻对我们始终殷勤有加，我们一天比一天快乐，在她这儿就像这样过了一年。但当这一年结束时，我的这些伙伴提醒我该回家了。我听从了他们的劝告，且在当晚我就请求喀耳刻履行她的诺言——送我回家。这位女神回答说："你说得对，奥德修斯，我不应当再把你强留在我这儿了。但在回家之前，你还要再做一件事。你们必须到哈得斯和他的妻子珀耳塞福涅统治的地狱里去，寻找忒拜城的盲预言家忒瑞西阿斯的灵魂去问你们的未来；他虽然死了，但他的灵魂和他的预言才能因为珀耳塞福涅的宠爱依然存在。"

当我听到她的这番话时，我悲恸欲绝，开始哭了起来。去死人的国度使我害怕极了，我问她谁为我引路，因为还没有一个凡人能在活着时乘船进入冥府。"你不必为引路的事操心！"女神回答说，"只要把船的桅杆竖起来，挂上帆就行了！北风会把你们吹到那儿！你一抵达大洋河[3]的岸边就在一块低处的河岸上陆，在那儿你能看到橙树、白杨和柳树。那是珀耳塞福涅的圣林，也是地府的入口。你就在山岩旁的一个峡谷里有皮里佛革勒河和科库托斯河的黑色激流流经的地方直泻而下，而后你可以找到一道岩缝，从那穿过去就是通向冥府的路。你在那儿挖一个坑，给那些死去的人献上蜂蜜、牛奶、酒、水和麦粉，并许下诺言，承诺你返回伊塔刻时，也会为他们祭献牲畜，

---

[3] 大洋河：神话中环绕大地的河流。

除此还会为忒瑞西阿斯献上一只黑色的山羊。此外，你还要杀死两只黑色的绵羊，一公一母。在你的同伴焚烧祭品和向他们祈祷的时候，你通过岩缝直望到下面汇合在一起的河水。这时死者的灵魂将出现在你的面前，空中的虚幻影像涌向亮处并想要品尝祭品的血，但你要用宝剑加以制止，不允许它们靠近，不久忒瑞西阿斯就会现身，并会给你指点你的返乡之路。"

这番话使我得到了几分安慰，第二天一早我召集我的朋友们上路。"遗憾的是，我们的返乡之旅不是一条坦途，"我说，"女神给我们规定了一条非同一般的道路。我们得下到哈得斯的可怕的地府，并在那儿就我们的归程询问忒拜城的预言家——忒瑞西阿斯！"我的伙伴们一听到这话，悲伤得几乎心裂肠断。他们号啕大哭，揪扯头发，但悲哀于事无补。我命令他们动身，与我一道乘船前往。喀耳刻早等在那里了，她给我们带来两只祭祀用的绵羊，让人捆在船上，也给我备好了用来祭献的大量蜂蜜、酒和麦粉。当我们抵达海岸时，她默默地向我们告别并轻盈地悄然离去。我们把船拽入大海，立起桅杆，扬起船帆，忧心忡忡地坐在甲板上。喀耳刻送来一阵顺风，我们很快就又置身大海之中了。

[德国] 古斯塔夫·施瓦布著，关惠文、高中甫等译，选用时有改动。

北欧神话篇

遥远的从前

在很久很久以前,世上有另一个太阳和另一个月亮,他们和我们今日所见的全然不同。曾经的太阳叫作苏尔,而月亮叫作玛尼。苏尔和玛尼的身后总是有狼在追赶着他们,两人背后各有一匹。一天,这两匹狼抓住了苏尔和玛尼,把他们吞下肚子。世界便从此陷入了黑暗与寒冷之中。

众神就生活在苏尔和玛尼的那个时代,有奥丁和托尔,霍德尔和巴德尔,提尔和海姆达尔,维达和瓦利,以及亦正亦邪的洛基,此外还有美丽的女神们——弗丽嘉、弗雷亚、南娜、伊登、希芙。但他们大都在太阳和月亮毁灭后失去了生命——早已逝世的巴德尔、奥丁的儿子维达和瓦利,还有托尔的儿子摩迪和曼尼则是例外。

那时,世上亦有人类生活。在太阳和月亮被吞下、众神被摧毁前,灾难首先降临在了人类世界。大雪先是落在大地的四个角上,接着竟一刻不停地纷飞了整整三个季节。狂风大作,把一切都吹去了天边。尽管有人在寒冷恶劣的暴风雪中存活了下来,但他们却互相残杀,连亲人都不放过,直到人类从世界上消失。

曾经,世上亦有另一个地球,它一片碧绿又湛蓝无际,美丽至极。但那可怕的狂风将森林、山丘、房屋全都夷为了平地。接着,烈火也烧了过来,大地变得满目疮痍。太阳和月亮接连被恶狼吞入腹中,而众神亦在劫难中丧生,之后的世界便只剩下一片黑暗。这一系列事件都发生在同一个时期,它被称作"拉格纳若克",意为"诸神黄昏"。

后来,新的太阳和新的月亮出现了,他们在天空中游走,看上去比苏尔和玛尼更可爱些,至少身后没有狼了。大地也重新变得碧绿、美丽。而就在大火不曾抵达的某片森林深处,一个女人和一个男人苏醒了。当年,是奥丁将他们藏在此处,留他们安眠于此,以躲避诸神黄昏的。

那个女人的名字是利弗,意为"生命";而男人的名字是利弗诗拉希尔,意为"生命之渴望"。他们在世间游走,诞下后人,历经世代繁衍,地球上便又有了人类居住。众神之中,只有奥丁的儿子维达和瓦利,还有托尔的儿子摩迪和曼尼幸存了下来。维达和瓦利在这个新的地球上找到了众神为他们留下的一块石碑,上面记录着诸神黄昏之前发生过的一切。

生活在诸神黄昏之后的人,不像从前的人那样总是受到一个可恶族群的滋扰。曾经,是这个族群为世界和世界上的男男女女带来了毁灭性的灾难,并在一开始就向众神发起了战争。

阿斯加德的城墙

从前,巨人和众神之间总是战争不断。巨人总是想要摧毁人类和这个世界,而众神总是保护人类,设法让这个世界变得更加美好。

关于众神的故事有很多,第一个要讲述的,便是他们的城市是如何建造起来的。

很久很久以前,众神一路登上了高山之巅,并决定在山顶的绝美平原上为自己造一座伟大之城,他们称其为"阿斯加德",意为"众神之地"。除此之外,他们还想在城市的外围建造有史以来最高、最坚实的城墙。这样一来,巨人族便永远无法将它攻下。

某天,在他们刚开始建造会堂和宫殿的时候,来了一个陌生人。众神之父奥丁便上前问他:"你来到众神之山,有何意图?"

"我知道你们有什么打算,"陌生人说,"你们要在这里造一座城。我不会建宫殿,但我能修建出高大到无人能够攻下的城墙。就让我来帮你们建城墙吧。"

"你多久能够建好?"众神之父问。

"一年即可,尊贵的奥丁。"陌生人答道。

奥丁心想,如果能在阿斯加德外面建一圈城墙,众神便不用再花时间来抵御巨人族的攻击了。而且,如果阿斯加德能够安宁,他自己也可以放心前往人类世界,教导他们、帮助他们。这样来看,无论这个陌生人开出什么条件,都是可以接受的。

经过奥丁的同意后,这位陌生人出席了众神议会,并发誓将在一年内建好城墙。接着,奥丁代表众神宣誓:若他能在一年内铺好城墙的最后一块石砖,众神就会按照他的要求给予他报酬。

会议结束后,陌生人离开了。翌日,他又回到了阿斯加德。那是夏日的第一天,也是他开工的日子。但他并没有带任何帮手来,仅仅带了一匹骏马。

众神见此景,都以为这匹马能做的无非是把建城墙所需的石块拉来罢了——但他的能耐却比这大多了。他先将石块垒起来,再用砂浆把它们牢牢固定在一起。陌生人和这匹马就这样不分昼夜地劳作,很快,在众神所建的宫殿外,便能见到雄伟城墙的雏形了。

"这个陌生人为了我们的城墙日夜操劳,他究竟想要什么回报呢?"众神忍不住问彼此。

于是,奥丁走到陌生人身边,说:"你和你的马做得太出色了,我们都觉得不可思议。"他还说:"我们相信你一定能在夏日来临前建好阿斯加德城墙。那么,你想要什么作为回报?我们会为你准备好的。"

陌生人停下了手中的工作——与此同时,那匹骏马仍在继续垒石块——他说:"众神之父奥丁,我要太阳和月亮,还要掌管花草的弗雷亚成为我的妻子——这便是我想得到的回报。"

奥丁一听,立刻雷霆大怒——这个陌生人开出的条件太过分了!他回到了众神之间,而后者正在建造自己华丽的宫殿。奥丁告诉他们陌生人想要什么。众神便说:"没有了太阳和月亮,世界将会衰败枯萎。"众女神也说:"没有了弗雷亚,阿斯加德只会沦为死寂之地。"

他们宁愿城墙建不起来,也不愿接受那个陌生人的条件。但这时,有人开口了——那就是洛基。他仅算得上半个神,因为他的父亲是风巨人。"让这个陌生人继续修建城墙吧,"他说,"我会想办法让他放弃向众神开出的无理条件。去吧,去告诉他,如果他不能在夏日的第一天前砌好城墙的最后一块石砖,我们便不会把他想要的交给他。"

接着,众神来到了陌生人身边,并告诉他,如果不能在夏日来临前完工,

那他则得不到太阳苏尔、月亮玛尼还有弗雷亚之中的任何一位。这时，他们才发现这位陌生人原来是个巨人。

之后，巨人和他的骏马开始以更快的速度砌墙。到了晚上，当巨人已经入眠，那匹马还在不停地劳作，用他那宽大的前蹄抬起石块，然后把它们砌在城墙上。日复一日，阿斯加德的城墙也越来越高了。

众神眼看着城墙越来越高，心里十分不是滋味。巨人和他的马一定会准时建好城墙的。那时，他就会带上太阳苏尔、月亮玛尼还有弗雷亚远去。

但洛基却不以为意。他不断地告诉众神，自己会找到一个办法，让巨人无法按时完工，这样他便不能再要求奥丁兑现许给他的报酬，毕竟奥丁宣誓时，根本不知道巨人会开出如此荒唐的条件。

转眼间，还有三日就是夏天了。除了城门上还需要一块石头以外，城墙的其他部分都已经修建完毕了。夜幕降临，巨人要去睡觉了。睡前，他让自己的马——斯瓦迪尔法利——去运一块大石头来。等到了早上，他们就可以把那块石头砌上去。这样的话，就等于是提前整整两天完成任务。

那晚碰巧是个美丽的月夜。斯瓦迪尔法利正扛着一块巨大无比的石头，那可比他之前扛过的都大得多。这时，他见到一匹母马朝自己飞奔而来。雄健的斯瓦迪尔法利从没见过如此漂亮的小母马，所以十分惊喜地看着她。

"奴隶斯瓦迪尔法利。"小母马却这样对他说，说罢便欢悦地跑开了。

斯瓦迪尔法利放下了背上的石头，叫住了小母马。她于是又回到了他身边。"你为什么叫我'奴隶斯瓦迪尔法利'？"斯瓦迪尔法利问。

"因为你没日没夜地为你的主人干活儿，"小母马说，"他总是让你干活儿、干活儿、干活儿，从不让你有半点乐子。你都不敢把石头留在这儿，和我一起去玩儿。"

"谁跟你说的我不敢？"斯瓦迪尔法利说。

"你就是不敢。"小母马说完便提起脚跟，朝草地的另一边跑去。那草地在月光的照耀下显得格外美丽。

事实上，斯瓦迪尔法利也厌倦了这样日日夜夜都要不停劳作的生活。当他眼见着小母马疾驰而去，心里更是感到了不满。于是，他把石头留在了原地。当他向四周张望，见到小母马也在看他时，便向她奔去了。

他没能追上小母马——她在前面跑得太快了。她一边穿过月光下的草地，一边时不时回头看气喘吁吁的斯瓦迪尔法利。小母马朝山下跑去，而斯瓦迪尔法利仍然跟在她身后。他一边跑，一边享受着自由带来的愉悦、风的清凉和花的芬芳。在熹微晨光之下，他们来到了一个洞穴门口。小母马跑了进去。斯瓦迪尔法利终于在穿过洞穴之后追上了她。他们便一起四处游荡，小母马还给斯瓦迪尔法利讲了矮人族和精灵族的故事。

走着走着，他们遇上了一片树丛，便进去彼此嬉戏了起来。和小母马一起玩的感觉真好啊，以至于雄马斯瓦迪尔法利全然忘却了时间的流逝。他们倒是在林子里玩得开心，但巨人呢，却焦急地跑上跑下，到处找他的马。

早上的时候，巨人来到城墙边上，想着把大石头砌到城门上就能完工了。但那附近却没有石头可砌。他大声地喊着斯瓦迪尔法利的名字，但这匹骏马却没有出现。于是，他便四处去寻自己的马，将整座山都翻了个遍，甚至到了跟巨人国一样远的地方，可最终还是没找到斯瓦迪尔法利。

夏日的第一天已然来临，众神们看到城门还未建好，便彼此商量说，如果到了晚上还是这样，就不用把苏尔和玛尼交给巨人，也不用让少女弗雷亚下嫁给他了。白天就这样过去了，巨人还是没把石块砌到城门上。到了晚上，他来到众神面前。

"你的工作没有完成，"奥丁说，"你逼我们答应了你无理的条件，但现在，你已失去了获得回报的机会。你是不会得到苏尔、玛尼，还有弗雷亚的。"

"看来，只有拆我亲手建的墙才过瘾！别的还不够有挑战性呢！"说罢，巨人便试图推倒一座宫殿，但众神拦住了他，将他猛地推到了他亲手修建的城墙外面。"离开吧，别再踏足阿斯加德了。"奥丁命令道。

后来，洛基回到了阿斯加德。他告诉了众神自己是如何化身为一匹小母马，将巨人的骏马斯瓦迪尔法利引开的。如今，众神得以坐在自己金碧辉煌的宫殿里享乐——他们的城市安定了，再也没有敌人可以闯入其中，或是将其攻下。但众神之父奥丁虽置身王座之上，心里却很难过——众神竟是靠着一个诡计，才赢来了阿斯加德的城墙；他许下的誓言也被打破了。这次，阿斯加德与不公站在了一边。

伊登和她的苹果；洛基使众神陷入危机

阿斯加德有一座花园，其中种着一棵苹果树，上面长着亮莹莹的苹果。要知道，世间一切都随着时间的流逝而渐渐衰老，人人终会迎来腰身佝偻、头发灰白、视力衰退的那天。但这些生长在阿斯加德的苹果却能使人青春永驻——若是每日吃下一个，便能抵御岁月的侵袭。

一直以来，都是女神伊登在照料这棵苹果树。如果没有她的悉心照料，树上怕是什么也长不出来。也只有伊登会去摘上面那些亮莹莹的苹果。每天早上，她都会摘下一篮，而阿斯加德的男神女神每日都会去她的花园里享用这些苹果，以此来永葆青春。

伊登从不会离开她的花园。她不是待在花园里，就是待在花园旁金碧辉煌的家里——每日都是如此。除此之外，她还整日整日地听丈夫布拉基讲故事，那个故事很长，永远讲不完。但有一天，阿斯加德失去了伊登和她的苹果，所有的神都体会到了衰老的逼近。

众神之父奥丁常去人类的领地查看他们的情况。有一次，他带了亦正亦邪的洛基一起去。他们在人类世界旅行了很久，最终来到了巨人国约通海姆附近。

那是个毫无生机的荒凉之地，土里连棵莓树都长不出，天上没有飞禽，地上也没有走兽。奥丁和洛基穿越此地时，突然感到一阵饿意，却没能在这片土地上找到任何果腹之物。

洛基跑上跑下，四处探看，最终见到了一群野牛。他悄悄地接近它们，并看准机会，抓住了一只年幼的公牛，然后杀掉了它。接着，他把公牛的肉切成条状，串到树枝上，再把它们放到火上烤。与此同时，众神之父奥丁在离火堆有些距离的地方坐着，思量着他在人类世界的所见所闻。

洛基忙着添柴烤肉。随后，等肉烤好了，洛基便冲奥丁喊了一声，让他来火堆旁坐着用膳。

洛基把肉从树枝上抽下来给奥丁。奥丁正要切肉时，却突然发现肉还是生的。洛基为自己的失误感到懊恼，只好又把肉重新串起来，往火里添了更多的柴，然后继续烤。等肉烤好了，洛基便再次把肉抽下来，然后叫奥丁来吃。

奥丁接过牛肉，发现竟还是生的，好似根本没烤过一样，便问道："洛基，是不是你搞的鬼？"

肉竟然还没熟，洛基瞬间怒气冲天。奥丁便知道他并没有耍什么花招，不然也不会如此生气了。饥肠辘辘的洛基朝着牛肉发火，也朝着火堆发怒。等发完火，他再次把肉串好，然后添柴加火，把肉放上去继续烤。每过一个小时，洛基就会确认一次肉熟没熟，等熟了他就会叫奥丁来吃。但每次只要他把牛肉从树枝上抽下来，到了奥丁手里就又都变成了生的，跟第一次的情况一模一样。

这时，奥丁才意识到，这些牛肉一定是被巨人施了魔法。于是，他站了起来，重新上路——尽管忍饥受饿，却仍是步履坚定。而洛基却不愿舍下他刚刚才放回火上继续烤的牛肉。他大言不惭地说一定会把肉烤熟，且绝不会饿着肚子离开此地。

黎明降临。当他再次拿起肉串，却听到天上传来扇动翅膀的呼呼巨响。抬头一看，原来是一只彪悍无比的鹰——如此巨大的鹰，洛基还是第一次见。巨鹰在天上盘旋了好一会儿，接着飞到了洛基的头顶上方。

"你烤不熟你的牛肉吗？"巨鹰向他高喊。

"是的。"洛基说。

"我可以帮你把它烤熟，但你得分我一些。"巨鹰再次喊道。

"那你来吧，来帮我吧。"洛基说。

巨鹰又盘旋了一会儿，然后停在了火堆上方。他扇动起自己的翅膀，柴火便熊熊燃烧了起来。火焰的温度奇高,洛基从没见过木柴被烧得如此之烫。不一会儿,当他再次把肉从树枝上抽下,竟惊喜地发现这次是真的熟了。

"我的那份,我的那份,把我的那份给我。"巨鹰向他尖声喊道。语音一落,它俯冲而下,叼走了一大块肉,并瞬间吞了下去。接着,它又叼走了一块。巨鹰狼吞虎咽着,一块又一块地吃,直到牛肉已所剩无几——洛基都快没得吃了。

当巨鹰叼起最后一块肉时,洛基实在是生气极了。他抄起串肉的树枝刺向巨鹰,却听到"当"的一声,就像是击中了什么金属一般。那根木棍刺进了巨鹰的胸间,拔也拔不出来,但洛基并没有因此松手。突然,巨鹰猛地冲上云霄。洛基既紧紧攥着那根卡住的木棍,自然也被拉到了空中。

洛基还没反应过来发生了什么,就已身处万尺高空之中了。巨鹰带着他,往巨人国约通海姆飞去。巨鹰大喊着:"洛基,我的朋友洛基,你终于落入了我的手心。就是你捉弄了我的哥哥,让他白白修建了阿斯加德的城墙,却什么回报都没有得到。但是,我最终还是抓住你了,洛基。现在你知道了,是我——巨人夏基,抓住了你这只阿斯加德的老狐狸。"

就这样,巨鹰一边带着洛基飞向阿斯加德,一边喊着。他们越过了那条分隔约通海姆和人类世界米德加尔德的河。此时,洛基低头一看,只见一片冰岩之地。那真是个可怕的地方:上面有高山,但它们却不曾被太阳或月亮照耀,点亮它们的,是时不时从山顶或是地面的裂缝中喷涌而出的火柱。

在一座庞大的冰山上空,巨鹰停住了。盘旋着,盘旋着,他突然射出胸间的木棍,洛基则随之落在了冰面上。巨鹰朝他大喊:"现在,你终于得受我摆布了,洛基,全阿斯加德最狡猾的洛基。"巨鹰将洛基丢在那里,便展翅高飞而去,其威力之大,震得大山都裂开了。

沦落至此,洛基实属不幸。冰山上的极寒深入骨髓,但洛基不会死在那里——他来自阿斯加德,所以死亡无法就这样夺走他的生命。尽管不会死去,他亦感觉寒冷像铁链一样紧紧锁住了他。

过了一天，俘获他的人来了，不过这次，他没有化作一只鹰，而是以他原本的面貌——巨人夏基——出现了。

"洛基，你想离开冰山，回到你那安逸的阿斯加德吗？"巨人说，"你很喜欢待在阿斯加德吧，尽管你只有一半神的血脉。洛基，你的父亲是风巨人。"

"我多想马上就能离开。"洛基说。眼泪在他的脸上结成了冰。

"等你答应付我赎金，就能走了，"夏基说，"赎金便是伊登放在篮子里的那些苹果。"

"夏基，我不能给你伊登的苹果。"洛基说。

"那就在这冰山上待着吧。"说罢，巨人夏基头也不回地离开了，只留洛基在此受尽狂风的折磨，那风就像锤子一样不停地捶在他的身上。

当夏基再回来向洛基提起赎金的事时，洛基说："伊登的苹果谁都没法拿到。"

"总有办法的，何况是对你——狡猾的洛基——来说。"巨人说。

"伊登呢，尽管她对那些苹果尽忠职守，却是个头脑简单的人。"洛基说，"也许，我可以将她引到阿斯加德的城墙外。如果她出来，则一定会带上她的苹果，因为她从不让她的苹果离手，除了在要把它们献给众神享用的时候。"

"你就按这个法子把她引到阿斯加德的城墙外，"巨人说，"等她出了城门，我就会夺走她的苹果。你向世界之树发誓，说你一定会成功引诱伊登。洛基，只要你发誓，我就让你走。"

"我向尤克特拉希尔——世界之树——发誓，如果你带我离开冰山，我一定会将伊登引诱至阿斯加德的城墙之外。"洛基说。

随后，夏基便化身为一只巨鹰，用爪子抓起洛基，带着他再次飞过那条分隔约通海姆与米德加尔德的溪流。他把洛基放在了人类世界的土地上，洛基则立即启程返回阿斯加德。

这时，奥丁已经回到了阿斯加德，还告诉了大家洛基是如何非要将被施了法的牛肉烤熟的。大家都捧腹大笑，没想到如此狡猾的洛基也有饿肚子的时候。洛基回来时，的确是一副饿坏了的样子，大家都以为是因为他最终还是没能吃上那顿肉，于是笑得越发起劲了。笑归笑，他们还是带他去了宴会厅，为他摆上佳肴美馔，奥丁还亲自把自己酒杯里的葡萄美酒倒了些给他，和他举杯共饮。盛宴结束后，大家都按照惯例，一同前去伊登的花园。

伊登就坐在花园旁那座金碧辉煌的房子里。她是如此的美丽和善良，若是她曾踏足过人类世界，那么每一个见过她的人都会记起自己的那份纯真。她的眼睛蓝得像天空一样。她莞尔一笑时，就仿佛是想起了曾听到或见到的可爱之事，是那样的自然而动人。那个特别的苹果篮此时就在她的身旁。

伊登把亮莹莹的苹果一一递给众神。大家都吃下了自己拿到的那个，一想到能够永远年轻，便只觉心悦神怡。众神之父奥丁按照惯例，念了一串赞美伊登的卢恩文。随后，阿斯加德的居民便都离开了伊登的花园，回到了各自的贝阙珠宫。

只有亦正亦邪的洛基没有离开。他坐在花园里，望着美丽而单纯的伊登。过了一会儿，她问他："你为什么还待在这里，智慧的洛基？"

"因为我想好好看看你的苹果，"洛基说，"我在想是我昨天见到的苹果更亮，还是你篮子里的苹果更亮。"

"世上的苹果，自然是我的苹果最亮。"伊登说。

"但我昨天见到的却更亮呢，"洛基说，"确实，它们闻着也比你的更香，伊登。"

在伊登眼里，洛基是很有智慧的，他的这番话使她苦恼不已。得知世上或许有别的苹果比她的更亮，她的眼里顿时充满了泪光。"洛基，"她说，"不可能。没有苹果能比我从花园里的树上摘下的更亮、更香。"

"那你亲自去看看吧，"洛基说，"我见到的那棵苹果树就在阿斯加德的城墙外面。伊登，你从不离开你的花园，所以你都不知道这个世界上生长着些什么。走出阿斯加德，去看一看吧。"

"我会去的，洛基。"美丽单纯的伊登说。

于是，伊登走到了阿斯加德的城墙外。她去了洛基说的长有苹果树的地方。但她四处张望时，却听到头顶之上有扇动翅膀的呼呼巨响，一抬头，只见一只庞大到前所未见的巨鹰。

她立即退回阿斯加德的城门处。但巨鹰俯冲而下，伊登只觉自己升到了天上，接着她便被带离了阿斯加德。巨鹰带着她越过了人类世界米德加尔德，又带她飞越了人类世界和巨人国分界处的那条河，朝着约通海姆的石山与暴雪飞去。接着，巨鹰飞进了一座山的狭缝中，把伊登带到了一个山洞里。从地下喷涌而出的火柱照亮了这个山洞。

巨鹰松开了爪子，伊登便落在了洞穴的地上。她看着巨鹰褪去了翅膀和羽毛——原来抓她的是个可怕的巨人。

"你为什么把我从阿斯加德掳到这里来？"伊登哭喊着。

"因为我要吃你那些亮莹莹的苹果，伊登。"巨人夏基说。

"绝不可能，我绝不会把苹果给你。"伊登说。

"你把苹果给我吃，我就把你送回阿斯加德。"

"不，不，不能这样。守护这些苹果是我的责任，只有阿斯加德的神可以享用它们。"

"那么，我只能用抢的了。"巨人夏基说。

接着，夏基从伊登的手中夺去了苹果篮。在他打开篮子，触摸到苹果的一瞬，这些苹果立刻干瘪了下去。巨人只好把它们留在篮子里，再把篮子放回地上，因为他知道，除非伊登伸手拿苹果给他，否则这些苹果对他就没有任何帮助。

"在你给我苹果之前，哪里也别想去。"夏基对伊登说。

此刻，可怜的伊登害怕极了：她害怕这个奇怪的洞穴，害怕不断从地面涌出的烈火，害怕这个可怖的巨人。但她最害怕的，是想到如果她不能回去把苹果献给众神享用,那么邪恶便会降临在他们身上。

不久后,巨人又来找她了。但伊登还是不肯给他那些亮莹莹的苹果。她就这样一直待在洞穴里,而巨人每天都会来找她。她心里越来越害怕,因为她梦见了阿斯加德的众神——他们前往她的花园,却得不到苹果,只能眼睁睁地看着自己和同伴逐渐变老。

现实与伊登的梦境如出一辙。每天,阿斯加德的居民都会去她的花园——奥丁和托尔、霍德尔和巴德尔、提尔和海姆达尔、维达和瓦利,众神的身体逐渐发生了变化。

他们行走的脚步不再轻盈,肩膀开始内扣,眼睛亦不再如露珠般明亮。他们彼此相望时,就能目睹彼此的变化。衰老正威胁着阿斯加德。

他们知道,有一天,弗丽嘉会头发花白、人老珠黄;希芙的金色秀发会褪去光泽;奥丁会丧失今日的智慧与清醒;托尔会不再如此健壮有力,以至于无法再将雷霆战锤举起并掷出。生活在阿斯加德的大家都因意识到这点而十分感伤。在他们眼里,这座光明之城所有的辉煌都已成为了过去。

只有伊登的苹果能让他们重获青春、力量与美丽。但伊登去哪里了呢?众神找遍了人类世界,都没有寻得她的踪迹。奥丁绞尽脑汁,想到了一个能找出伊登藏身之处的方法。

他召唤了他的两只渡鸦——福金和雾尼。它们曾飞越人类世界和巨人国,知晓过去和未来的一切。一听到奥丁的召唤,福金和雾尼便飞来了,一个停在他的右肩上,另一个停在他的左肩上。它们告诉了他一个被深藏的秘密:他们提起了夏基,讲述了他对阿斯加德的苹果的觊觎,还有洛基对伊登的欺骗。

在众神议会上,奥丁把他从渡鸦口中得知的一切告诉了大家。大力神托尔径直走向洛基,一把抓住了他。

洛基眼见自己被身强力壮的雷神死死抓着,便说:"你要对我做什么,托尔?"

"我会把你砸到地上,砸出一个深坑,再让你尝尝被雷劈的滋味。"托尔说,"都是因为你,伊登才会离开阿斯加德。"

"噢,托尔,"洛基说,"你的雷电会让我粉身碎骨的。让我留在阿斯加德吧。我会尽力把伊登救回来的。"

"众神已经决定让你,狡猾的你,前去约通海姆。不管你用什么招数,都得把伊登从巨人族的手上带回来。"托尔说,"赶紧去,否则就等着被砸进深坑,再被雷劈吧!"

"我会去约通海姆的。"洛基说。

洛基从奥丁的妻子弗丽嘉那里借来了隼羽服,把它套在身上,然后化身为隼,朝约通海姆飞去。

他在约通海姆四处搜寻,直到找到了夏基的女儿——丝卡蒂。他飞到丝卡蒂面前,故意让这个巨人少女抓住自己,把自己当宠物一样养着。一天,巨人少女把他带到了伊登所在的那个山洞里——美丽单纯的伊登,一直以来都被囚禁于此。

洛基见到伊登,便清楚搜寻的任务已经结束,现在要做的是想办法救出伊登,把她从约通海姆带回阿斯加德。于是,洛基立马从巨人少女的身边飞走了,飞到了高处的岩石上。

丝卡蒂眼见自己的宠物飞走,不禁流下了眼泪,但她并没有不停地叫它或是去找它,而是不一会儿就离开了山洞。

她一走,亦正亦邪的洛基便飞到了伊登的身边,跟她说话。伊登得知眼前的隼是阿斯加德的居民化身而成的,不禁流下了喜悦的泪水。

洛基告诉了她接下来的计划。他提前学得了一串咒语,一念便能让伊登变身为一只麻雀。但变身之前,她得先把那些苹果扔到一个巨人夏基永远找不到的地方。

丝卡蒂在回山洞的路上见到她的隼从里面飞了出来,身后还跟着一只麻雀,便跑去父亲夏基的面前哭诉。夏基一听,就知道那只隼是洛基假扮的,而那只麻雀则一定是伊登。于是，他立即变身为巨鹰。尽管此时麻雀和隼已经飞到了视线之外，但夏基知道自己的速度快得多，便也展翅朝阿斯加德飞去。

不一会儿，夏基就瞧见了洛基和伊登。尽管他们使尽了浑身解数，但鹰毕竟是鹰，夏基加速挥动着翅膀，追得越来越紧了。阿斯加德的众神站在城墙之上，见到了一只隼和麻雀，身后跟着一只穷追不舍的巨鹰。他们知道，那隼和麻雀就是洛基和伊登，追他们的则是夏基。

眼见巨鹰加速扇动着翅膀，众神害怕隼和麻雀最终会被抓住，这样的话，伊登就会被夏基带回巨人国。于是，他们将城墙上的火把一一点燃，因为他们知道洛基能想办法带伊登穿过熊熊火焰，而愚笨的夏基却不能。

隼和麻雀朝着烈火飞去，洛基带着伊登成功地穿过了火焰。而当夏基飞到那里，却不知道该怎么进去——他焦急地扑腾着翅膀，火自然越扇越大。最终，夏基从城墙上掉了下去，失去了生命。后来，他的死被怪在了洛基头上。

伊登就这样被救回了阿斯加德。她的生活再次回到了从前的样子——每日照料苹果树，采摘上面的苹果，并将苹果分给众神。从此，阿斯加德的居民重新拥有了轻盈的脚步、明亮的眼睛和光彩照人的皮肤。衰老不再侵扰他们，青春已然归来，阿斯加德再次成了一个充满光明与幸福之地。

希芙的金发：洛基的恶作剧

居住在阿斯加德的众神，无论是亚萨神族，还是瓦尼尔神族，都对洛基的行为感到愤懑，毕竟是洛基让巨人夏基带走了伊登和她那些金灿灿的苹果。但他们的愤怒却惹得洛基更想在阿斯加德捣乱。

一天，洛基发现了一个作恶的机会，顿时感觉欣喜不已。托尔的妻子希芙正躺在屋外睡觉。她美丽的金色长发随风飘扬。洛基知道托尔有多喜欢那头泛着柔光的秀发，也知道希芙因此多么看重自己的金发。于是，他面带狡黠的微笑，拿出了他的剪刀，一刀一刀地剪断了希芙的头发，直至一缕发丝都不剩。整个过程中，希芙都没有醒来，完全不知道洛基夺走了她最为珍贵之物。最后，希芙彻底成了光头。

托尔当时不在阿斯加德。一返回众神之城，他便径直回到了家中。但他的妻子希芙却没有出来迎接他。他喊了喊她的名字，却没有得到她愉悦的回应。托尔便出门挨家挨户地去其他神的宫殿里找，却还是没找到他的金发妻子希芙。

他再次回到家中，这时，便听到有人轻轻喊着他的名字。他于是停下了脚步，一个身影从一块大石头后面偷偷走了出来。她的头上裹着头巾，托尔几乎没能认出那就是他的妻子希芙。他向她走去，而她止不住地啜泣。"噢，托尔，我的丈夫，"她说，"别看我，我没有脸面让你见到我这个样子。我将离开阿斯加德，离开众神的陪伴。我将下山，到斯瓦尔瑟姆去和矮人族一同生活。我不想让阿斯加德的任何人见我这个样子，我真的受不了。"

"噢，希芙，"托尔哭喊着，"发生了什么？是什么让你变成了这样？"

"我失去了我所有的头发，"希芙说，"我失去了你挚爱的那头金色长发，托尔。你不会再爱我了，因此，我必须离开，去斯瓦尔瑟姆和矮人族一起生活。只有他们才和现在的我一样丑陋，只有他们才不会嫌弃我。"

接着，她取下了头巾，托尔见到她美丽的秀发已经荡然无存。她站在他面前，既羞愧又悲伤。一股巨大的怒火在托尔的心中油然而生。"是谁干的，希芙？"他说，"我是托尔，是阿斯加德最强壮的神，我会聚集众神之力，恢复你从前的美貌。跟我来，希芙。"他牵着妻子的手，向众神和众女神所在的议院走去。

希芙裹着头巾，因为她不愿让大家见到自己光秃秃的头。托尔的眼里燃烧着怒火，大家都看得出来，希芙一定是遭受了巨大的不公。接着，托尔把希芙的遭遇告诉了大家，议院里便充满了小声的议论。"是洛基干的——在阿斯加德，除了洛基，没人干得出如此不堪之事。"有人小声对旁边的人说。

"就是洛基，"托尔说，"他已经躲了起来，但我会找到他，让他以死谢罪。"

"不，不可如此，托尔。"众神之父奥丁说，"阿斯加德的居民不能互相残杀。我会召洛基前来，让他站到我们大家面前。记住，他是很狡猾的，因此能办成很多事，你可以让他把希芙美丽的金发还给她。"

奥丁的命令在众神之城传开了：阿斯加德的所有居民都必须立刻赶往议院，去旁听议会。洛基也得知了此事，只好离开了他的藏身之处，踏进了议院的大门。当他看向托尔，只见他目光之愤怒；当他望向奥丁，只见他面色之严厉。这时，他便明白自己已犯下可耻大错，必须弥补受伤的希芙。

奥丁说："有一件事，是你洛基必须做的：让希芙的秀丽金发恢复原貌。"

洛基看了看奥丁，又看了看托尔——看来他不得不按奥丁说的去做了。他迅速地思索了一番，想到了一个能使希芙的头发复原的方法。

"我会按照您的命令去做，众神之父奥丁。"他说。

除了亚萨神族的众神以外，当时还有其他神族也在那个世界上生活。首先便是瓦尼尔神族。亚萨神族在为阿斯加德选址时，来到了一座山上。在那里，众神发现了别的种族——他们不仅不似巨人般邪恶丑陋，还十分美丽而友好。他们就是瓦尼尔神族。

尽管瓦尼尔神族自身样貌非凡、风度翩翩，却没想过要让这个世界变得更加美好、快乐。从这个角度来看，他们和亚萨神族是不一样的，因为亚萨神族有这样的愿景。后来，亚萨神族和他们和平共处，友好地生活在一起。瓦尼尔神族便常来帮亚萨神族做些有益世界之事。修建城墙时，巨人想带走的那位弗雷亚就来自瓦尼尔神族。

弗雷亚的哥哥弗雷，还有她的父亲尼奥尔德也都是瓦尼尔族的神。

在山下还生活着别的种族，比如娇小玲珑的精灵。他们总是围着花草树目扇动着翅膀、跳着舞。瓦尼尔神族获得准许，统治着精灵族。在地面之下的坑坑洞洞里，又生活着另一个种族——矮人族。他们又被称为"侏儒"，个子都小小的，样貌也很扭曲。尽管又恶又丑，却是世上最好的工匠。

从前，在洛基还不受亚萨神族和瓦尼尔神族待见的时候，他常去矮人族的地下居所——斯瓦尔瑟姆——做客。如今，洛基有令在身，得让希芙重新长出一头秀发。自然而然地，他便想到或许可以向矮人们求助。

于是，他来到了地下，在蜿蜒曲折的地道里走了好久好久，终于来到矮人的地盘。这些正在打铁的矮人们对他是最为友善的。他们都是铁匠大师。洛基走近他的朋友们，发现他们正在用锤子和火钳将金属打成各种形状。他观察了他们一会儿，记下了他们正在做哪些东西——有一把做工极好的长矛，无论是谁，只要使它，就能百发百中；还有一艘可以在任何海面上航行的船，那艘船还能被折叠起来，放进衣服口袋。那根长矛叫作冈格尼尔，而那艘船叫作斯基德普拉特尼。

洛基在矮人族面前展现出一副亲切友善的样子。他赞美他们的手艺，还向他们承诺，会给他们只有阿斯加德的居民才能拥有的东西，以及他们渴望已久的东西。他和他们谈笑风生，最终甚至让那些身型又小，样貌又丑的矮人们以为，他们可以前往阿斯加德并占有那里的一切。

见时机已然成熟，洛基便问他们："你们有没有一块可以锤成丝的纯金，要非常纤细的金丝，就像托尔的妻子希芙的发丝那般？只有矮人才做得出如此精妙的东西。瞧，那儿就有一块金子。把它打成细丝吧，就连众神都会嫉妒你们的手艺。"

锻造炉旁的矮人们被洛基夸得心花怒放，便拿起那块纯金，将其扔进火中。接着，矮人再把金子取出来放到铁砧上，用极小的锤子敲打雕琢它，直到打出一根根和头发一样细的细丝。但这还不够，得跟希芙的发丝一样细才行——她的发丝是全世界最为纤细之物。矮人们不断在那些金丝上下功夫，直到真的完美复刻了希芙的金发。那些金丝就像阳光一样明亮，当洛基一把将其抓起，它们便从他的指尖滑落，飘到了地上。那团金丝实在是纤细，细到仅用一只手的手心便能轻松将其托住，并且极为轻盈，哪怕是一只小鸟都感觉不到它的重量。

洛基不停地赞美矮人，许下了越来越多的承诺。尽管矮人族是很不友好且十分多疑的，却被洛基的魅力彻底征服了。离开之前，洛基还让他们把他之前见到的长矛"冈格尼尔"和船"斯基德普拉特尼"送给他。矮人们二话不说就满足了他——后来，再想起这事时，连他们自己都觉得不可思议。

随后，洛基回到了阿斯加德。他走进了议院，而阿斯加德的居民都已聚集在此。面对奥丁眼中的严厉和托尔眼中的怒火，洛基却好脾气地一笑。"希芙，请摘下你的头巾吧。"他说。当可怜的希芙摘下了头巾，他便把手中的那团金丝戴在了她光秃秃的头上。金丝垂落在她的肩上，是那样纤细、柔软、富有光泽，好似她原本的头发一样。此情此景之下，在场的所有神，无论来自亚萨族还是瓦尼尔族，都展开了笑颜，鼓起了掌。那只金丝网就那样紧紧地贴在希芙的头上，仿佛原本就是从那里长出来的一般。

众神之父的预感：奥丁的离开

众神之父奥丁有两只渡鸦，名叫福金和雾尼。每日，他们都会飞遍世界的各个角落，再飞回阿斯加德，停在奥丁的肩膀上，把所见所闻一一汇报给他。但有一天，福金和雾尼一直没有回来。奥丁站在瞭望塔上，自言自语道：

余忧福金之不归，
但忧雾尼之心甚矣。

第二天，福金和雾尼终于飞了回来。他们照例停在了奥丁的肩上。接着，众神之父走进了金叶树格拉斯尔旁边的议院，聆听福金和雾尼的见闻。

他们向他描绘的只有模糊的阴霾和不祥之兆。众神之父奥丁没有把这些转告给阿斯加德的居民。但他的王后弗丽嘉早已从他的眼里看出了一切，所以当他向她提起这些时，她只淡然地说："不要同注定会发生的事情抗争。我们去乌尔德之井拜访神圣的诺恩三女神吧，看看当你直视她们的眼睛之后，那些阴霾和不祥之兆是否会散去。"

就这样，奥丁离开了阿斯加德，前往乌尔德之井——诺恩三女神总坐在世界之树尤克特拉希尔巨大的树根下，她们下方还有两只优美的天鹅。跟随奥丁的有英勇的剑客提尔、最俊美且惹人喜爱的巴德尔、手握雷霆战锤的托尔。

在众神之城阿斯加德有两座彩虹桥，其中一座通往人类世界米德加尔德，而另一座则通往尤克特拉希尔的树根——那下面便是乌尔德之井的所在地。

这座桥虽说更加美丽，却也晃得更厉害，且极少被人类见到。这两座彩虹桥的交会处有海姆达尔站岗。他长着金牙，负责守护众神，也负责把守通往乌尔德之井的道路。

"海姆达尔，打开大门，"众神之父说，"因为，今天众神要去拜访神圣的诺恩三女神。"

海姆达尔二话不说就把门推开了。门外便是那条色彩更加斑斓，也更颤巍巍的彩虹桥。奥丁、提尔和巴德尔踏了上去，托尔也跟了过去，但他还没来得及把脚踩到桥上，就被海姆达尔拦住了。

"他们可以过去，但你不能走这条路，托尔。"海姆达尔说。

"什么？你——海姆达尔，是要拦我吗？"托尔说。

"对，因为我是这条路的守卫，"海姆达尔说，"你，再加上你那巨大的雷霆战锤，实在是太沉了。要是让你带着你的战锤上去，我守护的这座桥是会断掉的。"

"无论如何，我都要和奥丁还有我的同伴一起去拜访诺恩三女神。"托尔说。

"但你不能走这条路，托尔。"海姆达尔说，"我不会让你和你的战锤压垮这座桥的。把它留在这里，我会帮你看着，这样你就可以上去了。"

"不，不行，"托尔说，"我不会把捍卫阿斯加德的雷霆战锤交给任何人保管。而且，无论如何，我都要和奥丁他们一同前去。"

"想去乌尔德之井，其实还有一个办法，"海姆达尔说，"你看这两条宽阔的云河，科尔姆特和埃尔姆特。你能跨过它们吗？尽管它们寒冷而令人窒息，却能将你带到诺恩三女神所在的乌尔德之井。"

托尔看向那两条汹涌澎湃的云河，便知道这并不是条易路。不过，好处却在于他可以把雷霆战锤扛在肩上渡河，这样就不用把它交给任何人保管。于是，他先踏入了彩虹桥旁的那条云河，再挣扎着走向另一条云河，肩上的重锤无疑让跨河变得难上加难。

当托尔好不容易蹚过了云河,奥丁、提尔和巴德尔已经站在了乌尔德之井旁边。他扛着雷霆战锤,全身湿透,连气都喘不过来,而提尔却帅气挺拔地撑着他那刻有卢恩魔咒的宝剑。巴德尔也微笑着,侧头倾听那两只优雅天鹅的细语。众神之父奥丁则是站在那里,既没佩戴鹰盔,也没带上长矛,仅裹上了一件以金色星星镶边的蓝色披风。

在尤克特拉希尔的巨大树根的凹陷处,有一口井——那便是乌尔德之井。诺恩三女神——乌尔德、薇儿丹蒂、诗蔻蒂——就坐在那井边。乌尔德已是老态龙钟,满头白发;薇儿丹蒂风姿绰约,而诗蔻蒂坐得很远,脸庞和眼睛都被头发挡住了,众神难以窥探她的样貌。乌尔德、薇儿丹蒂、诗蔻蒂三姐妹分别通晓过去、现在和未来。奥丁看着她们,其目光投进了诗蔻蒂的眼睛。他在那里站了很久很久,一直用神的眼睛盯着诺恩三女神。与此同时,他的同伴都倾听着天鹅的细语和尤克特拉希尔的叶子飘落到乌尔德之井里的声音。

透过诺恩三女神的眼睛,奥丁见到福金和雾尼描述的阴霾和不祥之兆开始展现出棱角和实质。这时,几位女神也从彩虹桥上来了——有奥丁的妻子弗丽嘉,托尔的妻子希芙,还有巴德尔的妻子南娜。弗丽嘉看向了诺恩三女神。然后,她带着爱意和悲伤朝自己的儿子巴德尔那边瞥了一眼。接着,她后退了一步,把手放在了南娜的头上。

奥丁把目光从诺恩三女神身上移开,转而看向他的王后弗丽嘉。"亲爱的妻子,我要离开阿斯加德一段时间。"他说。

"好,"弗丽嘉答道,"在人类世界米德加尔德,有很多事需要你去做。"

"我要把我所拥有的知识变成智慧,"奥丁说,"这样的话,即将发生的事才会有最好的结局。"

"你要去密米尔之井。"弗丽嘉说。

"是的。"奥丁答道。

"去吧,我的丈夫。"

随后，他们原路返回了阿斯加德。亚萨众神——奥丁和弗丽嘉、巴德尔和南娜、提尔和他的宝剑，还有希芙，都是顺着彩虹桥回去的。而托尔呢，则仍是肩扛战锤妙尔尼尔，一路挣扎着蹚过了云河科尔姆特和埃尔姆特。

　　当众神之父奥丁和他的王后弗丽嘉回到彩虹桥的另一头，垂着头走进大门时，阿斯加德最年幼的居民——赫诺莎——正站在守卫海姆达尔身边。"明天，"她听到奥丁说，"从明天起，我便会以流浪者维格坦的身份在米德加尔德和约通海姆境内走动。"

奥丁前往密米尔之井：智慧的代价

就这样，奥丁告别了他的八腿骏马斯雷普尼尔，脱下了他的黄金铠甲和鹰盔，连长矛都没有带上，便孤身一人穿越了人类世界米德加尔德，并踏上了前往巨人国约通海姆的旅途。

身裹着深蓝色的披风，手握着旅行者常用的拐杖——他已不再是"众神之父"奥丁，而是流浪者维格坦。他正朝离约通海姆不远的密米尔之井走着，却遇上了一位身骑高大雄鹿的巨人。

奥丁见人便化身为人，见巨人便化身为巨人。他走到身骑雄鹿的巨人身边，两人随即展开了对话。"这位兄弟，你是谁？"奥丁问道。

"我是瓦夫苏鲁特尼尔，最有智慧的巨人。"他说。奥丁这才认出了他。瓦夫苏鲁特尼尔的确是巨人之中最聪慧的一位，许多人都抢着去他那里获取智慧。但去找他的人必须答出他的谜语，否则就会被他取去首级。

"我是流浪者维格坦，"奥丁说，"且我知道你是谁，瓦夫苏鲁特尼尔，我十分渴望你的指教。"

巨人露齿而笑。"行呀，"他说，"我可以跟你玩玩儿。你知道规则吗？要是我答不出你的问题，我的脑袋——你拿去。要是你答不出我的问题，你的脑袋可就归我了。现在，我们开始吧！"

"奉陪到底。"奥丁说。

"那么，"瓦夫苏鲁特尼尔说，"将阿斯加德和约通海姆分隔开来的那条河叫什么？"

"那条河的名字是伊芙灵，"奥丁说，"就是那条总是冻得要死，却不曾结冰的河——伊芙灵。"

"你答对了，流浪者，"巨人说，"但你还得回答其他的问题。日和夜横跨天空时骑的马分别叫什么名字？"

"明鬃和雾鬃。"奥丁答。瓦夫苏鲁特尼尔大吃一惊——这人竟知道只有神和最聪慧的巨人才听过的名字。现在，他还剩一个问题可以问了，然后就得把主动权交给眼前的这位陌生人。

"告诉我，"瓦夫苏鲁特尼尔说，"神与巨人的最后一战会在哪个平原上打？"

"维加德平原，"奥丁说，"那片长一百英里、宽一百英里的巨大平原。"

现在，轮到奥丁向瓦夫苏鲁特尼尔发问了。"巴德尔死后，奥丁在他耳边说的最后的一番话会是什么？"

巨人瓦夫苏鲁特尼尔目瞪口呆。他从坐骑的背上一跃而下，敏锐地打量起这个陌生人。

"只有奥丁才知道他说了什么，"巨人说，"而且只有奥丁才会问出你的这个问题。你就是奥丁，我答不出你的问题。"

"那么，"奥丁说，"你若是想留着你的脑袋，就回答我接下来的问题：如果我想得到智慧之井里的一滴水，智慧之井的守卫密米尔会开出什么条件？"

"他会索要你的右眼，作为报酬，奥丁。"瓦夫苏鲁特尼尔说。

"有还价的余地吗？"奥丁问。

"没有还价的余地。许多人曾去找过他，为的都是智慧之井里的一滴水，但迄今为止，还没有人舍得为这滴水放弃自己的眼睛。奥丁，我已经回答了你的问题。现在，你将我脑袋的所有权归还给我，让我走吧。"

"好，你的脑袋仍属于你。"奥丁说。最有智慧的巨人——瓦夫苏鲁特尼尔——骑上他的高大雄鹿，重新上路了。

密米尔开出的条件太可怕了，当众神之父奥丁得知获取智慧井水的代价时，他感到十分苦恼。那可是他的右眼啊！想想看，一辈子失去右眼的视力会是多么痛苦！连他也差一点直接掉头回阿斯加德，放弃对智慧的追寻了。

但他还是决定继续前行，既不是去往阿斯加德，也不是去往密米尔之井。当他南下时，来到了火之国穆斯贝尔海姆。史尔特尔手持烈焰之剑，把守着此地。他是个可怕的人物，日后会加入巨人的队伍，与众神大战。当他掉头北上，又听到了赫瓦格密尔之泉从黑暗而恐怖的雾之国——尼福尔海姆——倾流而出时源源不断的怒吼，仿佛一口沸腾的大锅。这时，奥丁便明白了：不能让这世界落入史尔特尔或是尼福尔海姆的掌控中——史尔特尔只会用烈火摧毁它；尼福尔海姆则会将它收入黑暗与虚空之中。作为众神之中最年长的一位，他不能不去赢得智慧，来拯救这个世界。

众神之父奥丁决定选择承受失去与伤痛。于是，他面色严肃地转身，踏上了前往密米尔之井的旅途。这口井位于"世界之树"尤克特拉希尔巨大的树根下面——那树根都长到了约通海姆之外。智慧之井的守护者密米尔就坐在井旁，双眼朝下，盯着深不见底的井水。他每日都饮智慧之井里的水，自然知道来者为何人。

"是奥丁——众神之中最为年长的一位——大驾光临了。"他说。

奥丁亦向密米尔致敬，后者可是世界上最具智慧的一位。"我想要喝一口你井里的水，密米尔。"他说。

"要喝这井里的水，是要付出代价的。所有来找过我的人都因此退缩了。而你——众神之首——愿意付出代价吗？"

"我决不会因此而退缩，密米尔。"众神之父奥丁说。

"那么，你喝吧，"密米尔说。他将一只号角浸到井水里，装满之后便将它递给了奥丁。

奥丁双手接过号角，开始大口大口地喝。他越喝，未来的一切就变得越清晰。他见到了将会降临在人类和众神身上的悲伤与纷争。但他也见到了悲伤与纷争必须降临的原因，还有人类和众神或可将其承受的方式——只要能在悲伤与纷争中保持高尚，他们便可以在这个世界上留下一股力量；而这股力量，会在遥远的将来击败那股将恐怖、悲伤、绝望带来世间的邪恶力量。

当他喝尽了号角里的水，便将手伸向了自己的脸，把右眼扯了出来。众神之父奥丁痛得撕心裂肺，但他并未发出一丁点呻吟。密米尔接过那颗眼珠，将其丢入了智慧之井中，然后任其下沉，沉得越来越深。此时，奥丁低下了他的头，用披风挡住了脸。他的右眼就永远留在了那里，在水中散发着光芒，提醒着后来者——众神之父奥丁为获取智慧而付出的代价。

托尔与洛基捉弄巨人索列姆

海神埃吉尔设宴款待了阿斯加尔德的诸神，宴席上，洛基讲了很多故事逗笑在座的诸神。洛基又讲了一个关于托尔的故事，准确来说，是关于托尔和索列姆的故事。索列姆是个生性狡猾却又愚笨的巨人，洛基和托尔曾拜访过他的家。那次，他设宴款待了他们，在席间，托尔自然而然地放松了警惕。

宴会结束后，他们便启程返回阿斯加德。等走到离约通海姆很远的地方了，托尔才发现他的雷霆战锤妙尔尼尔不见了——那可是助力众神、保卫阿斯加德的武器啊。他不记得自己将战锤放在了哪里，也不记得是怎么把它弄丢的。洛基则想到了索列姆——这个巨人虽然愚笨，但生性狡猾，说不定此事跟他有关。一旁的托尔完全不知所措——他曾发誓决不会让战锤离开自己的视线，如今却把它弄丢了。

洛基认为值得查一查索列姆，看他是否知道些什么。于是，他先动身回到了阿斯加德。

他连招呼都没有跟海姆达尔打，就急忙穿过了彩虹桥。不管在阿斯加德遇上谁，他都不敢提起托尔弄丢了战锤的事。一路上，他没有和任何人说话，等到了弗丽嘉的宫殿，才终于开了口。

他对弗丽嘉说："你得把你的隼羽服借给我，这样我才能飞去索列姆的住所，弄清他是否知道妙尔尼尔的下落。"

"找回妙尔尼尔是要紧的事，哪怕你要借的东西比这珍贵千倍万倍，我也会毫不犹豫地把它给你。"

于是，洛基穿上了隼羽服，飞往约通海姆，来到了索列姆的住所附近。

他见到巨人正在一座山丘上，给自己的猎犬们套上金项圈和银项圈。洛基停在他上方的一块石头上，躲在隼的羽毛之下，以隼的眼睛观察着他的一举一动。

巨人正对着他的猎犬自吹自擂："现在我还只是给你们戴上金银项圈。但很快，我们巨人族就能用阿斯加德的黄金来装饰我们的猎犬和骏马，没错，我甚至会把弗雷亚的项链给你戴——你可是我最好的猎犬。因为保卫阿斯加德的妙尔尼尔已经落入了我索列姆的手中。"

洛基听到了这番话，立即对他说："噢，索列姆，是的，我们知道妙尔尼尔在你那里。但你也应该知道，你的一举一动都被众神看在眼里。"

"哈，百变者洛基，"索列姆说，"原来是你！但你的眼睛可不会帮你找到妙尔尼尔。我已经把托尔的战锤埋在了地下，是有八英里之深。你找得到就去找吧。连矮人的洞穴都比它离地面近。"

"所以，不管我们花多大力气找托尔的战锤，都是没用的，对吧？"洛基说。

"对，完全没用。"巨人闷闷不乐地说。

"不过，你要是把托尔的战锤还给阿斯加德的居民，能得到一笔多么丰厚的报酬啊。"洛基说。

"不，狡猾的洛基，你们就是给我金山银山，我也不会把它还给你们。"索列姆说。

"但你想想，索列姆，"洛基说，"阿斯加德就没有任何你想要的东西吗？奇珍异宝？奥丁的戒指？或是弗雷的船——斯基德普拉特尼？"

"不，这些我都不要，"索列姆说，"只有一样东西能从我这里换走托尔的战锤妙尔尼尔。"

"索列姆，你想要什么？"洛基边问边朝他飞去。

"我想要弗雷亚——那个让许多巨人争破头的女神——做我的妻子。"索列姆说。

洛基用他那隼的眼睛久久凝视着索列姆——看得出来，眼前的巨人是不会改口的。"我会把你的要求转告给阿斯加德的居民。"洛基说罢便飞走了。

　　洛基知道众神是不会把弗雷亚送给索列姆做妻子的——他可是巨人之中最愚笨的一个。不过，洛基还是决定先飞回阿斯加德。

　　这时，妙尔尼尔不见了的消息早已传遍了阿斯加德。当洛基飞越彩虹桥时，海姆达尔便朝他高喊，急于打听战锤的下落。但洛基没有停下来和这位守卫交谈，而是径直去往众神所在的议院。

　　他把索列姆的要求告诉了亚萨神族和瓦尼尔神族。大家都不愿让冰清玉洁的弗雷亚嫁给愚笨至极的巨人索列姆，去约通海姆生活。同时，大家也都心灰意冷，因为妙尔尼尔已经落到了巨人族手中。从今往后，众神必须拼尽全力来捍卫阿斯加德，便再不会有精力去帮助人类了。

　　所以，坐在议院里的大家都一副垂头丧气的样子。但狡猾的洛基却说："我想到了一招，或许能把战锤从愚笨的索列姆那里赢回来，我们可以装作要把弗雷亚送去约通海姆，做他的新娘，但让众神之中的一位穿上她的裙子，披上她的面纱，装成是她。"

　　"谁愿屈尊去做如此羞耻之事呢？"大家问。

　　"噢，当然是谁丢的战锤就谁去。托尔应当好好准备，乔装成弗雷亚，去把战锤赢回来。"

　　"对，托尔，托尔！就用洛基这招，让托尔去把战锤从索列姆那里赢回来吧。"亚萨神族和瓦尼尔神族统一了意见。至于具体如何让托尔乔装为新娘弗雷亚，前往约通海姆，众神便交由洛基去安排了。

　　洛基离开了众神议院，回到了跟托尔作别的地方。"托尔，有一个能把战锤赢回来的办法，"他说，"而且议院里的众神已经裁定，此事应由你去做。"

　　"什么办法？"托尔说，"不管上刀山，还是下火海，只要你告诉我，我就会去做。"

"那么，"洛基大笑起来，"我要把你打扮成索列姆的新娘，带去约通海姆——你要穿着婚裙，戴着弗雷亚的面纱去。"

"什么！要我穿女人的衣服？"托尔大吼。

"是的，托尔，你还得披上面纱，头顶还要戴个花环。"

"我？我戴花环？"

"对，手上要戴好几个戒指，腰带上要像女管家一样拴上钥匙串。"

"别捉弄我了，洛基，"托尔粗暴地说，"否则我立马揍你。"

"我可没有捉弄你。只有这样做，你才能把妙尔尼尔赢回来，才能保卫阿斯加德。除了弗雷亚，索列姆什么都不想要。所以，我要让你装扮成弗雷亚，穿上她的裙子，戴上她的面纱，跟我一起去他家，给他点颜色看看。我是这样计划的——当你进入礼堂，等婚礼开始时，索列姆会要求牵你的手。你就说他得先把妙尔尼尔交到你的手里，你才会跟他牵手。然后，当战锤一到你的手上，你就可以解决掉他以及在场的其他巨人。整个过程中，我都会以伴娘的身份陪着你——噢，我甜美的少女托尔！"

"洛基，"托尔说，"你分明是在设计戏弄我。我穿婚裙？我戴头纱？阿斯加德的众神会笑话我一辈子的。"

"没错，他们是会笑你，"洛基说，"但你若是不能将雷霆战锤带回，那阿斯加德便再也不会有欢笑了。别忘了，是因为你的不小心，战锤才丢了的。"

"的确，"托尔闷闷不乐地说，"但你好好想想，洛基，这是夺回妙尔尼尔唯一的方法吗？"

"这就是唯一的方法。"狡猾的洛基答道。

就这样，托尔和洛基决定立即出发赶往索列姆在约通海姆的住处。一位信使已早早将消息带去，告诉索列姆弗雷亚正和伴娘一同前来，让他备好婚宴，请好宾客，把妙尔尼尔挖出来，以便届时将其还给阿斯加德的居民。索列姆和他的母亲快马加鞭地按要求备好了一切。

抵达巨人的家中时，托尔已扮成了新娘，而洛基装作伴娘。面纱覆盖了托尔的整个脑袋，遮住了他的胡子和犀利的眼神。他身穿一件带有红色刺绣的长袍，腰间挂着一串女管家的钥匙。洛基也蒙上了面纱。索列姆的房子很大，他和母亲不仅把宴会厅打扫得干干净净，还在里面挂上了婚礼的装饰，把大桌子都摆了出来，为即将到来的盛宴做足了准备。索列姆的母亲和宾客们一一交谈，急不可耐地吹嘘着自己的儿子即将迎娶阿斯加德最美的女神为妻——就是那个许多巨人争破头皮都没有得到的弗雷亚。

托尔和洛基刚跨进索列姆家的大门，索列姆就急忙上前迎接。他想掀起新娘的面纱，给她一个吻。洛基迅速拍了拍巨人的肩膀，对他进行阻拦。

"克制一点，"他轻声说，"不要揭开她的面纱。我们阿斯加德的居民是很矜持的。如果你当众亲吻弗雷亚，她只会觉得很冒犯。"

"就是，就是，"索列姆的老母亲说，"儿子，别揭开新娘的面纱。这些阿斯加德的居民比我们巨人文雅得多。"接着，她把托尔牵到了餐桌旁。

新娘不寻常的身段并未让在场的巨人们起疑心，毕竟巨人个个都虎背熊腰，极其高大。他们盯着托尔和洛基，但由于新娘和伴娘的面纱很长且并非透明，他们根本看不见两人的脸，也不太看得出他们的身材。

托尔在席间落座，索列姆和洛基分别坐在他的两侧。接着，筵席正式开始。托尔一口气吃了八条鲑鱼，他完全没有意识到自己的行为根本不像一个文雅的少女。洛基想要提醒他，便用手肘碰了碰他，还踩了踩他的脚，但他并没有留意。吃完鲑鱼后，他又吃了一整头牛。

"这些阿斯加德的少女，"巨人们彼此议论，"她们或许是有索列姆的母亲说的那么文雅，但她们的胃口也太好了吧。"

"怪不得她吃这么多，真是小可怜，"洛基对索列姆说，"我们八天前从阿斯加德出发，一路上，弗雷亚什么都没吃，一心只想着要来你家见你。"

"我亲爱的小可怜，亲爱的小可怜啊，"巨人说，"说到底她也没吃多少东西。"

托尔朝着蜂蜜酒桶点了点头。索列姆便命令他的仆人给新娘端来一杯。一杯之后又是一杯，仆人们在酒桶和托尔之间不停地奔走。就这样，托尔在巨人们的注视和洛基不断的提醒下，喝掉了整整三桶蜂蜜酒。

　　"噢，"在场的巨人们对索列姆的母亲说，"我们啊，虽然没能娶到一个阿斯加德的媳妇儿，倒也没什么好遗憾的了。"

　　突然，托尔的面纱往一侧滑了一点，在那一瞬，他的眼睛露了出来。"噢，弗雷亚的目光怎会如此凶狠？"索列姆有些惊讶。

　　"小可怜啊，小可怜，"洛基说，"难怪她眉目之间有些怒火。她可是整整八晚都没睡过觉了，一心想着赶来你家见你，索列姆。现在，是时候牵起新娘的手了。不过，你得先把妙尔尼尔交到她的手中。这样她才知道，你为了让她来，付出了多少。"

　　作为最愚蠢的巨人，索列姆自然是站了起来，将保卫阿斯加德的妙尔尼尔带进了宴会厅。托尔差点就直接从座位上弹起来，从巨人手中夺回自己的战锤。但在洛基的提醒下，他并没有轻举妄动。索列姆径直朝自己的新娘走去，把妙尔尼尔交到了"她"的手中。托尔握住了他的战锤，瞬间站了起来。托尔脸上的面纱滑落，所有人都见到了他的面容和他炯炯的目光。他抡起妙尔尼尔，往墙上一锤，房子便坍塌了，把在场的巨人都死死压在了下面，根本动弹不得。托尔和洛基从废墟中大步流星地走出，将巨人的吼叫声抛在了身后。就这样，他们赢回了保卫阿斯加德的妙尔尼尔。

巴德尔的命劫

对亚萨神族和瓦尼尔神族来说，在阿斯加德，有两个地方总能为大家带来力量与喜悦：一是伊登采摘苹果的花园；二是巴德尔的光明宫。巴德尔是世间最受爱戴的神，而他的光明宫就坐落在和平庄园内。

和平庄园里不曾有过罪行、鲜血、欺诈。阿斯加德的居民一想到这个地方，便感到心悦神怡。啊！如果不是因为和平庄园和巴德尔的存在，亚萨神族和瓦尼尔神族大概会总想着那些不得不面对的可怕之事，从而变得阴郁肃穆，而没有半点快乐吧。

巴德尔样貌俊美，风度翩翩。他眉目如画，以至于世上所有白色花朵都是以他的名字来命名的；他总是眉开眼笑，以至于世上的鸟儿都吟诵着他的名字；他还是那样的公正与明智，只要是他定夺的事情，大家都不会有意见。在他的土地上，从没有任何污秽肮脏之事发生。

巴德尔的庄园是个疗伤之地。在这里，巴德尔治好了提尔被魔狼芬里尔的尖牙咬伤的手腕，还让弗雷平静了下来，不再时时因不祥之兆而心烦意乱——在他用魔剑换来巨人少女葛达后，洛基一怒之下，不仅将他训斥了一番，还把不祥之兆相关的事全都告诉了他。

如今，魔狼芬里尔已被拴在遥远岛屿的岩石上，亚萨神族和瓦尼尔神族也心满意足地放松了一段时间。白日里，他们去巴德尔的庄园聆听鸟儿创作的音乐。也正是在那里，诗神布拉基把托尔在巨人国的冒险事迹编进了他那永不完结的故事。

但即便是巴德尔的庄园，也受到了不祥之兆的侵袭。一天，年幼的赫诺莎被带到了这里——她的母亲是弗雷亚，父亲是已经远走高飞的奥德。那天，她悲伤极了，任何人都没法安慰她。巴德尔温柔的妻子南娜便把她抱在大腿上，尽可能地安抚她。不一会儿，赫诺莎便开口讲述了一个令她受惊不已的噩梦。

她梦到了半人半尸的冥界女王海拉。在她的梦中，海拉来到了阿斯加德，并宣称："我势必得到一位阿斯加德的亚萨神王，带他一起去我的阴冥之域生活。"赫诺莎被这个梦吓得丢了魂，并且深陷于悲伤之中，难以自拔。

在场的神听完赫诺莎的讲述，都陷入了沉默，不知所措。南娜伤感地看向众神之父奥丁，而奥丁则看着弗丽嘉——看得出来，此时，恐惧已攻陷了她的心。

于是，奥丁离开了和平庄园，去往他的瞭望塔。他一直在此等待福金和雾尼的归来。这两只渡鸦每天都会巡视整个世界，然后回来向奥丁汇报万事万物的动向。今天，或许它们能带来一些消息，以便他推测海拉是否真的打上了阿斯加德的主意，以及她是否有能耐把一位神带去冥界。

两只渡鸦向奥丁飞来，分别停在他的左右肩上，接着，将它们在世界之树尤克特拉希尔旁边听到的一切都告诉了他。树上的松鼠拉塔托斯克和鹰说，有一窝蛇和巨龙尼德霍格一起啃噬着尤克特拉希尔的根茎，它从它们那里听到，海拉的住所里已经铺好了一张床，摆好了一把空椅子，静候着某位尊贵人物的到来。

听到这话，奥丁觉得，即使是让魔狼芬里尔在阿斯加德贪婪地游荡，也好过让海拉带走他们之中的一个，去填补那把椅子和那张床上的空缺。

于是，他骑上他的八腿骏马斯雷普尼尔，来到了冥界，又在死寂与黑暗中继续骑行了三天三夜。一次，赫尔海姆的一条猎犬挣脱了束缚，追着斯雷普尼尔的足迹，不停地狂吠。那条狗叫作加尔姆，它在奥丁和斯雷普尼尔后面追了一天一夜，奥丁甚至可以闻到从它那巨大而骇人的下颚滴落的血。

最后，奥丁来到了死者安睡之地，那里堆满了裹着布的尸体。奥丁从马上跃下，念了一串能打破死者之沉睡的卢恩咒语，让一位名叫沃尔瓦的女先知起来和他说话。

死尸之间传来一声呻吟。接着，奥丁大喊："起来，先知沃尔瓦。"沃尔瓦的脑袋和肩膀动了动。

"是谁在呼唤先知沃尔瓦？雨水已浸透我的肉体，风暴已摇散我的骨头——距我离世已过去多少个春秋？已经没有活人知道了。任何活人都无权用他的声音把我从死亡的安睡中唤醒。"

"是我——流浪者维格坦在呼唤你。海拉住所里的床和椅子就是为我准备的。"

"那张床和那把椅子是为奥丁的儿子巴德尔准备的，不是为了你。好了，让我继续和其他死者一同安睡吧。"

但突然，奥丁看到了沃尔瓦预言之外的画面。"是谁？"他嘶吼着，"是谁高昂着头颅，不愿为巴德尔默哀？回答我，先知沃尔瓦！"

"你看得很远，却看不清。你是奥丁。我能看清，却看不远。让我重新入眠吧。"

"先知沃尔瓦！"奥丁再次嘶吼。

但尸体之间传来的声音却说："在火之国穆斯贝尔海姆的烈焰将我焚烧之前，你都无法再叫醒我了。"

接着，一切又恢复了死寂。奥丁跨上马背，在阴暗与死寂中策马四日，回到了阿斯加德。

弗丽嘉也感受到了奥丁心中的恐惧。她看向巴德尔时，海拉的阴影便出现在她和儿子的中间。但她一听到和平庄园内的鸟鸣，又觉得世间的一切并不会伤害巴德尔。

为了万无一失，她去见了所有会威胁到巴德尔性命的东西，并让它们一一发誓，决不会伤害他。她让火与水发了誓，让铁和其他所有金属、土地、石头、大树、飞禽走兽甚至是爬行动物都发了誓，还让毒药和疾病也发了誓。它们都十分乐意地承诺，决不会伤害巴德尔——毕竟他是大家最为爱戴的神。

随后，弗丽嘉回到了阿斯加德，告诉了大家关于誓言的事情。笼罩着阿斯加德的阴霾就此散去了，不会再来侵扰巴德尔。或许海拉的确在自己的住处为巴德尔腾出了一个位置，但无论是火还是水，铁还是其他金属，土地、石头还是树木，飞禽走兽还是爬行动物，毒药还是疾病，都不会帮她把他带去地下。"海拉的手伸不到阿斯加德来。"众神激动地喊着。

巴德尔既暂时脱离了危险，大家心中便都重新燃起了希望，决定以游戏的方式来为他庆祝。他们让他站在和平庄园里，玩笑般地拿那些已发誓不会伤害他的东西来对付他。有人把战斧猛地掷向他，有人用弹弓射他，有人向他举起极烫的烙铁，有人唤来大水淹他，但他都毫发无损。眼见这些东西一接近巴德尔，就乖乖地落在了地上，亚萨神族和瓦尼尔神族都开心地笑了。与此同时，矮人族和一些友好的巨人也过来加入了游戏。

但仇恨者洛基混在他们之中。他远远地观察着游戏的进行——大家向巴德尔投去各种各样的东西，甚至是武器，巴德尔却愉悦地笑着。洛基并不明白这是在干什么，却也知道不能去问认识他的人。

于是，他化身为一位老妇人，挤到人群里，向身旁的矮人和友好的巨人发问。他们却仅仅回答："去问弗丽嘉吧，去问弗丽嘉吧。"除此之外，什么也没再多说。

随后，洛基便去了弗丽嘉的府邸芬撒里尔。他告诉里面的人，自己是年迈的女巫格罗阿，曾帮托尔把脑袋里的磨石碎片取出来。弗丽嘉知道格罗阿的事，借此机会赞许了她的所作所为。

"当时，巨人把磨石砸向托尔，一些碎石便嵌进了他的脑袋，我用咒语将其中的许多都吸了出来。"洛基假冒的格罗阿说，"托尔十分感激，于是把我那曾被他押去世界尽头的丈夫带了回来。我见到丈夫回来，简直是欣喜若狂，以至于忘掉了剩下的咒语，所以托尔的脑袋里至今还有些碎石。"

洛基这番话讲的倒是真实的故事。"现在我已记起那段咒语，可以把剩下的碎石都吸出来。"他说，"但尊贵的神后，您能告诉我亚萨神族和瓦尼尔神族正在做的是何等非凡之事吗？"

"当然。"弗丽嘉和善而欣喜地看着眼前的老妇人，说，"他们在拿各种沉重又危险的东西扔我心爱的儿子巴德尔——金属、石头、树木都无法伤害他，全阿斯加德都因此而欢呼雀跃呢。"

"但为什么这些都伤不了他呢？"假冒的女巫问。

"因为我让所有危险的东西都起了誓，永不会动巴德尔半根头发。"弗丽嘉说。

"所有的东西吗，神后？世上已经没有并未许下诺言的东西了吗？"

"其实是有的。还有一样东西没有发过誓。但是是因为它太弱小了，以至于我略过了它。"

"那会是什么呢，神后？"

"无根无力的槲寄生。它长在瓦尔哈拉的东边。我略过了它，没让它起誓。"

"略过它自然是没错的。毕竟槲寄生——连根都没有的槲寄生能对巴德尔做什么呢？"

洛基假扮的女巫一边说着，一边一瘸一拐地离开了。

但假冒者并没有跛行太远。他改变了步调，急匆匆地赶去了瓦尔哈拉的东边。那里有一棵枝繁叶茂的橡树，它的一节枝干上长出了一小丛槲寄生。洛基摘下了一簇，将其揣在手里，回到了众神同巴德尔嬉闹的地方。

洛基走近时，只见大家都喜笑颜开，因为不管是巨人、矮人，还是亚萨女神和瓦尼尔女神都在拿东西扔巴德尔。巨人们扔得太远，矮人们扔得太近，而女神们总是偏离目标。在那样的朗朗笑声之中，却有一个阴郁的身影，他就是巴德尔目盲的亲兄弟霍德尔。

"你为什么不跟他们一起玩呢？"洛基问他时，改变了自己的声音。

"我没有可以扔巴德尔的东西。"霍德尔说。

"这个给你，扔它吧，"洛基说，"是一小枝槲寄生。"

"我看不见，扔不了。"霍德尔说。

"我可以引导你。"洛基说罢，便把那枝槲寄生放到了霍德尔的手里，然后手把手地教他把它掷了出去。那枝槲寄生飞向了巴德尔，击中并刺穿了他的胸膛。巴德尔发出一声重重的呻吟，接着倒在了地上。

在场的大家都直直地站在那里，不知所措，又担心不已。洛基则悄悄溜走了。而掷出槲寄生的霍德尔安安静静地站在原地，全然不知自己已经夺走了巴德尔的生命。

接着，和平庄园里传来了哭声，那是女神们在啜泣，巴德尔死了，她们为他感到悲痛。这时，众神之父奥丁来到了她们中间。

"海拉把我们的儿子夺走了。"奥丁和弗丽嘉俯下身去。

"不，我不会这么说。"弗丽嘉说。

当众神缓过神来，巴德尔的母亲便走到他们中间。"你们之中，谁愿赢得我的爱与善意？"她说，"谁愿骑马去冥界一趟，同海拉交涉？或许她会接受赎金，让巴德尔回到我们身边。你们之中的谁愿意去？奥丁的骏马已经就位了。"

巴德尔的兄弟——身手敏捷的赫尔莫德随即站了出来。他骑上八腿骏马斯雷普尼尔，向海拉的黑暗之域疾驰而去。

赫尔莫德这一去便骑了九天九夜的马，穿越了无数崎岖的峡谷，一个比一个深，一个比一个阴暗。终于，他来到吉欧尔河旁，上面有一座金光闪闪的桥。一位脸色苍白的女仆看守着此河，见他到来，便开口跟他说话。

"看脸色，你还是个活人，"女仆莫德古德说，"你为什么要去海拉的死亡之域？"

"我是赫尔莫德，"他说，"我要去问海拉，愿不愿意让我们赎回巴德

尔。"

"海拉的居所极其骇人，"莫德古德说，"那外面的高墙恐怕是你这骏马都跳不过去的。那里的门槛是险难，里面的床铺是忧虑，餐桌是饥饿，天花板上还悬挂着燃烧的痛苦。"

"但海拉或许会接受赎金。"

"如果世间万物都还在哀悼巴德尔，那么海拉则不得不接受赎金，让他离开。"莫德古德说。

"世间万物肯定都在哀悼。我会去海拉那里，让她接受赎金的。"

"除非你能证明世间万物的确都还在哀悼他，否则便不能跨过此桥。回去吧，先去确认。如果你真的能回来告诉我，世间万物仍在为巴德尔哀叹，我便会让你跨过这座金光闪闪的桥，而海拉也将不得不倾听你的诉求。"

"我会回来找你的，而你——莫德古德，必将让我通过此桥。"

"我会的。"莫德古德回答。

赫尔莫德开心地让斯雷普尼尔掉头，再次穿过那些峡谷，每穿过一座峡谷，就离光明更近了一些。之后，他来到了地上世界，其所见之物均在哀悼巴德尔。于是，他愉快地继续前行。途中，他遇到了瓦尼尔神族，便把喜讯告诉了他们。接着，赫尔莫德和瓦尼尔神族便一同在世界上搜寻，万物都无一例外地在为巴德尔哭泣。但某天，赫尔莫德遇见了一只乌鸦。它停在一棵树枯死的枝头上。他向它走近，却见它并未显露出半点悲痛之情。过了一会儿，它便飞走了。赫尔莫德只好跟在后面，以确认它也在为巴德尔默哀。到了一个山洞附近，他跟丢了。接着，他在洞口见到一位牙齿发黑的老巫婆，她完全没流半滴眼泪。"如果你就是那只飞来的乌鸦，便为巴德尔哀悼吧。"赫尔莫德说。

"我——索克，是不会哀悼巴德尔的，"老巫婆说，"就让海拉留着他吧。"

"万物都在为巴德尔落泪。"赫尔莫德说。

"我可没那么多眼泪。"老巫婆回他。

说罢,她一瘸一拐地走进了她的山洞。赫尔莫德一跟上去,一只乌鸦就扑腾着翅膀飞了出来。他知道那就是邪恶的老巫婆索克变的,于是便一直跟着它。它一边到处飞,一边用沙哑的声音念着:"让海拉留着他吧,让海拉留着他吧……"

这时,赫尔莫德便知道不能策马前往海拉的居所了。大家都知道世上还有一只乌鸦不会为巴德尔哀悼。瓦尼尔神族回到了他的身边,他十分沮丧地骑上斯雷普尼尔,回到了阿斯加德。一路上,他都低垂着头,恨不得把头埋进斯雷普尼尔的鬃毛里。

得知巴德尔的命是赎不回来了,众神只好开始为焚烧他的尸体做准备——此时的阿斯加德只剩下悲伤与眼泪。首先,他们用一袭华美的长袍盖住巴德尔的躯体,每个人都在他身旁留下了自己最珍贵的物件。接着,他们一一亲吻巴德尔的眉头,同他告别。但他温柔的妻子南娜却扑到了他那冰冷的胸膛上,不一会儿,心碎的她也因为悲恸过度而辞世了。在场的大家都再一次泪流满面,然后把南娜的尸体摆在了巴德尔身边。

大家准备把巴德尔和南娜并排摆在巴德尔的巨船"鸣角号"上,再把船推到水中,让一切在水上燃成灰烬。

但众神都没法把那艘巨船推到水里。于是,女巨人希尔罗金便被派去帮忙。她骑着一头猛狼前来,手里紧攥着被扭作缰绳的蛇。当她从狼背上一跃而下,四个巨人不得不迅速将狼拉住,以防它刹不住脚。接着,她来到船边,抬手一推,那巨船便滑入了海中。船底的滚木受到了巨大的摩擦,瞬间燃了起来。

船一入水,烈火便如藤蔓般爬了上去。在火光之中,只见一个身影俯下身去,在巴德尔耳边低语——是众神之父奥丁。接着,他从船上下来,火随即越烧越大,直漫天边。亚萨神族和瓦尼尔神族无言地看着这一切,泪流成河。而万物都哀叹着:"美丽的巴德尔死了,他死了……"

不过,众神之父奥丁在那熊熊烈焰之中,俯身在巴德尔耳边说了些什么呢？他说，在阿斯加德上空有一个天堂，史尔特尔的火焰无法抵达那里。在烈火烧遍人界和神界之后，生命将再次变得美丽。

[爱尔兰]帕德里克·科勒姆著，胡涵译。

印第安神话篇

讲故事的伊阿古

老伊阿古是这片土地上最具智慧、最有学问的人。没有哪一个印第安人像他这样见多识广。他不仅通晓森林和田野的秘密,也能听得懂鸟儿和野兽的密语。他一生都生活在野外,不时在野鹿藏身的森林里悠游,也会划着桦树皮做的独木舟在湖面漂荡。

除了他自己学习掌握的,伊阿古还知道不少其他的事情。他从祖父那里听了很多神话传说和奇妙故事,而他祖父则是从他曾祖父那里听来的,这些故事代代相传、口口相授,可以一直追溯到创世之初——一个充满奇闻怪事的时代,几乎世间万物都有着魔法。

伊阿古特别喜欢小孩子。他是找五彩贝壳的高手,小贝壳们鲜艳又漂亮,他就把它们串成项链送给小女孩们。他还教会了女孩们去哪里找干草,心灵手巧的女孩们就能用这些干草编小篮子了。他给男孩们制作了弓和箭——白蜡树做的弓可以向后拉很远还不断,而橡木做的箭笔直又结实。

然而伊阿古最能俘获孩子欢心的地方还是他的故事:知更鸟的红胸是哪来的?火是怎样跑到木头里去的,怎么印第安人把两根棍子摩擦几下就能把它再弄出来?为什么草原上的郊狼比其他动物聪明得多?而且跑起来时总是回头望?这些问题通通可以在老伊阿古这里找到答案。

眼下正是冬天,一个讲故事的好时候。白雪在地面上厚厚地堆积起来,北风呼啸着从它的冰雪之国来到这里,冷冷的月光从布满霜的天空中洒落到地面之上。每到这个时候,印第安人就会聚集在棚屋里。伊阿古坐在暖洋洋的火堆前,身边围坐着一群小孩子。

"呼！呼！"北风刮了进来。三两点火星从火堆中飞溅出来，伊阿古便添了一根柴进去。"呼！呼！"北风真是个调皮的老顽童！人们仿佛都能看见他的样子——他飘逸的头发上挂满了冰花。要是棚屋没那么坚固，他就要把它吹倒，要是火烧得不够旺，他就要把它给吹灭。可是棚屋就是专门为这种天气而建造的；附近的森林里也有用不完的柴火。所以北风只能咬牙切齿地说："呼呼，呼呼！"

　　有一个小女孩，胆子比其他孩子都要小，所以她紧紧地挨着伊阿古，抓着他的胳膊。"哦，伊阿古，"她说，"你听！北风会伤害我们吗？"

　　"不怕，"伊阿古回答，"北风是不会伤害任何一个勇敢开朗的人的。他只是虚张声势，大吵大闹；而他内心其实是个超级胆小鬼，火光很快就会把他吓跑的。这样吧，我来给你们讲个北风的故事吧。"

辛格比捉弄北风

很久很久以前，地球上还没有现在这么多人，有一个渔民部落聚居在大陆北方。对他们而言，夏天是捕获鲜美鱼类的最佳季节，因为到了冬天，没有人能在冰天雪地里待得下去。而统治冬天的是个坏脾气的老头，他叫卡比安欧卡——印第安语中的"北风"。

尽管冰雪之国横跨世界之巅，绵延数千英里，但卡比安欧卡仍不满足。如果遂他心愿的话，他恨不得整个世界都草木不生，终年银装素裹才好，最好是所有的河流都被冻住，让冰雪覆盖一切土地。

不过幸运的是，他的力量是有限的。他虽然强壮凶猛，但他根本不是南风沙旺达西的对手。沙旺达西来自宜人的向日葵之国，那里四季如夏。他只要轻轻地吹上一口气，林间的紫罗兰就会竞相绽放，黄草地上的野玫瑰也纷纷吐蕊，好嗓门儿的鸽子欢快地为伴侣唱起歌儿。是他让甜瓜和紫葡萄茁壮成长；是他温暖的吐息让地里的玉米结出果实、让森林披上葱茏的绿衣，带给大地满满的喜悦和动人的美丽。慢慢地，北方的夏天变得越来越短，这时沙旺达西就会爬上山顶，往自己的大烟斗里装上烟叶，然后坐在那里小憩和抽烟。他会一连抽上好几个小时；吐出的袅袅烟雾向空中飘去，柔和的雾气就布满了天空，直到山丘和湖泊都笼罩着梦境般的朦胧。天空中无风无云，一切都是那样平和、静谧。世界上再无别处如此般美妙。这就是印第安的夏天。

此时，北方的渔民们正努力地撒网工作，他们动作很快、手脚麻利，因为他们知道南风马上就要沉睡了，凶猛的老卡比安欧卡就会席卷而来，把他们通通赶走。果然！一天早上，他们就在撒网的湖面发现了一层薄冰；棚屋的顶上也结起了厚厚的冰霜，在阳光下闪着光。

显然，这就是他的严厉警告。湖面上的冰越冻越厚，空中还下起鹅毛大雪。草原跑来跑去的郊狼换上了白色的茸茸冬衣。渔民们听到了来自远方的阵阵呼啸声。

"卡比安欧卡来了！"渔民们大喊，"卡比安欧卡很快就要到了。我们要赶紧撤了。"

但是"潜水王"辛格比只是笑了笑。

辛格比总是在笑。钓到大鱼的时候他在笑，一条鱼都没钓到的时候他也在笑。无论什么事情都不会令他沮丧。

"现在还是可以捕鱼的呀，"他对同伴们说，"我在冰上凿个洞，把渔网收起来，用渔线钓鱼不就行了。为什么要怕卡比安欧卡那个老家伙呢？"

他们都吃惊地看着他。不过辛格比是个有魔法的人，他能变成一只鸭子。他们曾亲眼见过他变身，所以大家都叫他"潜水王"。可是仅凭这点他就敢面对这怒气冲冲的凶猛北风吗？

"你最好还是和我们一起走吧，"他们劝他，"卡比安欧卡比你强壮多了。他一口气就能吹折森林中最粗壮的树，轻轻一碰，最湍急的河也会结冰。除非你能把自己变成熊或者鱼，不然你根本就不是他的对手。"

听到这样的话，辛格比笑得更大声了。

"我找海狸兄弟借了毛皮大衣，还找麝鼠表哥借了手套，它们都会在白天保护我的，"他说，"而且我屋里还有一大堆木柴。他敢的话，就让他踏火进来吧。"

渔民们只好难过地离开了，因为他们都很喜欢辛格比这个笑嘻嘻的小伙子，而且，说实在的，他们都觉得再也见不到他了。

他们走后，辛格比就按照他的打算开始干起了活儿。第一件事就是给自己准备大量的干树皮、树枝和松针，这样晚上回到棚屋时就能用它们生火了。这个时节的雪已经积得很厚了，不过它的表层被冻得硬邦邦的，也没有被太阳晒化，所以他可以在上面行走，根本不用担心陷进去。至于鱼嘛，他很清楚怎么在冰窟窿里捕鱼，所以到了晚上，他拖着长长一串捕来的鱼回家了，边走边唱着他自己编的歌儿。

卡比安欧卡，你这老家伙。
想赶我你就试试看。
力气大脾气又凶。
不过就是个普通人！

一天傍晚，辛格比正在雪地上慢慢前行，卡比安欧卡顺着歌声找到了他。

"呼！呼！"北风呼啸着，"这个粗鲁的两脚动物什么来头？大雁和苍鹭都南飞这么久了，他竟然还敢在此地逗留？我要让大伙知道谁才是冰雪之国的主人。今天晚上我就要闯进他的小屋，吹灭他的火，让灰烬到处都是。呼呼，呼呼！"

夜幕低垂，辛格比坐在屋里的火堆旁。这火烧得真旺啊！垫在底下的木柴都非常粗壮，烧上一个月亮都不会熄灭。这是印第安人独有的计算时间的方式，他们没有时钟或手表，所以他们不会用星期或月份，而是用"一个月亮"来计时——从一个新月到另一个新月的时间。

这时辛格比正在烤鱼，鱼是他当天抓上来的，非常新鲜肥美。把它放在炭火上随便一烤，就成了一道鲜嫩可口的菜肴；辛格比砸砸嘴，期待地搓了搓双手。那天他走了很多路，所以坐在暖洋洋的火堆旁烤烤腿，真是再幸福不过的事了。他觉得同伴们愚蠢极了，那么早就离开了这个全是鱼的地方，这还没到深冬呢。

"他们都觉得卡比安欧卡会魔法，"他自言自语，"谁都无法与他对抗，但我觉得他和我一样都是普通人啊。虽然，我不能像他那样忍受寒冷，但他也不能像我那样抗热呀。"

想到这里,他笑了起来,开心地唱起了歌。

卡比安欧卡,你这寒风怪。
想冻我你就尽管来。
吹大风啊累死你,
我有大火才不怕!

他的心情甚好,都没有注意到窗外突如其来的喧嚣。漫天的大雪纷飞、下落,快到地面的时候,又像面粉一样被卷起,吹到屋子上,厚厚地覆在屋外。但是这样并没有让室内变得更冷，反而像是给它盖上了一张厚实的毛毯，把冷空气都挡在了外面。

卡比安欧卡很快就发现自己这是弄巧成拙了，顿时恼羞成怒。他冲着烟囱里面大喊大叫；他的声音狂野又骇人，普通人肯定会被吓到。但辛格比却不以为然，放声大笑。正好他还嫌周围太宽阔、太寂寥了，来一点声响倒合了他心意。

"嘿，嘿！"他大喊着回应，"卡比安欧卡，你还好吗？当心点，别把腮帮子吹破咯。"

狂风吹得小棚屋剧烈摇晃起来，门口挂着的水牛皮帘子被吹得啪啪作响，不断敲打着木门。

"你快进来呀，卡比安欧卡！"辛格比挑衅地叫道，"快进来暖和暖和身子，别冻坏咯。"

这些嘲弄的话语让卡比安欧卡气急败坏，他对着门帘猛地撞去，撞断了门口的一条鹿皮绳；他闯到屋子里来了。天哪，多么寒冷的一股气啊！暖和的棚屋都弥漫起一层雾气。

辛格比装作没有注意到。他依旧唱着歌，一边唱歌一边起身往火里丢了一根木头。那是一根粗壮的松木，它烧得很旺，释放出的灼人热浪让他不得不往远处挪了挪。他用余光瞥了一眼卡比安欧卡，看到的画面让他大笑起来。卡比安欧卡额前的汗水不停地往外冒，头发上的积雪和冰花很快就消失不见了。就像快被三月的暖阳热化了的雪人一样，凶猛的北风也要被热化了！而且一眼就能看出，可怕的卡比安欧卡现在正在飞速融化！他的鼻子和耳朵都变小了，身体也开始缩小。要是他在这儿再待一会儿，冰雪之王就要变成一摊水了。

"来，离火堆近点吧。"辛格比看热闹不嫌事大，"你肯定冷得要命。靠近点，来暖暖你的手脚吧。"

但是北风早就从门口溜了，逃跑的速度甚至比他来时的速度还要快。

一到外面，凛冽的空气又让北风满血复活了，而他的怒气也再度涌上心头。他刚刚没把辛格比冻住，这会儿就把怒气全撒在了路边。他用力踩踏地面，雪就凝结成了坚硬的冰；他的鼻息让树上冻脆的树枝纷纷折断、掉落；外出觅食的狐狸吓得匆匆跑回洞里；四处游荡的郊狼也躲进了身边最近的窝穴。

他再一次来到辛格比的屋外，冲着烟囱里喊道："出来，快出来！有胆子就和我在雪地里比摔跤。让我们一决高下！"

辛格比思考了一会儿。"刚刚的火焰肯定让他元气大伤，"他自言自语，"现在我的身子也暖了，拿下他应该没问题，这样他就不会再来骚扰我了，然后我想在这儿待多久都行。"

于是他冲出木屋，卡比安欧卡也前来应战。一场激烈的搏斗就这样展开了。他们在结实的雪地上翻滚扭打，牢牢地把对方锁在自己怀里。

他们打了整整一个晚上，狐狸们从洞里爬出，围坐在他们波及不到的地方观看这场搏斗。辛格比使的劲让他身体里的血液一直保持温热。他明显感觉到北风弱了下去卡比安欧卡无法再吹出强劲的寒风了，只能虚弱地喘着粗气。

最后，太阳从东方升起，两位摔跤手结束了斗争，气喘吁吁地站在两边。卡比安欧卡输给了辛格比。战败的他绝望地哀号起来，转身逃走了。他向北跑了很远很远，甚至跑到了白兔之国，就在卡比安欧卡奋力逃跑的时候，辛格比的笑声一直在他身后回荡。所以只要拥有乐观和勇气，就算是面对北风这样的强大对手，我们也一样可以战胜他！

云端的孩子

一天晚上，讲故事的伊阿古坐在他平时最爱的角落里，凝望着火堆里的余烬出了神，好像进入了梦境一般。

孩子们都知道这个时候最好不要问他问题，也不要吵着听故事。因为这个时候，伊阿古正在脑海中回顾他所听到和看到的奇闻逸事；火堆里燃烧的柴火和通红的木炭呈现出奇特的样子，组成了只有伊阿古才能看懂的古怪图像，如果孩子们不打扰他，他过一会儿就会来给他们讲故事了。

然而，今晚却很不寻常，孩子们都在耐心地等待着，有交谈也只是在彼此耳边轻声低语，可伊阿古一直坐在那里，一动不动的，像块石头。他们开始担心伊阿古是不是忘了他们，这样今夜就没有睡前故事可听了。不过，最后爱问问题的小晨光打破了这个局面，她想问一个以前从未被问过的问题。

"伊阿古！"她叫道，不过马上又停了下来，生怕惹他不高兴。

听到她的声音后，老伊阿古直起了身子，他的思绪似乎刚刚经历一场漫长的旅程。

"怎么了，晨光？"

"伊阿古，你能告诉我，大山是一直都在这里的吗？"

老人认真地看着她。不管问题有多难，多么出乎意料，伊阿古总是很高兴地回答孩子们的问题。他从不说"我太忙了，别来打扰我"，也不说"下次再说吧"。所以当小晨光问出这个非常奇特的问题时，他点了点他那充满智慧的脑袋，说：

"你知道吗？我也经常问自己这个问题：大山是不是一直在这里？"

他停顿了一下，看了一眼火堆，似乎只要看得够久，他就能在那里找到答案。然后他继续说：

"是的，我认为大山肯定一直都在这里，山脉和丘陵在创世之初就形成了。那可是很久很久以前，我之前给你们讲过关于世界是如何形成的故事。但是有一座大山并不是一直在这里的，它像有魔法似的，是突然升上去的。我有没有给你们讲过大石山的故事——关于它是如何越升越高，然后把小男孩和小女孩带到了云层之上的？"

"没有！没有！"孩子们齐声喊道，"我们没有听过这个故事。现在讲给我们听吧。"

这就是神奇大石山的故事，是老伊阿古从他的祖父那里听来的，他的祖父又是从他的曾祖父那里听来的，曾祖父是非常老的老人，没准儿他还亲眼见证了这个故事呢。

那个时候，人们和动物还和谐地生活在一起，你若是认真地了解它们，就会发现郊狼并不是一个坏家伙，山狮也会在经过你身边时友好地吼叫问好……

在一个美丽的山谷里，住着一个小男孩和一个小女孩。那是一个非常适合居住的仙境，世界上再也找不到这样的乐园了。山谷里的草地好似一张绿色的大毛毯，有几英里那么宽，风儿轻轻吹拂，草丛就像大海翻起阵阵波涛。山谷里繁花似锦，百花争艳，长在灌木丛里的浆果颗颗饱满，夏日的晴空也回荡着鸟儿们的歌声。

这里最好的一点就是没有可怕的东西。孩子们可以随心所欲地游玩——看看娇艳美丽的蝴蝶，与松鼠和兔子交个朋友，甚至还可以跟蜜蜂飞到某个它们储蜜的树上。

而那些野生动物呢，它们的处境可与现在大不相同，才不会有人把这些可怜的野兽关在笼子里，或者把它们圈养在围着高高栅栏的小块区域里呢。在美丽的山谷里，动物们都顺应着天性，自由快乐地奔跑着。大块头的熊生性懒惰却温柔和善,夏天它们以浆果和野蜂蜜为生,到了冬天就爬进岩洞中,睡到春天再起来;鹿不仅举止高雅,性格还像羊一样温顺,喜欢到孩子们玩耍的地方吃嫩草。

孩子们喜欢这里所有的动物,动物们也喜欢他们,不过他们最爱的当数长耳野兔和羚羊。长耳野兔有着长长的腿和长长的耳朵——几乎和骡子的一样长。他是跳高能手,像他这个体型的动物可没有谁比得过他。不过,他当然也跳不了羚羊那么高,羚羊长得像小巧可爱的小鹿,有着短短的角和细长的腿,跑得像风一样快。

山谷里还有一条河流经过,它让这里的生活变得更加热闹,更加幸福快乐。所有的动物都会从远方赶来喝这清澈凉爽的河水,炎炎夏日里他们还喜欢跳进河里洗澡。河流里有一个浅滩,似乎是专门为小孩子们准备的。孩子们的好朋友河狸有着平平的尾巴,好像一只桨,他的脚还长着鸭子一样的蹼,孩子们才刚刚学会走路,他就把游泳的秘诀教给了他们;在温暖的午后泡在水里嬉闹是他们最大的乐趣。

仲夏的某一天,他们在水里玩得太开心了,于是就在这儿多待了一会儿,后来上岸的时候,他们都累得不行了。再加上刚刚从水里出来,他们觉得冷飕飕的。所以他们四处张望,想找一个合适的地方晾干身上的水,让身子暖和暖和。

"我们爬到那块平平的、长着苔藓的大石头上吧。"小男孩说,"我们以前都没有试过,这肯定很有趣。"

随后小男孩就沿着石头一侧爬了上去,石头只有几英尺高,所以他一把把妹妹也拉了上来。他们躺在石头上休息,不一会儿他们就不知不觉地睡着了。

后来石头突然开始上升,还越升越高,没有谁知道那时到底发生了什么。但这确有其事,因为现在看来,这座高耸入云的陡峭荒山比当时山谷里的其他山峰都高得多。它在孩子们睡着的时候一点一点地长高,第二天它甚至超

过了山谷里最高的树。

  这时,孩子们的父母正在到处寻找他们,但是哪儿都没找到,也没有发现他们的行踪。当时所有人都在兴头儿上,所以没有动物看到他们爬上石头,也没注意到石头后来发生了什么。父母们找遍了每个角落,四处打听。"羚羊,你看到我们家小孩儿了吗?长耳野兔,你一定看到了他们吧……"可是他们都没有见到孩子。

  最后,他们偶遇郊狼神气十足地经过这里,想到他是山谷里最聪明的动物,于是就向他也打听了一下。

  "没有。"郊狼说,"我好久没有看到他们了。不过我有灵敏的鼻子,还有机灵的头脑。你们再跟我详细说说,没准儿我能帮上忙。"

  郊狼跟在孩子的父母身后,沿着河岸寻找,很快他们就到了孩子们游泳的浅滩边。郊狼闻了又闻。他把鼻子贴着地面,一圈一圈地嗅闻,然后他径直跳到大石头上，前爪尽力地趴到他能碰到的最高处，又仔细闻了闻。

"嗷呜——"他嚎叫着，"我虽不能像雄鹰那样翱翔，也不能像河狸一洋漂游，但我比大熊聪明，也比野兔博学。我的鼻子绝不会出错，你的小孩儿就在那块石头上。"

"可是他们怎么上去的呢？"父母们惊讶不已，疑惑地问。那块石山可直插云霄啊，山顶都隐在云里看不见了。

"这不是眼下要回答的问题，"郊狼严肃地说，他不想让大家发现他也有不知道的事，"这根本就不算什么问题，谁都可以问。可是现在唯一要关心的事是：我们要怎么把他们救下来？"

于是他们叫来了所有动物，一起讨论解决办法。大熊说："如果我能抱住它的话，我就可以爬上去。可是它太大了，我抱不住。"狐狸说："要是它是一个深洞，而不是一座高山的话，我就能帮忙了。"河狸说："如果它在水里，我就可以游过去，很快就能搞定。"

但是这样的讨论并不能得到一个解决办法，他们最后决定试着跳上去。毕竟也没有其他的法子了。每个人都急着展示自己，所以他们决定从最小的开始。小老鼠开了个头，不过他的尝试有些可笑，因为他只跳了大约手那么高的距离；松鼠跳得稍微高一些；长耳野兔跳出了人生中最高的高度，都快把背扭伤了，不过还是差了不少；羚羊向着空中奋力跃起，但他落地很轻，没有受伤。最后轮到山狮出马，他冲到很远的地方为起跳助跑，随后便大步流星地奔向大石山，笔直地跳了上去——结果他还是四仰八叉地摔了下来。他确实比其他动物跳得都要高，但山顶还是一个遥不可及的目标。

没人知道接下来该怎么办了。也许小男孩和小女孩就要永远沉睡在云端了。这时他们听到一个轻轻的声音说：

"让我试试吧，也许我能爬上去。"他们都惊讶地四处找，想知道说话的是谁。起初他们都没找到，觉得肯定是郊狼在耍他们。但郊狼此时也和大家一样震惊。

"稍微等我一下，我正尽快赶来。"那个小小的声音再次响起。只见一只尺蠖从草丛里爬了出来——这种小虫子前行的方式很有趣，它要先拱起背才能把自己往前拖动，一次只能前行一英寸。

"哼，哼！"山狮压低了声音讥讽道。每当他觉得尊严受到了伤害，他就会这样说话。"哼！谁在口出狂言啊？我堂堂一头狮子都失败了，你这样的小爬虫怎么可能成功呢？你倒是让我开开眼！"

"太蠢了，"长耳野兔说，"真是太蠢了。我就没有见过这么骄傲自大的生物。"

不过，一番议论之后，他们最终还是同意了，毕竟让他试试也无妨。于是尺蠖慢慢爬到石头上，开始向上爬。几分钟后，他就到了比长耳野兔跳的还高的地方。很快他也超过了狮子的高度，没过多久，他就爬出了大家的视野范围。

尺蠖日夜不停地爬了整整一个月，最终到达了石山顶。尺蠖叫醒了小男孩和小女孩，醒来的他们惊讶地发现自己居然身处云端，震惊不已，后来尺蠖带着他们沿一条无人知晓的小路安全地回到了地面。就这样，凭借耐心和毅力，这个弱小的生物居然做到了连强壮的大熊和勇猛的狮子都无法做到的事情。不过那是很久以前的事了，如今，山谷里已经没有山狮或大熊了，也没有人会想起他们。但每个人都会想起尺蠖，因为大石山还在那里，后来印第安人用尺蠖的名字给它命名，称它为"图托卡阿努拉"。对于一个小家伙而言，这可真是莫大的荣幸啊，但当你想起他的伟大事迹之时，就会明白这是对他勇气的嘉奖。

捕到太阳的男孩

厚厚的冰雪覆盖着大地,在清冷月光的照耀下闪烁着光芒。风停了,一切冷冽又寂静。森林里没有一点儿声响,唯一打破宁静的就是被冰封的大咸水湖——吉奇古米湖里传来的冰裂声。

但老伊阿古的帐篷里却是温暖又欢快的。这是印第安人特制的帐篷,外面包上了厚实坚韧的水牛皮,大熊穆克瓦的冬衣现在被伊阿古做成了招待两位小客人——小晨光和她弟弟鹰羽的舒适软毯。他们惬意地蹲坐在暖和的毛毯上,等着老人讲故事。

突然,角落的鼠窝里爬来一只白脚鼠,它爬到孩子们身边,像讨要饼干的狗狗那样用后腿坐了下来。鹰羽举起手要把它吓跑,但小晨光抓住了他的胳膊。

"别这样!"她说,"你千万不要伤害他。你看他多友善啊,还一点儿都不怕人。森林里有那么多猎物,你可以尽情地用弓、箭捕猎它们。你为什么要把力气花在一只弱小的老鼠身上呢?"

鹰羽一听到别人夸赞自己的力量,扬扬得意起来,就把手放下了。

"你说得对,小晨光,"他回答,"我应该把我的打猎技巧用在海狸阿米克或野天鹅瓦贝塞身上。"

这时伊阿古转过身来,打破了刚刚的沉默。"曾经有一段时间,"他神神秘秘地说,"那时,一千名像鹰羽这样的男孩都打不过当时的老鼠。"

"那是什么时候?"鹰羽边问边惶恐地看着姐姐。

"大睡鼠时代,"伊阿古回答,"在很久以前,地球上的动物比人多得

多，他们中最大就是睡鼠。然后发生了一件奇怪的事情，一件前无古人后无来者的事情。你们想知道吗？"

"快说，快说吧！"小晨光恳求道。

"我要告诉你们的故事，"伊阿古开始说，"与其说是睡鼠的故事，不如说是关于一个小男孩和他姐姐的故事。不过如果没有睡鼠的话，我现在就没有机会在这里讲这个故事，你们也不能在这里听。"

"首先，你们要知道，那时的世界与现在的世界可谓大不相同。没错，一个完全不同的世界。那时的人们不吃动物的肉。而是以浆果、树根和野菜为生。大神创造了海陆空中的万物，不过还没有赐给人类'蒙达明'，就是印第安玉米。他们不能烤火取暖，也无法用火做饭。世界上只有一个小火堆，由两个老巫婆看着，谁都不能靠近；在郊狼偷火之前，人们都直接生吃找到的食物，食物长什么样就什么样地被吃进肚子里。"

"他们肯定都很饿吧。"小晨光说。

"嗯，是的，他们都饿坏了，"伊阿古表示赞同，"还不仅如此呢。世界上动物很多，人却很少，所以地球就由动物们以他们的方式统治着。其中最大的动物是布什卡瓦多什乳齿象，他长得比最高的树还高，胃口还很大。不过他并没有在地球存活很久，不然其他动物就没东西吃了。"

"我记得你刚刚说睡鼠是最大的。"鹰羽打断了他的话。

伊阿古瞪了他一眼。

"在我说的那个时候，"他继续说，"布什瓦卡多什乳齿象刚灭绝没多久。不过他们灭绝得也不算太早，那时地球上只剩下一个小女孩和她的弟弟了。"

"就像鹰羽和我一样？"小晨光问。

"那个女孩和你差不多，"伊阿古耐心地回答，"但小男孩却是个侏儒，他永远长不过三英尺。姐姐比弟弟身体结实很多，也长得比他高，所以她负责采集两人的食物。事无巨细地照顾着弟弟。有时她会带弟弟一起去找浆果和树根。'他太小了，'她对自己说，'如果我把他一个人留在这里，就可

能会有大鸟飞来把他抓到窝里去。'

"但是她并不知道弟弟其实是个性格古怪的孩子,也不知道他满肚子的坏心思。有一天,她对他说:'看,弟弟!我给你做了一副弓箭。你该学会照顾自己了;我不在的时候,你要多多练练射箭,这可是你的必修课啊。'

"冬天来了,小男孩除了一件姐姐用野草织成的薄衣服外,就没有别的衣物来避寒了。要怎么才能搞到一件暖和的外套呢?在他思考的时候,一群雪鸟在他附近降落,它们在倒地的树干上啄来啄去,捉里面的虫子吃。'它们的羽毛应该能做一件好外套。'于是他拉弓射出了一箭。不过他还没有学会如何瞄准,所以这支箭就射偏了。然后他又射了第二支、第三支,鸟儿们都被乱箭吓得四处飞散了。

"之后的每一天他都不断练习——没有好目标时,他就拿树当靶子。后来他成功射中了一只雪鸟,然后又射中一只,再一只。射中十只鸟后,他觉得这下应该足够了。'看,姐姐,'他说,'我不会被冻着了。你现在可以用这些雪鸟的皮毛给我做一件外套了。'

"于是姐姐把这些皮毛缝在一起,给他做了一件大衣——他有生以来第一件暖和的冬衣。它看起来非常漂亮,外面的羽毛还可以很好地御寒。哎呀!这件衣服让他太自豪了!他拿着弓箭,在路上大摇大摆地走,活像一只骄傲的小火鸡。他问:'这世界上真的只剩下你我两个人了吗?让我到处去找找吧,没准还能发现其他人,反正试试也不会怎样。'

"他的姐姐担心他会遇到危险,但他已经决定要去看看这个世界了,于是他就动身出发了。不过他的小短腿还是走不了远路,走了一会儿他就累了。他走到山边的一块荒地,太阳早已把这里的雪晒化,他便在这里躺下休息,很快就睡着了。

"太阳趁他睡着跟他开了个小玩笑。那是一个温和的冬日。做大衣的鸟皮还很娇嫩,所以强烈的阳光一照,它们就收缩变紧了。'哎呀!怎么回事?'他在睡梦中嘟囔着,感觉衣服越勒越紧。后来他醒了,伸直了胳膊,就明白刚刚发生了什么。

"这时太阳就要落山了。男孩面向太阳起身,挥了挥自己的拳头。'瞧瞧你干的好事!'他气急败坏地跺脚大喊,'你把我崭新的鸟皮大衣弄坏了。好啊!你以为你高高在上,我拿你没办法,但我肯定会找你报仇的。等着瞧吧!'

"但是他怎么够得着太阳呢?"小晨光问道,她好奇的眼睛瞪得比刚刚更圆了。

"他和姐姐说时,姐姐也这么问了,"伊阿古说,"你觉得他做了什么?首先,他什么都没做,只是伸开四肢在地上躺了十天,不吃不喝,一动不动。然后他翻到背面又躺了十天。最后,他站起身来。'我拿定主意了,'他说,'姐姐,我打算用绳子套住太阳。你去帮我找一些绳子,我好拿它们做圈套。'

姐姐用韧草拧了一股绳子。'这不行，'他说，'你得给我找些更结实的东西来。'他说话的口吻像是在发号施令，再也不是以前的那个男孩了。后来姐姐想到了她的头发。她剪下差不多长度的头发，把它们编成了辫子。弟弟看到后非常高兴，说这样就可以了。他把从姐姐那里接过的辫子放到唇间，辫子就变成了坚韧的金属质地，还在不断变长，长度差不多了，他就把它绕在了自己身上。

"他半夜爬到山顶上，在太阳即将升起的地方绑好了一个圈套。他不得不在又冷又黑的夜里等待着。不过最终他还是等到了天空中微光乍现。太阳刚刚升起就被圈套给套住了，被困在那里动弹不得。"

这时伊阿古没有接着往下说了，只是坐在那里盯着火堆看。大家一般都认为他这么做是因为他在火光和烧红的木炭中看到了图像，它们能帮助他往下讲这个故事。但晨光等不及要听后面的故事了。

"伊阿古，你是把睡鼠给忘了吗？"她小心翼翼地问。

"哎呀！睡鼠啊！没有，我没有忘。"老人坐直身子，回答道，"动物们都不清楚太阳为什么没有像往常一样升起。松鼠阿德吉达莫在松树枝上叽叽喳喳地骂个不停。乌鸦卡嘎吉扑扇着翅膀，用比平时还要嘶哑难听的嗓音大声宣告世界末日来了。只有大熊穆克瓦毫不在意。因为他已经爬进洞穴准备冬眠了，越是黑暗他越喜欢。

"太阳没有升起的消息是东风瓦布带来的。他发射银箭来驱赶山谷里的黑暗。但是今天没有太阳，银箭也发挥不了它的作用，掉在了地上。'醒醒，都醒醒！'他大声呼喊着，'有人把太阳套在了圈套里，你们谁有胆子去剪断它？'

"可是就连最聪明的郊狼也不知道该如何救太阳。太阳的热量太过灼人，就算他与太阳仅一箭之遥，他也无法接近这牢牢套住太阳的魔法发绳。

"'让我来！'住在悬崖上的战鹰肯欧大叫，'只有我才能翱翔于天空，直面太阳毫不畏惧。交给我吧！'

"他起飞冲进黑暗，回来时羽毛被烧焦了。后来他们要叫醒睡鼠。这其实是个难事儿，因为他一睡就要睡六个月，而且几乎没人能叫醒他。郊狼靠近他耳旁，用尽全身力气大声嚎叫。这声音都快把其他动物的耳膜震破了。但睡鼠库格恩本格瓦卡瓦只是嘟囔着翻过身，还好郊狼及时溜走了，不然他就要被压成玉米饼了。

"'那只有他才能叫醒他了，'郊狼说完起身，抖了抖身上的毛，'我现在就去雷电安尼米基的山洞喊他，他的声音要比我的可怕多了。'然后他飞快地跑走了。

"很快他们就听到了雷电安尼米基前来的声响。轰隆隆，轰隆隆！他在睡鼠的耳边大声喊叫，这地球上最大的动物终于醒了过来，慢慢地起身。他的身影在黑暗中显得更庞大了，跟一座山似的。为了确保睡鼠真的醒了，不会再睡着，雷电安尼米基又大喊了一次。

"郊狼对睡鼠说：'现在只有你才能救太阳了。我们不管谁去都会被烧得只剩下骨头。但是你不同啊，你身形庞大，就算身体一部分被烧掉了，你还剩下大部分呢。这样以后你还不用吃那么多了，不用费那么大劲儿去找食物了。'

"睡鼠其实是一种很愚蠢的动物，郊狼这听上去很有道理的话一下子就说服他了。再加上他是最大的动物，有责任做这件事。所以他就爬上了小男孩套住太阳的山上，开始咬绳索。他不断地啃咬着，背部变得越来越烫。没过多久他就烧了起来，上半身烧得只剩下一堆灰烬。最后，绳子被咬断，太阳被解救出来了，但他却被烧得跟普通老鼠差不多大了。他如今的模样就是当时的模样。不过这样的体型对一只老鼠来说也足够了，也许这就是郊狼的真实目的。草原郊狼老奸巨猾、诡计多端，想要猜透他的心思，那可不是件容易的事儿。"

[美国]威廉·特罗布里奇·拉尼德改编，金珂译。

本书译自（按本书篇章顺序）

《一千零一夜》"布拉克本"
Green Willow and other Japanese Fairy Tales by Grace James
Indian Myth and Legend by Donald A. Mackenzie
Die schönsten Sagen des klassischen Altertums by Gustav Schwab
The Children of Odin: The Book of Northern Myths by Padraic Colum
American Indian Fairy Tales by W. T. Larned

本书插图作者（按本书篇章顺序）

Edmund Dulac (French, 1882–1953), pp. 003–079
Ivan Bilibin (Russian, 1876–1942), pp. 090–091
Edmund Dulac (French, 1882–1953), pp. 096–110
Kay Rasmus Nielsen (Danish, 1886–1957), p. 119
Warwick Goble (English, 1862–1943), pp. 126–183
Carl Rahl (Austrian, 1812–1865), p. 189
Franz von Stuck (German, 1863–1928), pp. 196–202
Walter Crane (English, 1845–1915), pp. 209–211
Edmund Dulac (French, 1882–1953), pp. 217–225
Virginia Frances Sterrett (American, 1900–1931), p. 230
Anonymous, p. 237
Arthur Rackham (English, 1867–1939), pp. 242–269
George Hand Wright (American, 1872–1951), p. 281
Joseph Henry Sharp (American, 1859–1953), p. 287
Alfred Jacob Miller (American, 1810–1874), p. 289
Eanger Irving Couse (American, 1866–1936), p. 293
Charles Hamilton Smith (English, 1776–1859), p. 299
Benjamin Raborg (American, 1871–1918), p. 303
Akseli Gallen-Kallela (Finnish, 1865–1931), p. 305